浙江省社会科学规划课题成果（22NDJC152YB）

江南蚕桑

故事、歌谣、谚语

刘旭青 编著

浙江大学出版社

·杭州·

图书在版编目（CIP）数据

江南蚕桑故事、歌谣、谚语 / 刘旭青编著. -- 杭州：
浙江大学出版社，2023.11
ISBN 978-7-308-24261-5

Ⅰ．①江… Ⅱ．①刘… Ⅲ．①民间故事－作品集－中
国②民间歌谣－作品集－开原市③谚语－汇编－中国
Ⅳ．①I277.3②I276.2③I277.7

中国国家版本馆CIP数据核字(2023)第188443号

江南蚕桑故事、歌谣、谚语

刘旭青　编著

策划编辑	马一萍
责任编辑	马一萍
责任校对	陈逸行
封面设计	周　灵
出版发行	浙江大学出版社
	（杭州市天目山路148号　　邮政编码　310007）
	（网址：http://www.zjupress.com）
排　　版	杭州林智广告有限公司
印　　刷	广东虎彩云印刷有限公司绍兴分公司
开　　本	787mm×1092mm　1/16
印　　张	20.75
字　　数	375千
版 印 次	2023年11月第1版　2023年11月第1次印刷
书　　号	ISBN 978-7-308-24261-5
定　　价	88.00元

浙江大学出版社市场运营中心联系方式：0571-88925591；http://zjdxcbs.tmall.com

凡 例

1.本集《江南蚕桑故事、歌谣、谚语》，辑录江南地区（狭义上）有关蚕桑的故事、歌谣、谚语，江南地区之外的作品均不辑录。

2.本书分上、中、下三卷：上卷为"蚕桑故事"、中卷为"蚕桑歌谣"、下卷为"蚕桑谚语"，每卷再分细目若干。

3.每首作品均包括标题、流传地区、正文、讲述者（演唱者）及采录者（整理者）、采录时间，部分作品以附记简要说明作品的民俗文化背景或其他。极少数作品无法标出详细信息的，均附在同类作品之后。

4.同一故事作品在流传过程中，有多种讲法的；同一题目的歌谣，其词句有明显地方差异的，选用有代表性的为正文，其他均依次辑选备录，以供研究者参考。

5.所有辑选已出版的书刊作品，每一首作品后面均注明原刊书籍名称、卷数、页码，或报刊名称和版页。

6.所收录的蚕桑故事、歌谣、谚语，采录地一般即为流传地区，流传较广的在附记中另作说明。本书收录作品的流传地区以采录时的行政区划为准。

7.同一谚语在不同地方流传，分别辑选在不同地方作品选集中，本书仍以此归类，依旧采录以供研究者考察其流布情况。

8.编选作品大体以浙江、江苏、上海、皖南之地域为先后，兼及古至今之时序，继之以古人辑录的专题作品。

目 录

下卷　蚕桑谚语

导　论

江南是中国地理区域中的一个概念，有广义和狭义之分。狭义的"江南"是指上海、苏南、浙北、皖南，地理在长江以南。这里是我国蚕桑文化的发源地之一，栽桑养蚕历史悠久，形成了种种与栽桑养蚕有关的蚕桑习俗，并进而形成了江南独特的蚕桑文化。这些蚕桑文化已渗透进人们的日常生活中，江南的蚕神崇拜与信仰、江南的岁时习俗和人生礼俗中很多都与蚕桑活动有关。养蚕的一系列蚕事活动，以及祈蚕、酬蚕等一系列祭拜活动中，留下了许多与蚕桑文化相关传说故事、歌谣、谚语等。与此同时，每一种民俗事象，几乎都伴有相应的谣谚，这些谣谚也总是反映出纷纭的民俗事象。

对江南蚕桑故事、歌谣、谚语的研究，可从文献整理与文化研究两个方面开展。其研究的学术价值主要如下：一是全面系统地搜集、整理自古以来散见于文献典籍中的江南蚕桑故事、歌谣、谚语，按照编纂体例，分门别类汇编文献，这是对前人已有的收集整理成果的集大成，在创新发展中华民族优秀传统蚕桑文化基因载体，讲好中国故事，传播中华优秀传统文化上具有当代价值；二是挖掘和弘扬基于文化认同的蚕桑民俗文化在乡村振兴和乡村治理体系中的作用，建构基于共享蚕桑民俗文化集体记忆的新时期乡村良序，培育"四治融合"乡村治理体系和治理格局，在乡村治理上具有借鉴意义和价值；三是蚕花庙会是传统节日清明与蚕桑民俗文化的完美结合，是古代乡村治理与文化认同的典范，在节日文化建设和乡村振兴中具有借鉴价值；四是探讨和构建蚕桑活动中的美好集体记忆和乡土生活，激活蚕桑文化在乡村振兴中"守住根脉，留住乡愁"的路径和方法，在凝聚人心和国家认同上，具有当代实践价值。

对江南蚕桑故事、歌谣、谚语的文化研究，以文本解读为切入点，具体可以从以下几个方面开展。

（一）江南蚕桑文献的乡土文化价值研究

江南地区养蚕历史悠久，仅杭嘉湖地区流传的蚕桑文献主要有涟川《沈氏农书》、张履祥《补农书》、汪曰桢《湖蚕述》、费南辉《西吴蚕略》、董开荣《育蚕要旨》、沈炼《广蚕桑说》、高铨《吴兴蚕书》、高时杰《桑谱》、沈炳震《蚕桑乐府》、董蠡舟《南浔蚕桑乐府》、董恂《南浔蚕桑乐府》、高铨《蚕桑辑要》、仲昂庭《广蚕桑说辑补》、李聿求《桑志》等，这些江南地域文化特色鲜明的蚕桑文献，记载和保存了大量且丰富的社会生活史料。

搜集、整理和研究江南蚕桑文献，解读其在乡土文献、社会生活和乡土文化中的学术价值，切入点主要有二：一是江南蚕桑文献文本的系统收集与整理；二是蚕桑文献乡土价值研究，解读蚕桑文献中记载和保存的蚕桑技术、蚕桑习俗、丝绸经济、蚕桑词汇和乡土生活诸方面的学术价值。

（二）江南蚕乡的蚕神崇拜及其蚕桑习俗

民俗文化，作为一种世代传承的生活文化，涵盖民众的生活、生产、风尚习俗等各种与人们的日常生活紧密相关的物质存在、现象和文化空间。谣谚是当时人们对自然、社会、历史、人生等的精辟见解和深刻思考，是反映事项、总结经验、表达心声、传播信息和传承文化的重要方式。左思《三都赋》"序"云："风谣歌舞，各附其俗"，每一种民俗事象，几乎都伴有相应的谣谚，这些谣谚也总是反映出纷纭的民俗事象。江南是我国蚕业的发源地之一，养蚕历史悠久，留下了很多反映蚕神信仰及民间习俗的传说故事、歌谣、谚语。

这些蚕桑传说故事、歌谣、谚语，是了解和研究江南蚕桑文化和江南文化的史料，具有重要的民俗学和区域文化研究价值。切入点主要有二：一是在结合史料的基础上，解读江南蚕桑传说故事、歌谣、谚语，揭示出传统的农耕经济结构是蚕神崇拜和信仰的心理基础；二是探讨蚕神崇拜和信仰渗透到蚕乡民众的岁时习俗和人生礼俗中的具体表征及其影响。

（三）蚕桑活动中的集体记忆与乡土生活

集体记忆，又称集体回忆，是指在一个群体里或现代社会中人们所共享、传承以及一起建构的事或物。"记忆的场所"不论它是物质的还是非物质的，是经人们的意愿或者时代的洗礼而变成的群体的记忆遗产中标志性的元素。古诗有"人家门户多临水，儿女生涯总是桑"之句，这不仅是江南水乡风情、民居格局的真实写照，也是蚕乡民众"蚕桑为本"生活的概括。蚕桑集体记忆渗透到了蚕乡民众的岁时习俗和人生礼俗之中。

基于集体记忆理论，在解读"江南蚕桑故事、歌谣、谚语"文献文本的基础上一是挖掘和重构在"非遗"语境下蚕桑活动中的集体记忆与乡村文化变迁及其在"原住民"乡土生活中的积极作用；二是探讨和构建逝去的蚕桑活动中的美好集体记忆，激活蚕桑文化在乡村振兴中"守住根脉，留住乡愁"的路径和方法。

（四）蚕花庙会民俗文化认同与乡村振兴

江南的蚕花庙会主要有新市蚕花庙会、含山轧蚕花庙会、洲泉镇双庙渚蚕花水会、吴江盛泽镇小满戏等。蚕花庙会是最具江南地域特色的乡村民俗文化之一。文化认同，是指在同一个民俗文化生活环境中成长的社会成员体认着共同的民俗文化符号、象征意义以及行为模式，并在此基础上通过民俗公共生活的形式形成集体记忆，从而凝聚共同体的认同感和归属感。

基于文化认同理论，从社会基础、实践途径和社会作用从三个方面探讨和剖析：一是蚕桑民俗文化集体记忆的共享，以及多年持续不断的礼俗仪式实践，是文化认同感的社会基础；二是蚕桑庙会等民俗活动中乡村社会力量参与乡村公共文化活动的实施，增强了乡村民众的主体意识和公民精神，其在自组织和参与民俗公共活动的过程中强化自我认同感；三是国家是振兴乡村民俗文化最重要的主体，在文化认同的基础上，探讨国家与社会的互动与合作有助于深化乡村社会对于国家的认同感。

（五）蚕桑音乐及歌舞小戏的研究和传承

江南蚕桑音乐及歌舞小戏是独具江南地域文化特色的传统音乐和歌舞形式。在已有的文献文本和活态蚕桑音乐、歌舞的基础上，可从以下方面展开：一是剖析蚕桑音乐、歌舞的歌词外部体制与内在构成，揭示其发生、发展的历史轨迹，涉及歌词、曲调、歌手、传承人、来源、演变与听众，把蚕桑音乐、歌舞作为"活态"的一种立体性研究；二是以蚕桑音乐、歌舞的社会生存状态与衍生机制为研究对象，以社会文化学为基点，剖析其在民间娱乐文化中的地位与价值、传播方式及其与其他音乐、曲艺之间的互动影响，在社会群体中的创作方式与接受方式等。

在上述研究的基础上，提炼其音乐形态、音乐和歌舞表演等方面的特点与其变迁发展的规律，在新的时代条件背景、审美文化需求下，创新其适应当代社会需求的表演新模式。

（六）江南蚕桑文化活态传承与开发利用

蚕桑文化，作为一种世代传承的生活"活态"文化，在非农耕文化的时代下，如何发挥其在传承和弘扬中华蚕桑文化，保护非物质文化记忆，讲好中国故事、传播优秀中华文化的作用，拓展和深化与政府、民间的合作，充分利用已有场馆和资源，可从两个方面开展：一是记忆保存模式下的活态传承，对蚕桑民俗文化的实物资料和声像资料进行收集、整理、展示和研究，通过馆藏展示、媒介记录、形象表达、雕塑绘画、数字化多媒体等方式，重构和还原历史，展现历史真实；二是游客体验模式下的开发利用，创设游客参与民间工艺生产、参加节庆活动和庙会等契机，包括融入当地居民的生活，与当地居民进行更多的交流与互动，重视开展体验性旅游活动。这不仅满足了人们的旅游需求，丰富了人们的旅游生活，也有利于蚕桑文化的传播和发展，还可以与其他民俗文化活动有机结合起来，促进民俗文化旅游。

综之，在文献整理的基础上，以文本阐释为切入点，挖掘和重构蚕桑文化在讲好中国故事、传播中华文化，在乡村振兴、乡村治理和民俗文化旅游中的功能和价值，是时代赋予我们的使命。

上卷　传说故事

蚕桑神话

蚕桑传说

蚕桑故事

蚕桑神话

马皮蚕女

旧说，太古之时，有大人远征，家无余人，唯有一女，牡马一匹，女亲养之。穷居幽处，思念其父，乃戏马曰："尔能为我迎得父还，吾将嫁汝。"

马既承此言，乃绝缰而去，径至父所。父见马惊喜，因取而乘之。马望所自来，悲鸣不已。父曰："此马无事如此，我家得无有故乎？"亟乘以归。

为畜生有非常之情，故厚加刍养。马不肯食，每见女出入，辄喜怒奋击。如此非一。父怪之，密以问女。女具以告父，必为是故。父曰："勿言，恐辱家门。且莫出入。"于是伏弩射杀之，曝皮于庭。

父行，女与邻女于皮所戏，以足蹴之曰："汝是畜生，而欲取人为妇耶？招此屠剥，如何自苦？"言未及竟，马皮蹶然而起，卷女以行。邻女忙怕，不敢救之，走告其父。父还求索，已出失之。

后经数日，得于大树枝间，女及马皮尽化为蚕，而绩于树上。其茧纶理厚大，异于常蚕。邻妇取而养之，其收数倍。因名其树曰"桑"。桑者，丧也。由斯百姓竞种之，今世所养是也。言桑蚕者，是古蚕之余类也。

原载:《搜神记》卷 14（第 317—318 页）

003

程雅问蚕

太古时人远征，家有一女，并马一匹。女思父，乃戏马曰："尔能为我迎得父归，吾将嫁汝。"马乃绝缰而去，之父所。父疑家有故，乘之而还。骏马见女辄怒而夺父，击之。父怪而密问其女，女具以实答。父乃射杀马，曝皮于庭所。女以足蹙之，曰："尔马也，欲人为妇，自取屠剥，如何？"言未竟，皮忽然起，抱女而行。父还，换女后，大树之间得，乃尽化为绩蚕于树。其茧厚大于常蚕，邻妇取养之，其收二倍。今世人谓蚕为女儿，盖古之遗语也。

原载：《中华古今注》卷下（第 39 页）

蚕女

蚕女者，当高辛帝时，蜀地未立君长，无所统摄。其人聚族而居，递相侵噬。蚕女旧迹，今在广汉，不知其姓氏。其父为邻邦掠（"邦掠"原作"所操"，据明抄本改）去，已逾年，唯所乘之马犹在。女念父隔绝，或废饮食，其母慰抚之。因告誓于众曰："有得父还者，以此女嫁之。"部下之人，唯闻其誓，无能致父归者。马闻其言，惊跃振迅，绝其拘绊而去。数日，父乃乘马归。自此马嘶鸣，不肯饮龁。父问其故，母以誓众之言白之。父曰："誓于人，不誓于马。安有配人而偶非类乎？能脱我于难，功亦大矣。所誓之言，不可行也。"马愈跑，父怒，射杀之，曝其皮于庭。女行过其侧，马皮蹶然而起，卷女飞去。旬日，皮复栖于桑树之上。女化为蚕，食桑叶，吐丝成茧，以衣被于人间。父母悔恨，念之不已。忽见蚕女，乘流云，驾此马，侍卫数十人，自天而下。谓父母曰："太上以我孝能致身，心不忘义，授以九宫仙嫔之任，长生于天矣，无复忆念也。"乃冲虚而去。今家在什邡、绵竹、德阳三县界。每岁祈蚕者，四方云集，皆获灵应。宫观诸化，塑女子之像，披马皮，谓之马头娘，以祈蚕桑焉。稽圣赋曰："安有女，（《集仙录》六"安有女"作"爱有女人"）感彼死马，化为蚕虫，衣被天下是也。"

原载：《太平广记》卷 479（第 3945 页）

白马化蚕

讲述者 沈大宝　记录者 庾良甫　整理者 吉成

嘉湖水乡农民有养蚕的习惯，他们都亲切地称蚕为"宝宝"。蚕宝宝是怎么来的？据说是一位小姐变的。

很久以前，水乡桑园村中，住有一户大户人家，主人早已过世，留下母女二人。母亲刘氏，为人暴戾乖张，惧恶欺善；女儿翠仙，生就沉鱼落雁之貌、闭月羞花之容。许多才子向其求婚，都被刘氏无理拒绝。

一天深夜，忽然闯进一伙强盗，掳去了姑娘。刘氏恸哭不已，悲哀至极。她烧香求佛，对神发誓："谁能救出我家女儿，愿将女儿许配与他。"她的话正巧被她家马棚里的白马听到了。这匹善良、剽悍的白马，挣断缰绳，跳出马棚，直奔强盗住所，用铁蹄踏碎盗窝，把姑娘驮回家来。

刘氏见女得救回来，欣喜万分，为感谢白马救女之恩，连忙取出精细好料喂给白马，作为酬答。可是白马却引颈长嘶，不肯吃食，后来竟开口说话了。它说："夫人，你说过，谁救回你家女儿，愿将女儿许配给谁，如今为何不守誓言。"刘氏阴险狡诈，不但矢口否认原先的许诺，反而设计陷害，用毒箭将白马射死，并且剥下马皮，放在天井里曝晒。姑娘对白马的救命之恩，念念不忘，对母亲的狠毒感到问心有愧。她走到外面去看晒着的马皮，流下了同情的眼泪。说也奇怪，这时，突然刮起一阵狂风，风掀马皮，直朝姑娘扑来，卷起姑娘飞向云天。刘氏眼看女儿被马皮卷走，哭喊呼救，四邻都被惊呆。过了很长一段时间，刘氏见裹着女儿的马皮，悠悠扬扬地飘落在一株桑树上。她急忙赶去，只见女儿已经变成一条浑身雪白的虫，身子很小，面孔似马的模样，正在一扭一扭地吃桑叶，刘氏一看当场吓得昏死过去。

从此，我们这一带就有了蚕宝宝。

原载:《中国民间文学集成·浙江省嘉兴市桐乡县故事、歌谣、谚语卷》(第6-7页)

马鸣王菩萨

讲述者 沈松泉　记录者 范朱华　整理者 罗阳晓晨

流传地　石路乡等地

古代辰光，有两个小国在打仗，打来打去分勿出输赢来。一个国王心急了，就下了一道圣旨，"啥人能把敌人打退，就把漂亮的公主许配伊。"一时间，大小将领摩拳擦掌，争先出战，结果都打勿赢。最后，在一匹白马身上捆满刀剑，让伊出阵，伊东冲西杀，敌人吓得退却了，这边的人马乘胜追击，终于打赢了；白马立了头功。

可是，那国王是个无良心的人，就是勿提许配公主的事，对白马睬也勿睬，气得白马日夜乱叫乱踢。公主对白马说："白马啊白马！侬是马，勿是人，我那格好嫁给侬呢？"白马听了难过地低下了头。可是公主一走开，伊又乱踢乱叫，吵得国王觉也困勿着，便下令把白马斩了，把马皮晾在马棚外面的竹竿上。公主知道白马被父王杀死后，伊怨父王勿该无情无义杀白马，伊看到晾在竹竿上的马皮，难过地眼泪落了下来。这时，那张晾在竹竿上的马皮突然飞了下来，把公主裹起来，腾空飞去，一直飞到东阳、义乌那边，落在一株桑树上。过了三日三夜，马皮里厢生出木佬佬马头小虫来。这种小虫专吃桑叶，长大了就吐丝做茧子。茧子外面雪白的一层，叫"茧衣"，这茧衣是白马皮变的。茧衣里头的蛹变成飞蛾，又养出木佬佬白色的马头小虫，大家就把伊叫做"蚕"。蚕会吐丝给人织绸织绢做衣裳穿，大家都喜欢伊，就把伊叫作"蚕宝宝"。传说蚕的祖宗是白马和公主，蚕农为了年年蚕花丰收，就把蚕祖宗叫作"马鸣王菩萨"，并挂上一幅画像，画上是一个女人骑着一匹白马，用来纪念伊。

原载：《中国民间文学集成·浙江省嘉兴市海宁市故事、歌谣、谚语卷》（第4—5页）

蚕花公主

讲述者 钟岩亭　采录者 徐建新 史云峰 姚坤源

俗话说："清明大如年。"清明佳节，那天含山一带的老百姓都忙着淘糯米裹粽子，好不热闹。可是居住在含山脚下的武员外的女儿蚕花公主，此刻却紧锁双眉，满腹心事。

原来公主的父亲武员外前天率兵去新市打仗。刚才，父亲手下的一名兵士，飞马来报告战场情况。那战士遍体鳞伤见了公主只断断续续地说了句："员外……被围，快……快救……"就倒地死去了。

蚕花公主恨不得自己骑上战马去营救父亲。但毕竟是个女子，手下又无兵将，如何营救得了？蚕花公主想到焦躁处，不由手掌猛地击在桌面上，把桌上的笔、砚都震起有二三尺高。眼看跳起的笔、砚，蚕花公主不由心里亮出一条营救之计。她立即铺开纸，提起羊毫，饱蘸浓墨写了起来："吾父被围新市，谁能力救吾父出险境，妾身即愿许配谁。"

告示写好后，她立即叫丫鬟小青将其贴在山塘桥西塊的茶馆正门上。时隔不久，忽然从东面白马塘上奔来一匹白驹马，来到茶馆门口，张嘴揭下告示，然后向新市方向飞奔而去。

已过中午时分，蚕花公主仍无心用餐，双眼望着新市方向。突然，远处一匹白驹马驮着一人奔驰而来。渐渐地，人马来到近前，蚕花公主一看端坐马背之人，不禁喜出望外："啊，爹爹，你可平安回来了。"此时再看那匹白驹马，嘴里还含着那张告示，两眼闪着光亮，直看着公主。公主明白了，上前用手抚摸着白驹马汗湿的鬃毛，那样子似乎在告诉它自己的感激之情。

蚕花公主扶爹爹进内室坐定，武员外开口把事情经过告诉女儿："奇事啊，真乃千古奇事啊。这次我被围新市，手下人马死伤惨重，我以为自己已陷绝境，再也见不到女儿你的面了。哪想突然一匹骏马冲到我面前，卧伏在地，于是我急忙跨上马背。那骏马驮着我如飞一般，一眨眼就冲出重围，来到家中。你道奇也不奇？真要好好重谢这匹救命恩马啊！"

公主一听，知道父亲还不知告示之事，于是取出告示："爹爹请看！"

"这是什么？"

"这是孩儿刚从那匹白驹马的嘴里取下来的。"

武员外接过告示，展开一看，不觉大吃一惊："怎么，这是你写的吗？"

"是的，爹爹。"

"怎么？你竟敢自己将终身随便相许，这成何体统？"父亲大怒。

"请爹爹宽恕，孩儿救父心切，一时也就顾不得许多了。"

"那么，如今揭告示的是一匹马，你说该怎么办？"

"爹爹，为人须讲信义，女儿不敢自食其言。"

"什么？你要和一匹畜牲匹配成亲？荒唐，真是岂有此理！"

武员外大发雷霆："不行，为父绝不能依你。"

"爹爹，"蚕花公主见父亲不答应，不由得流下了眼泪，跪下身子，"女儿当初为救父亲，许下了诺言，也未曾料到救父者竟会是一匹马。如今，事已至此，女儿虽知人畜有别，不能婚配，但一言既出，驷马难追。况且那白马救父之恩，恩重如山，绝不能欺它不会人语而负之。女儿主意已定，此身绝不再嫁，愿陪伴白马终身，绝无反悔。"

女儿的哭告，扰得武员外心烦意乱。此刻，那白驹马的救命之恩，早被他抛至脑后，心里直在打着如何摆脱这件荒唐婚事的主意。不久，武员外开口了："好吧，婚姻大事不可草率从事，待为父慢慢操持。女儿近来心神交瘁，明日须在闺房养息一天，不必出门。"

"万望爹爹不要亏待了孩儿的白马。"蚕花公主悲戚地回自己房中去了。

第二天正是清明节，武员外家张灯结彩十分热闹，原来武员外已在为白驹马张罗婚礼。只见大厅当中，那匹白驹马卧伏在地。一会儿，新娘蒙着头巾被人扶至堂前，正要与白马成亲拜堂之时，突然那白马长啸一声，跃然而起，用前蹄踢下新娘的头巾。原来那新娘不是蚕花公主，而是家里的丫鬟小青，这是武员外施的"偷梁换柱"之计呵。

那匹受骗的白马，此刻如疯了一般，狂奔乱跳，狠狠地对准丫鬟冲撞过去，可怜丫鬟小青无辜一命呜呼。这时，武员外见计已败露，火冒三丈，操起刀就向白马刺去，那刀正刺中马腹，白驹马哀鸣一声，倒地死去。

这一天，蚕花公主被父亲关在闺房，心中非常纳闷，又听到堂前一片闹闹嚷嚷之声，知道事情不妙。后闻知白驹马惨遭杀害，公主真是又悲又恨，悲的是自己蒙白马之恩未报，反使其遭杀害；恨的是爹爹心肠太狠，下此毒手。公主一气之下，在房中撞壁自尽而死。家人们把那匹白马和蚕花公主分别安葬在含山顶上。

时隔两月，含山顶上出了一件奇事：只见公主的坟上长出一棵树，树身矮矮的，树叶青翠而又肥大；而白马的坟上出现了许多小虫，这些小虫慢慢地都爬到对面的树上去了，吃起那树叶来。它们吃得累了，就睡一会儿，醒来后蜕了一层壳，又吃起来。如此反复几回，小虫慢慢地长大了，样子变得很可爱：通体洁白，身上还印着一个个马蹄形的花纹。小虫长到有寸把长时，便不断从嘴里吐出银白色的细长的丝来，边吐边绕，不几天，那虫便把自己围在里边，做成了一个长圆形、腰身微凹的东西。样子就像是一个缩小了的冬瓜。又过了不久，小虫都变成了飞蛾，咬破那围住自己的外壳，飞了出来。它们都成双成对地，在含山上空飞来飞去……

当地的老百姓猜测，这飞蛾就是蚕花公主和白驹马的化身，要不，那虫身上怎会印有马蹄印花纹？于是，当地的人们为了纪念奋勇救人的白驹马和情重如山的蚕花公主，就把那些虫叫作"蚕宝宝"，把这树叫作"桑（双）树"，把这长圆形的东西叫作"茧（驹）子"。这时，有人梦见蚕花公主对他说："茧子可以抽丝织绸、缝衣御寒……"就照着做了起来，果然织出柔软、漂亮的绸缎。从那时起，含山一带就开始养蚕了，慢慢地传遍了整个江南水乡，后来就一直传到远处去了。

人们为了感激蚕花公主和白驹马的恩赐，大家捐款在含山顶上建起了一座蚕花殿，殿内精心雕塑了一尊蚕花公主的像和一匹白马像，白马就匍匐在蚕花公主的身旁。从此，每当清明佳节，远远近近的蚕农都要来含山朝拜蚕花公主，以祈祷蚕花丰收、生活富足。

原载：《浙江省民间文学集成·湖州市故事卷》（第 531-534 页）

白马化蚕

讲述者 冯茂章　**记录整理者** 顾希佳

采访时间 1980 年 12 月

那是很久很久以前的事了。一户人家，男人到很远很远的地方去做生意。妻子已经去世。只留下一个小姑娘，喂着一匹白马。

小姑娘一个人闷在家中，实在寂寞得很。她一心盼着爸爸早日回家。可是从花开盼到花落，从月圆盼到月缺，爸爸还是不回来。小姑娘心里烦呵，就摸着白马的耳朵给它开起了玩笑："马儿呵马儿，你要是能把我爸爸接回家，我就和你结为夫妻。"

谁知白马听完姑娘的话，竟点了点头，朝天一声长嘶，绷断缰绳，朝外飞驰而去。

那天，小姑娘的爸爸做完一笔生意，心里正高兴。忽然见家中的白马奔来，满身是汗，气急喘喘，大叫一声，一口咬住他的衣襟就朝外拽。他心中一个咯噔，以为家中一定有了灾祸，顿时心慌意乱，跨上马背朝家中赶去。

跑呀跑，终于赶到家中，却见小姑娘正笑嘻嘻地在门口迎接。一问，什么事也没有，才松了口气。

谁知从此以后，那白马一见小姑娘就会高兴得叫起来，挣扎着跑到她身边，不肯离去。小姑娘见白马这么聪明，十分喜欢；再想想人怎能和马儿结婚？又担忧起来。一颗心就像十五只吊桶打水，七上八下的，拿不定个主意，眼看着一天天消瘦下去。

她爸爸发觉了，悄悄地把姑娘找去仔细盘问，才知道女儿当初许过的愿。哎哟哟，这可怎么办呢？总不能把自己的亲生女儿嫁给一匹马吧？这事要是张扬出去，多难听！一不做二不休，趁小姑娘不在家的时间，他狠了狠心，一箭把白马射死了，剥下马皮，晾在院子里。

小姑娘回家来，见院子里晾着一张白马皮，知道出了事连忙奔过去，抚摸着马皮，簌簌地掉下眼泪。忽然，马皮从竹竿上滑落下来，正好裹在姑娘身上。院子里顿时刮起一阵旋风，马皮裹紧姑娘，顺着旋风滴溜溜地打转，不一会就冲出门外，等她爸爸赶去寻找，早已无影无踪啦。

几天以后，人们在树林里找到那姑娘。只见雪白的马皮正紧紧地贴在她身上，她的头也变成了马头模样，趴在树上扭动着身子，嘴里正不停地吐出亮晶晶的细丝来，把自己的身体缠绕起来。

从此以后，世界上又多了一样东西。因为它总是用丝来缠住自己，大家就把它叫做"蚕"；又因为它在树上丧失了性命的，就把那种树叫做"桑"（"蚕"和"缠"谐音，"桑"和"丧"谐音）。后来，大家都尊奉那个小姑娘叫马头娘。不过，杭嘉湖一带的老百姓都喜欢叫她"蚕花娘娘"。每年养蚕的时候，都要拜拜蚕花娘娘的。

附记：有关蚕马的传说，在嘉兴市南部地区流传甚广，虽内容略有差异，但"白马化蚕"这一主要情节基本相同，这里选用了海盐、桐乡的两篇。

原载：《浙江省民间文学集成·嘉兴市故事卷》（第 14—15 页）

黄牛化蚕

讲述者 朱火良　**记录整理者** 朱火良 顾鉴生

采访时间 1985 年

传说在很早以前，钱塘江北岸有一户富豪人家，家中有一个小姐，自出娘胎十八春，还从来没有走出过房门一步呢。她生得眉清目秀，十分美貌，整天只知道躲在绣楼之上，描龙绣凤，做着女红。

有一天，小姐觉得有些气闷，在贴身丫鬟的再三劝说下，才和丫鬟二人一起下了楼，到花园里去游玩了半天工夫。

谁知道从此以后，小姐就觉得自己的身子有些不适意。日子一长，连肚子都有些大起来了。小姐的父亲大吃一惊，请来医生给女儿看病。医生说小姐是有了喜。

啊呀呀，这可怎么得了！父亲心想："女儿长到一十八岁，还从没见她跟哪一个陌生的男人来往过，怎么会出这种事的呢？"就把那丫鬟叫了来，再三盘问。问到后来，丫鬟说："小姐确实从来没有和外人来往过，就是那天游花园，看见一头大黄牛。小姐很喜欢它，和它在一起玩了一阵子，难道是……"

听到这里，小姐的父亲早已火冒三丈，哪里还有心思再听下去！当场派人到花园去，把大黄牛活活杀死，剥下一张皮，晾在花园的一棵大树上。

过了两天，小姐知道了，心里十分难过，正在自己房里伤心哩。突然，天空中刮起了一股龙卷风，先把牛皮卷了起来，接着又把小姐也裹了进去，一眨眼工夫就飞得无影无踪了。小姐的父亲得到这个消息，连忙派人四出寻找小姐的下落。东寻西找，最后终于在一棵大树上找到了那张牛皮。

派出去的人把牛皮带回来，交给主人。大家打开牛皮一看，只见里面有许许多多黑油油的小虫子，在蠕蠕爬动着。大家说："也许这就是小姐变的吧？"

小姐的母亲心疼死了，就把这些小虫子收集起来，放在一只竹匾里喂养。又从当初发现牛皮的那棵大树上采来许多树叶，这就是后来的桑叶，拿给它们吃。慢慢地，黑虫子就变成了白色的蚕了，最后结成了茧。这种茧抽出来的丝，又细又韧又白，正好做衣服。小姐的母亲就这样一年一年地喂养着这种蚕。因为蚕是她的女儿变的，所以她总是喊它们"宝宝"。久而久之，大家都叫小姐的母亲为"蚕娘"，叫蚕为"宝宝"。

从此以后，钱塘江北岸一带的农村里，也就家家户户养起蚕来啦。养蚕的女人都把蚕当作自己的女儿一样看待，把它们叫作"蚕宝宝"。别人也就把养蚕的女人都叫做"蚕娘"。

原载:《浙江省民间文学集成·嘉兴市故事卷》(第18-19页)

蚕宝宝的来历

讲述者 焦正连 **采录者** 庄振祥

采访时间及地点 1988年3月 虹口区东长治路街道

古时候有一户人家，只有父女两个。后来父亲出远门，一去很久没有回来。他女儿在家里很冷静，时常和喂养的一匹公马说说话。有一天，她对公马开玩笑说："马啊，你如果能把我的父亲接回来，我一定嫁给你做老婆。"啥人晓得，那马一听这话就跳跃起来，挣断缰绳跑出院子。等到女儿跑出来看时，那马已经无影无踪了。

那马跑啊跑，跑了几天几夜，一直来到了主人的身边。主人看到自家的公马从千里之外的家乡跑来，又惊又喜。那马只是望着家乡的方向，伸长了头颈长嘶不停。主人想，这马突然从家里跑来，又做出这种奇怪的模样，莫非是家里出了啥事体? 于是赶紧骑上了马，一刻不停地跑回来。

到了家，方才晓得家里并没出事体，只是女儿想念父亲，马通人性，去把父亲接了回来。父亲对女儿一个人留着家里也实在放心不下，便住下来不走了。他看到马这样聪明很喜欢它，总是拿上好的饲料喂它。可是马啥也不肯吃，每次看见女儿从院子大门进进出出，就神情异常，又叫又跳。父亲心里奇怪，就问女儿："那马为啥一看见你就又叫又跳? "女儿便把那次和马开玩笑的事告诉父亲。父亲板着面孔对女儿说："你怎么好开这种玩笑! 你不要进出院子，待我来想个办法。"

父亲虽然喜欢这匹公马，但是绝不愿意让公马做他的女婿，决定杀死公马。父亲杀了公马以后，把马皮剥下来，晒在院子里，准备以后派用场。

有一天，父亲有事出门，女儿和邻居的几个姑娘一起在院子里白相。女儿看见那马皮，心里生气，就用脚踢它，一边踢，一边说："你这个畜生，还想让我做你的老婆，现在给剥了皮，真是活该！看你还……"她的话还没说完，那马皮突然蹿起来又飞快落下来，将女儿裹住就朝外飞去。邻居的这几个姑娘又惊又怕，各自逃散回家去了。

到了夜里，父亲回家不见女儿。邻居的姑娘告诉他女儿被马皮裹去了。父亲听了有点不相信，到附近各处去寻找，找遍了还是没有女儿的踪影。父亲伤心极了，还要继续寻找女儿。几天以后，父亲终于在一棵大树上发现了那全身裹着马皮的女儿。这辰光，她已经变成了一条虫子，在树枝上慢慢地摇摆着那像马一样的头，嘴里吐出一条白光光的长长细丝，在几根枝条上缠来缠去。父亲非常痛心，但又毫无办法，只在树底下发呆。后来好奇的人纷纷跑来看，大家都不晓得这虫子叫啥。有人给它起名叫"蚕"，意思是说它吐出丝来"缠"牢自己。这棵树叫做"桑"，意思说有人在这树上"丧"失了年轻的性命。

这就是蚕宝宝的来历。

原载：《中国民间故事集成·上海卷》（第 537-538 页）

蚕桑传说

嫘祖养蚕织绸

讲述者 鲍云州　采录者 莫高

采访时间及地点　1977 年 5 月　杭州市下城区

远古时候，西陵部落里有位叫嫘祖的公主，年轻美貌，聪明伶俐，部落里人人喜爱她。

有一天，嫘祖在一株桑树下搭灶烧水。她一边向灶下添柴火，一边观望着桑树上白色的蚕虫在吐丝作茧，越看越出神。忽然，一阵大风吹过，一颗蚕茧从桑树上掉了下来，跌进烧沸的水锅里。嫘祖怕弄脏了开水，用一根树枝去打捞蚕茧，谁知一捞两捞，蚕茧没有捞起，却捞起一根洁白透明的长丝线，而且越拉越长，拉个不完。嫘祖又用一根短树枝将丝线绕了起来，绕成一团。

嫘祖望着这一团洁白的丝线，忽然，想起她和姑娘们一起用植物筋织布的情景，就产生了用这种丝线来代替植物筋纺织的念头。她又采了几颗蚕茧绕成丝线，动手一试，果然织成了一块白白的丝绸，向身上一披，又柔软，又漂亮。部落里的姑娘看了都感到十分惊喜。嫘祖开始教她们采集野外桑树上的蚕茧，来抽丝线织绸，后来就自己采桑养蚕，缫丝织绸。

不久，轩辕部落与西陵部落联盟，嫘祖嫁给了轩辕部落首领。结婚的时候，嫘祖用自己织的丝绸做了一身漂亮的衣衫，还用凤仙花瓣将它染成红色，红艳照人更加美丽。她给轩辕部落首领做了一身宽敞的衣裳，用黄栀的果实将其染成黄色，金光闪闪，十分威武。从此，部落先民都称他为"黄帝"。

因为嫘祖最早开始采桑养蚕，后来的蚕农们就尊称她为"先蚕神"，又因为嫘祖最早用蚕丝织绸，后来的机坊织绸师傅就尊称她为"机神娘娘"。

从前，杭州下城一带机坊林立，机杼声日夜不息。机坊织绸师傅为求机神保佑他们织绸技艺精良，丝绸产销兴旺，特地在所巷造了一座机神庙，塑了轩辕黄帝和机神娘娘嫘祖的像，春、秋两季供奉三牲五畜、焚香祭祀。直到现在，那里还叫"机神庙巷"。

原载：《中国民间故事集成·浙江卷》（第498-499页）

龙蚕

讲述者　朱巧英　　记录整理者　徐春雷

采访时间及地点　1964年5月　民兴竹园村　**流传地**　杭嘉湖地区

很早很早以前，大运河边的王家庄上，有妯娌俩。大嫂是本地人，有一手本领，会采桑养蚕。二嫂是外乡人，去年刚嫁到这里。

这年春天，刚过清明，桑树枝条上就冒出了一眼眼嫩绿的新芽。大嫂收拾好蚕房，又请来了"蚕花太子"，准备养蚕啦。二嫂也想养蚕，只是什么都不懂，心里很着急。

谷雨过后，养蚕的人家都开始催青收蚁了。二嫂一心想学养蚕，便去求教大嫂说：

"嫂嫂，我在娘屋里从来没养过蚕，你教教我那格养好吗？"

大嫂心里想，哪会这么便当呵！她两只眼乌珠滴溜溜一转，心生一计，装出诚心教她的样子说：

"养蚕勿难，就是收蚁要留心。你回去把蚕种放在汤罐镬子里沉一沉，然后用被头焐三天三夜，乌娘就出来了。"

二嫂信以为真，就按大嫂的吩咐去做。一天、两天、三天过了，翻看被头一看，那张烫水泡过的蚕种，灰黄一片，没有一条蚕的影子。二嫂疑心起来，再去问，可是大嫂连门槛也不让跨进，说什么她家请过"蚕花太子"，陌生人走进去，蚕花要被冲掉，蚕儿就养不好。二嫂无可奈何，只得回家再用被头焐。又焐了三天三夜，还是不见小蚕出来。二嫂有点气糟糟，打算将这张蚕种塞到灶洞里烧掉。她正要塞进去烧的时候，突然发现那张蚕种纸板角上，有一个菜籽那么大小的小黑点在蠕动，仔细一看，正是一条蚁蚕。原来，蚕种放到汤罐镬子里沉的时候，手捏的那只角没有浸到水，这是幸存下来的一条小蚕。这时，二嫂有说不出的高兴，连忙用鹅毛把这条小蚕掸到蚕匾里。就这样，二嫂也开始养蚕了。

二嫂没养过蚕，不懂养蚕方法。俗话说：不会种田看上垦。她看着大嫂的样子做。大嫂采叶，她也采叶；大嫂喂蚕，她也喂蚕；大嫂生炭火盆加温，她也生炭火加温。她日夜守在蚕房，像抚育婴儿似的照管着蚕宝宝。时间过得很快，转眼七天过去了。蚕儿日长夜大，吃叶也越来越多。本来采桑叶用竹篮子，现在要用叶箅了。大嫂见二嫂每天背着一箅箅桑叶回来，猜疑起来，她采格许多叶做啥？难道烫水泡过的蚕种还能孵出蚕宝宝来？这天夜里，大嫂偷偷地摸到二嫂蚕房边。二嫂因为日夜忙着采叶喂蚕，有些疲倦，靠在蚕台上睡着了。大嫂轻轻推开一扇门，伸进头去一看，不禁大吃一惊，只见二嫂蚕房当中的柴帘上，躺着一条又大又白的蚕宝宝。这条蚕儿总有条凳那么长，廊柱那么粗，浑身雪白油亮，头顶上还生着一对触角，头微微昂起，正在大口大口地吃桑叶。大嫂心想："哟！这一定是条"龙蚕"呢！从前听老人说过，龙蚕很大很大，谁家出了龙蚕就要发财，这下子二嫂可要发财啦！"她越想越烦恼，越想越妒忌，心里在暗暗埋怨："蚕花菩萨没良心，吃了隔壁谢对门，龙蚕不送到我家来……"她想着想着，眉毛一拧，嘴巴一噘，忙去找来一根麻绳，趁二嫂熟睡着，用麻绳套住大蚕的触角，想将它拉到自己家里。但左拉右拖，大蚕纹丝不动，照常吃叶。她猴急起来，便将麻绳朝腰里一缠，两脚撑住门槛，牙齿一咬，头朝前，使尽全身力气向外拖。就在这时，那大蚕突然将头一甩，套在触角上的绳子一滑，大嫂跌了个"扑跟跤"，跌得鼻青眼肿。她唯恐将二嫂吓醒，不敢叫一声疼，连忙拖着麻绳溜了回去。

从这以后，大嫂一想起那条大蚕，心里总有说不出来的滋味。又过了一些时候，一天中饭过后，她趁出外采叶的机会，有意挨近二嫂，试探地问："二嫂嫂，你家蚕宝宝上山做茧子了吗？"

二嫂回答说："没有呀！"

大嫂装成为难的样子说："我家的蚕宝宝倒是好上山了，可是……"说着叹了口气不说了。

"可是怎么样？"二嫂关心地询问。

大嫂又假惺惺地说:"蚕宝宝要吃了催眠药才肯上山做茧子,可这几天我实在分不出身出门。"

"怎么?宝宝上山还要吃催眠药?"二嫂好奇地问,心里在想:怪不得我家的蚕宝宝那么大还不肯上山做茧子,原来没给它吃催眠药。现在既然大嫂没工夫去买药,我何不代她去买一下呢?况且自己也需要,于是便询问了这种药名和喂药的方法。

大嫂告诉她说:这种药叫白砒,买来之后,用水泡了洒在桑叶上,蚕宝宝吃了很快就会吐丝做茧子。

二嫂巴望蚕儿早点做茧子,就按大嫂说的去做了。谁知那大蚕吃了这种药之后,桑叶也不吃了,一动不动地躺着,身上的皮肤也慢慢枯萎,像死了一样。二嫂伤心呀,趴在大蚕身边哭了三天三夜。说也奇怪,到了第四天,那大蚕脱了一层皮,又动起来,长得也比以前更大了,皮肤也比以前更嫩了,吃起叶来也比以前更多了。这样,二嫂又忙碌起来。她每天天不亮就出去采叶,回来马上喂蚕,有时连饭也顾不上吃。大嫂这几天特别注视二嫂的行动。她见二嫂仍然整天忙着采叶喂蚕,又猜疑起来:"难道那大蚕还没有被砒霜毒死吗?"

又过了好几天,眼看蚕宝宝就要上山结茧子了,大嫂对二嫂的妒意越来越深。这天夜里,更深人静,大嫂将自己家里已经熟了的老蚕,捉上了山,便急忙从纺车上取下根锭子,往袖里一拢,又偷偷摸摸地来到二嫂家蚕房边。她先在窗口张望了一番,见那条大蚕安然地在那里吃叶,二嫂正倒在蚕毛柴上呼呼大睡。她悄悄隐进蚕房,立即从袖管里抽出锭子,朝那大蚕头上狠狠戳了一锭子。那蚕疼得直甩头。接着她又在大蚕屁股上戳了一锭子,只见大蚕扭动了几下便不动了。她怕大蚕还没有死,又在它身上戳了几十下,戳得蚕儿遍体窟窿,这才得意地离开了二嫂的蚕房。

大嫂回到家里,见自己蚕房的"柴龙"上,爬满了又白又壮的蚕宝宝,发出一片窸窸窣窣的声音。看到这些,她很兴奋,躺在床上还在幸灾乐祸地想:要不了几天,这满屋都是雪白的茧子,二嫂蚕房里会有啥呢……想着想着便睡着了。半夜以后,她模模糊糊地听得唢呐声夹着哭泣声,好像谁家在出殡……这一夜翻翻腾腾,做的全是噩梦。

第二天清早,大嫂走到蚕房里一看,猛吃一惊:原来昨夜已经上山的蚕宝宝,一条也不见了,只留下一条条空荡荡的"柴龙",她再跑到二嫂家蚕房里一看,只见柴帘上，墙壁上，窗棂上到处结满了雪白雪白的茧子。特别是蚕房当中的那个大茧子，更是显眼，好像一只大冬瓜。她看着看着发了呆，突然，只觉得眼前一黑，便倒在地上。

为啥二嫂家一下子有那么多蚕茧呢？原来二嫂家养的那条正是"龙蚕"。龙蚕是蚕中之王。当它被凶残的大嫂戳死之后，它的家族——小蚕，便从大嫂家赶来为它吊孝送葬，并吐丝作棺为它收殓。收殓好龙蚕，小蚕也都吐丝作茧自缚而死。据传，现在蚕宝宝所以眠一次脱一次皮，就是因为当时吃了大嫂的砒霜；身上的一个个斑点，就是大嫂用锭子戳后留下的伤疤哩。

附记：1981年选入浙江省人民出版社《浙江风物传说》，1984年选入全国民间文学作品评奖《获奖作品选》。1987年民间文学普查时，有吴亦康（南日）、祝汉明（史桥）、陈泰声（屠甸）、张松林（濮院）、周唐娜（民合）、姚震天（石门）、俞新荣（晚村）等采录到此传说。

原载：《中国民间文学集成·浙江省嘉兴市桐乡县故事、歌谣、谚语卷》（第195—199页）

二姑养蚕

讲述者 沈阿二　采录者 沈瑞康
采访时间及地点　1979年春　海宁县周王庙镇

很久以前，在一个小村庄里，有一份人家，弟兄俩。哥哥娶了个外地的女人，弟弟娶了同村的姑娘，嫂嫂叫阿彩，弟媳叫二姑。二姑嫁来后，弟兄便就分了家。

嫂嫂阿彩有套本领，会采桑叶养蚕，小村庄里的人都感到稀奇。蚕茧结在蔟柴上，像一朵朵白花，好看极了，人们就把蚕茧叫成了蚕花。阿彩独自养着蚕，她不肯把本领教给别人，更不肯把蚕种传给人家。所以几年来村里养蚕的，只有阿彩一家。

二姑也想养蚕。那年一开春，她就去求嫂嫂帮忙。阿彩想一口回绝，但面子上过不去，就想了个鬼计。她拿出一小张蚕种纸，告诉二姑说："蚕种要催籽，才能出乌蚁，你把蚕种纸放到开水里厢浸一浸，再放在身上焐三天，蚕就出来了，要是不出来，就是没有焐好，今年蚕就养不成了。"

二姑满心欢喜，拿到家里，照着阿彩教的去做。到第四天，她打开蚕种纸，暖暖的蚕纸上只爬动着一条小小的幼蚕，像乌黑的小蚂蚁。二姑很伤心，怨自己没有把蚕种焐好。她哪里知道，用开水烫过的蚕种，哪里还会出小蚕？这一条，还是她把蚕种纸放到滚水里时，在纸角上指头捏住的，虽则只有一条，二姑也舍不得丢掉，一心要把蚕养好。

二姑也养蚕了。她偷偷学嫂嫂的样，阿彩啥时采桑叶，她也啥时采；阿彩采啥桑叶，她也采啥桑叶；阿彩采多少，她也采多少。阿彩在暗笑：这个不知蚕是啥样子的笨女人，真是瞎起劲。她不到二姑家里去看看，二姑也不上她家来望望，两人各养各的蚕。到了蚕将要老熟的时候，阿彩再也熬不住了，她看到二姑采了和她一样多的桑叶，肯定也养了和她一样好的蚕。她一定要去看看。这一天，她见二姑出门之后，偷偷跑到二姑家里，往门缝里偷看。这一看，吓得她差点掉了魂。从二姑的蚕房里，她看到了一条大蚕，那条蚕啊，比小廊柱还粗，比大门闩还长，白白胖胖，结结实实。阿彩暗暗一想，肯定是条蚕王！狠心的阿彩啊，当场生了个坏念头，她拿来一只纺纱锭针，溜进蚕房，狠狠地将大蚕戳了一针。

二姑采桑叶回来，推开房门，惊得她把叶筐一掼老远。她看到宝贝蚕直挺挺地躺在地上，头上的伤口里流着汁水，身体软绵绵的。她扑到蚕身上，紧紧地捧住它，她知道蚕死了，放声大哭起来，多心痛呀，她花了一个月心血养成的蚕，把它当成宝宝的蚕呀！如今无缘无故地死了！二姑抱住蚕宝宝不停地哭，男人劝她也不听，阿彩假意来劝她，她也不理。二姑哭啊哭啊，从日里哭到夜里，直哭得昏睡在蚕宝宝身边。第二天天蒙蒙亮，二姑迷迷糊糊醒来，只见满屋一片雪白，从地下到房梁上，从墙壁到草堆里，到处结满了雪白的蚕茧，一层层，一堆堆，像雪白的花丛一样，她自己也被白茧围住，迈不开脚步。

她愣住了，呆呆地坐在地上，直到她男人来了，才把她从茧堆里拉出来。

原来二姑养的蚕确是一条蚕王。二姑的哭声传到阿彩屋里，传到村外，家蚕和桑树上的野蚕都晓得蚕王死了，当夜都来为蚕王吊孝，它们当场结成了"茧山"来祭奠蚕王。

这一年，二姑把茧子全留作蚕种，并把蚕种分给村里人，让大家都来养蚕。

从那时起，蚕便被人们叫成了"宝宝"。茧子丰收，就叫"蚕花"好哩。

原载：《中国民间文学集成·浙江省嘉兴市桐乡县故事、歌谣、谚语卷》（第 497-498 页）

海内争夸濮院绸

讲述者 潘景海

宋锦人传出秀州，清歌无复用缠头。

如今花样新翻出，海内争夸濮院绸。

这是古人赞美濮院丝绸的一首诗。濮绸是我国历史比较悠久的丝绸之一，跟杭纺、湖绉、菱缎并称江南四大名绸。它织工精美，面料细密，柔软爽滑，坚韧耐磨，具有风吹不折，晒不褪色的特点。据说，清朝宫廷所用黄龙旗，就是采用濮绸制成。

濮院丝绸业起始于南宋，兴盛于明清。全盛时期"四乡皆闻机杼之声"，有日出万绸之说。濮院丝绸业何以兴旺？据传，跟刘伯温有点关系。

刘伯温本是青田县山村里一位读书人。元朝末年，义军首领朱元璋得知他足智多谋，算计超人，便派人请他出山。刘伯温自从担任朱元璋军师之后，尽力为之出谋划策，辅佐前后。

一次，刘伯温随义军转战，路过永乐市（即濮院）。他在市上走了一圈，见此镇地形成圆，四周环水，好似一张荷叶铺盖池面。"神州难得荷叶地，他日定会显真龙。"这是一块风水宝地呀，将来可能要出真龙天子。他想，如果永乐市出了真龙天子，岂不要与未来的大明皇帝朱元璋争夺天下？他便想法方设法破掉这块宝地的风水。

这一天傍晚，他在永乐市棋盘形的街道上闲游，见小巷中一户人家，正用铁耙在家中翻坑安装织绸的绸机。他立即心生一计：如果让永乐市中千家百户都来翻坑安装绸机，不就等于在这块荷叶地上打上千百个窟窿？荷叶洞碎，宝地也就自破了。想到这里，他非常得意，随即吟诗一首："鸳湖西隅古梅泾，晋濮驸马筑庭院。荷叶棋盘珍珠漏，大明江山永千秋。"这首诗的意思是说，永乐市地处鸳湖（嘉兴）西面的梅泾河畔，是南宋时驸马濮凤构筑庄院的地方。如果在这块荷叶地的棋盘街上，到处挖上洞坑，这块地上的宝气（珍珠）就破漏掉了，日后朱元璋的大明江山就能永远保持下去。

后来，他便通过各种方法，怂恿濮院居民，家家挖坑安装绸机，织造濮绸。这样一来，濮院的丝绸业就更加发达起来。结果，大明江山只维持了276年就灭亡了，而濮绸却名誉海内，流传千古。

原载:《蚕乡的传说》(第 13—14 页)

轧蚕花

浙江北部的杭嘉湖平原，是我国蚕丝的主要产地。据 1958 年从浙江省吴兴县 (今湖州市吴兴区) 钱山漾新石器时代遗址出土的绢片、丝线和丝带等文物考证，这里的养蚕制丝生产，已有四千七百多年历史。地处杭嘉湖平原西北部的桐乡、吴兴、德清县等，更是著名的蚕乡。就在这三县交界之处，有一座六十多米高的小山丘，名叫含山。过去，这一带流传着这样一种风俗：每年清明节，附近农村的蚕农，特别是养蚕女子，都要到这座小山上走一走，轧轧闹猛，俗称"轧蚕花"。伴随这种风俗，蚕农们还自动开展一些赛船、打拳表演。相传，到这里轧过蚕花的女子，将来养蚕一定能获得好收成。

轧蚕花风俗流传已久，据桐乡方志记载，距今已有一百余年的历史。清人倪大宗曾在《清明竹枝词》中写道："东港新装两桨船，西村帮办彩旗鲜。脱衣卖弄腰身好，明日含山赛打拳。"这是对轧蚕花盛会打拳表演的形象描绘。

这种风俗如何形成的呢？据传，有一年清明节，天上的蚕花菩萨，变成一个姑娘到含山走了一遍，在山上留下了蚕花喜气。此后，谁在清明节到含山上走一转，谁就会把蚕花喜气带回去，蚕茧就能获得好收成，从此，这一带的蚕农每年清明节都要到含山走一走、轧一轧蚕花，慢慢便形成一种习俗。

含山虽然不高，但景色秀丽。山上有苍翠的松柏，山下有弯曲的环山河。七层宝塔耸立山顶，山神庙、观音殿等庙宇依塔而建(现在庙已毁)。身居平原水乡的人们，在风和日丽的春天，到小山丘上走一走，确实也是一种享受。

清明节这天，轧蚕花的蚕乡女子，从四面八方汇集含山。她们首先要做的是向卖纸花(俗称蚕花)的村妇买一朵"蚕花"插在头上，以使轧蚕花更具形象特征。

所谓"蚕花"，就是用五颜六色的绉纸扎成的纸花，直径约五六公分，两边衬有绿叶，上端叉开两枝小花朵，好似小姑娘头上的两根羊角辫。

为什么轧蚕花的蚕乡女子一定要买朵蚕花插在头上呢？据传这是西施美女传下

来的。西施在离越去吴路过蚕乡的时候，曾遇到越国正在采桑的十二位养蚕姑娘。她为了表达对故国姐妹的深情，吩咐侍女将花篮中十二朵绚丽多彩的绢花分送给采桑的姑娘，并祝福说："十二位姑娘十二朵花，十二分蚕花到农家。"这一年，这些姑娘养的蚕，果然获得十二分收成。从此，蚕乡就传下了插蚕花的习俗。

轧蚕花的女子头上插起红红绿绿的蚕花，便欣喜地挤进人群，开始了名副其实的轧蚕花，她们随着人群轧到山顶，照例要到山神庙或观音殿中去参拜一下，祈求神仙保佑蚕茧丰收。从庙里出来，便来到山顶北侧一小水潭边。这水潭名仙人潭，人们来到这里，总要捡一块小石头丢向水潭中心，这叫"击中仙人潭，回家养龙蚕。蚕花廿四分，谢谢番神仙"。

清明轧蚕花，起初只是大家来烧烧香，轧轧闹猛，后来慢慢发展成庙会形式。一到清明节，附近集上的商贩，都纷纷来到含山脚下设摊售货。什么糕饼摊、吃食摊、水果摊、广货摊，应有尽有。用芦席搭起的临时茶棚，遍布山脚。一些外地的戏班杂耍，也提早赶到，清明这天，一早就开场演出。京戏开场戏总是"天官赐福"，马戏班开场戏则是"马上发财"。这无非是讨个好口彩。其他还有狮狮变把戏、西洋镜、变戏法等等。最引人的节目要算环山河里的"踏排船"竞赛。参加竞赛的都是附近农村的蚕农们。他们在普通的农船上插上一面龙旗，装上两支橹、十把桨，挑选十几个身强力壮的小伙子……比赛时，由一掌大橹的人指挥，以跺脚为号令，齐心划动。几十条快船，在水上你追我赶，蔚为壮观。

蚕乡的清明节一般有三天，俗称头忙日、二忙日、三忙日。因此，轧蚕花从清明开始，要延续三天。轧蚕花虽然带有某种迷信色彩，但这也是蚕农们自娱自乐的一种形式，所以近年来又逐渐恢复。当然，香是不烧了，只是买朵蚕花戴戴，轧轧闹猛而已。

原载:《蚕乡的传说》(第 17—19 页)

蚕花廿四分

蚕乡流传着一句俗语："蚕花廿四分。"这里所说的"蚕花"，并不是真的花卉，而是表示蚕茧丰收的一个象征性词语。至于"廿四分"的含意，因为蚕的一生要经过四眠(头眠、二眠、出火、大眠)，方能上山结茧。过去，蚕儿饲养到大眠，蚕农总要将老蚕捉起过秤，记下分量，待将来采下茧子，再将老蚕分量跟茧子分量比算。如果一筐老蚕采一斤茧子，就叫一分蚕花，一筐老蚕采六斤茧子，就是六分蚕花。若能采到十分以上，已经是好收成了，所谓"蚕花廿四分"，只是为了讨个好口彩而已。

为了附和验证这句好口彩，每年清明时节，蚕农们总要到龙蚕会、含山、香市上，买几朵彩纸或彩绢扎成的"蚕花"戴在头上。据说，戴过蚕花的姑娘和阿嫂，将来养蚕一定能获得丰收。

"蚕花廿四分"这句吉利话，表现在蚕乡的婚事中，又形成了另一种习俗。旧时，桐乡百桃一带农村，蚕农结婚时，新娘用浪船接来，举行了过门仪式以后，即由伴娘或喜娘，站在大门口，向屋内撒二十四个银角子，俗称"撒蚕花廿四分"。据说，这样撒了以后，将来新娘养蚕蚕花定有廿四分收成。有时，喜娘在"撒蚕花"的时候还要演唱这样一首蚕歌：

> 新人来到大门前，诸亲百眷分两边。
> 取出银锣与宝瓶，蚕花铜钿撒四面。
> 蚕花撒上南，添个官官中状元。
> 蚕花撒落北，田头地横路路熟。
> 蚕花撒过东，一年四季福寿洪。
> 蚕花撒过西，生意兴隆多有利。
> 东西南北撒得匀，今年要交蚕花运。
> 蚕花茂盛廿四分，茧子堆来碰屋顶。

附记：这种风俗现在还在流传，但是撒出去的已不是银角子，而是铅角子。

原载：《蚕乡的传说》（第22-23页）

芝村龙蚕会

芝村是桐乡县芝村乡西北部的一个农村自然集镇。有一条南北走向的小街，开设十数家店铺。芝村港绕街而过。港北西侧原有一座"龙蚕庙"（今已废）。旧时，每年清明时节，四乡蚕农摇船聚集庙前，迎神赛会，俗称"龙蚕会"（亦称"蚕花胜会"）。

龙蚕会起于何时已无从查考。据清光绪戊寅（1878）《石门县志卷十一·杂记》记载："清明日插柳枝于檐户，各祭其祖茔，其米食用青白团。于民间洁蚕，具扮蚕娘船。乡人有往划脚船漾间叶价（疑作'谐价'）者。越一日为二。明日农船装设旐帜，鸣金击鼓，齐集龙蚕庙前，谓之龙蚕会，亦击鼓祈蚕之意。"

龙蚕庙供有蚕神塑像，人称马鸣王菩萨。据传，这马鸣王菩萨为宋康王所封。康王赵构临安登基之后，为了鼓励养蚕，特敕封蚕神为"马鸣大士"，并传旨蚕乡各地建庙供奉。为此，芝村一带的蚕农，便在芝村庙中建起马鸣王神殿，供奉马鸣王神像。因为蚕农都希望蚕神保佑自己育出龙蚕（传说中的大蚕），所以便将此庙称作"龙蚕庙"。以此庙为中心的迎蚕神庙会亦称为"龙蚕会"。

"龙蚕会"颇具水乡特色。迎会时，各地蚕农都准备了自己的拿手节目，以自然村为单位，摇船前来参加。这期间，芝村附近的河港里，船只遍布，锣鼓喧天；彩旗招展，五色缤纷。参加迎会的船只，以节目形式划分，有快船、打拳船、抬阁船、龙灯船、拜香船、标竿船等。

迎会开始，在一片锣鼓声中，人们将身穿霞帔头戴凤冠的蚕神马鸣王塑像，从庙中抬到一条用两条农船撬编而成的佛台船上。点起香烛，供上千张豆腐干、甘蔗和荸荠等素菜水果。待人们对蚕神顶礼膜拜之后，便开始表演节目。

抬阁船常为先导。这是由一些童男童女扮作戏剧人物形象所作的表演。他（她）们身穿戏服，手执道具，扮演"刘关张桃园三结义"，"白娘娘会许仙"，"牛郎会织女"等剧目。小人扮大人，一脸稚气，引人发笑。

拜香船也是孩子们的舞台，这里有穿红着绿的八个男孩和八个女孩。他（她）们头扎一根绸带（红男绿女），带梢分挂两边。每人手捧一只红漆小香凳。香凳一端装有一座小宝塔。演出时，八男八女不断变换队形，在优美的丝竹声中翩翩起舞，饶有风趣。

打拳船表演的是各种民间武术，有单人表演，有双人对打；有徒手开打，也有刀棍对阵。

最引人注目的要数标竿船。只见一根三丈多高的毛竹标竿，插立于船头石臼之中，四围四根祖竹撑住标竿。竿端套有一只形似升罗的"踏脚"。表演时，表演者缘竿而上，直至顶端，依托那个"踏脚"，表演各种动作。只见他们时而直躺竹上，双手放开，谓之"躺竿"；时而脚勾竹端，人身倒悬，谓之"倒挂锄头"；时而双臂挽勾竹竿，谓之"苏秦背剑"；时而单臂挽勾竹竿，谓之"张飞卖肉"。最精妙的表演为"蜘蛛放丝"。用一匹长绸，腰折系于竿端，表演者两手捏住两根绸柱，身体倒立，猛地顺绸向下滑去。此时，标竿吊成弯弓，人似坠入水中，动作惊险，观众无不为之捏汗。此节目的表演者，为晚村乡夜明斗村的胡阿六（已故），因其表演标竿四乡闻名，人称"标竿阿六"。据说他十二三岁时就将刮子架在桑树上练习翻杠子，在竹园里练习爬竹竿，此等绝技乃勤学苦练所成。

压台节目往往是摇快船。此项节目有竞技性质，参加的村坊较多。每条船上十二人，两橹八桨。爆竹一响，众船齐发，只听得"唰！唰！"的划水声，和"唏！唏！"的指挥声。水上彩旗猎猎，你追我赶；岸上人群涌动，欢声不断，盛况空前。

"龙蚕会"一般迎闹三至五日，吸引了成千上万的观众，可算是一次隆重的水上盛会。此会虽然有迎蚕神等迷信之举，但只要去其糟粕，取其精华，仍不失为一种具有水乡特色的群众性文体活动，可以古为今用。

原载:《蚕乡的传说》(第 26-28 页)

蚕宝宝驮牛

讲述者 包照兰　**采录者** 李国胜

采访时间及地点　1987 年 12 月　海宁市朝阳乡

传说，古代的蚕宝宝和牛是一对好朋友。不过，那辰光的蚕宝宝身体生得大，大水桶那么粗，吃起叶来蛮结棍，有辰光牛去吃桑叶，它就要生气。

有一日，牛对蚕宝宝说："蚕兄弟呀！地上的百草和树叶，好吃的我都吃过了，只有天上月宫里的仙草我呒吃到过，侬把我驮到月宫去，让我尝尝月宫的仙草好吗？"

蚕宝宝说："好吧！看在朋友份上，我驮侬去好啦。"

牛四只脚踏在蚕宝宝的背脊上，蚕宝宝运足气力，飞上天啦。快到月宫的辰光，蚕宝宝问牛道："牛大哥！侬吃到月宫里的仙草后，回来还要吃桑叶吗？"

牛回答说："吃还是要吃的，以后就少吃点好了。"

蚕宝宝听了牛的话，骂道："侬这个呒没良心的东西，我花了这么多气力，把侬驮到月宫来吃仙草，侬还要吃我的桑叶，就让侬去吃个够吧！"蚕宝宝骂着，把身体一缩，牛站勿牢，就从天上栽到地上来啦！这一跤掼得结棍，掼得门牙全部落脱，吃草的辰光，牛只好自认晦气，低着头把草囫囵吞下去，过一歇再重新吐上来嚼过。

蚕宝宝呢，那次把牛从天上掼下来以后，自家也觉得勿应该，心里难过，身体也瘦小了，瘦到后来只剩下指头那么大，但脊背上还留着四个深深的牛蹄印子。

从此，牛子牛孙出来也呒门牙，蚕宝宝的后代也再长不大了。脊背上也生着牛蹄印。

原载：《中国民间故事集成·浙江卷》（第 490 页）

蚕王天子

讲述者 程金和　　**采录者** 定日林

采访时间及地点　1988 年 1 月　安吉县磻溪乡

龙蚕龙蚕，早先蚕是条龙。龙蚕是天上的东西，地上原先是呒不的。呒不龙蚕就呒不丝，呒不衣裳。地上的人呢？就只好摘些树叶子遮遮身。

后来地上出了个蚕王天子，蚕王天子到底叫啥名字，啥人也勿晓得。只晓得他有三头六臂，还有一头会飞的牛。蚕王天子听人讲，天上有龙蚕，龙蚕会吐丝，吐出的丝可以织绸做衣裳，就骑着牛飞到天上去寻。

天上有一棵呒不叉枝的大树，树边住着一条龙一样的东西，浑身雪白雪白的，头上有一对角，身上有两只翅膀，昂起头在吐丝。蚕王天子想：这一定是龙蚕了。他高兴煞啦，跳下牛去把龙蚕抱了起来。龙蚕大呀，大得像一根蛮大蛮大的廊柱。蚕王天子抱起龙蚕想回去，哪晓得抱起了龙蚕上勿了牛，叫牛驮起龙蚕又坐勿落自己。蚕王天子急煞啦，"啪"地放下龙蚕，叫牛立在龙蚕的背上，自家又"扑"地跳到牛的背上。龙蚕被压得痛煞吃勿消啦，伸展开翅膀就飞，牛越压越重，龙蚕越飞越低，慢慢地落到了地上。牛一动勿动地立到了地上，把个嫩花花的龙蚕背上立出了好几个黑黑的脚印，到现在龙蚕的子孙身上还留着牛脚印。

龙蚕飞到地上又饿又吃力，昂着头，张着嘴巴，蚕王天子摘来了许许多多的柞树叶子，龙蚕拼死拼活地吃了七日七夜。吃得困了两三次，脱了几身皮。地上冷冻冻的，龙蚕冻得角缩进了头里，翅膀缩进了肚皮里，身子也缩短了交关。这还勿顶用，还冷呀，龙蚕就吐丝，把吐出的丝全部绕在自己身上，绕成了一个圆滚滚的东西。这圆滚滚的东西就是茧，茧好抽丝，抽出来就好做衣裳了，天下的人感激蚕王天子，就叫蚕王天子做了自己的头领。

原载：《中国民间故事集成·浙江卷》（第491页）

双树与天虫

讲述者 姚炳根　　**采录者** 吴坚奋

采访时间及地点 1965年　余杭县乾元乡

农历十二月十二日，临平农村都有祭祀蚕桑娘娘的习俗。

早先，人是用树叶和兽皮遮身的。那时，临平山北面有一位马姑娘，她觉得用树叶兽皮遮身太丑了，朝思暮想能穿上一件衣裳。一天夜里，马姑娘望着天上的月亮想："要能穿上像嫦娥那样的衣裳该多好啊，又暖和又合身。忽然，迎面走来一个老妇人，笑笑招手说："来，跟我来。"马姑娘见她也穿嫦娥式的衣裳，就跟着走了。走啊走，走进了一片树林，只见树并不高，枝叶却很繁茂，发出阵阵清香。马姑娘不知是什么树，就问老妇人。老妇人说："这是你我两个人的树，叫双树。"马姑娘穿过树林深处，看见树上有许多洁白的小虫，正在沙沙地吃叶，老妇人告诉她说，那是天虫。

"她养天虫干啥？"马姑娘正沉思时，老妇人用手指一点，霎时天虫变大了，结茧了。老妇人从茧子里抽出洁白的银丝，又两手来回摆动，编织出柔软光滑的绢帛，最后把绢帛做成了衣裳，将衣裳往马姑娘身上一披。马姑娘觉得自己跟月宫里的嫦娥一样美丽了，高兴得笑出声来。这一笑，马姑娘睁开了眼睛，哎呀，原来自己在做梦哩。

头顶的月亮已经偏西，马姑娘毫无睡意，决定去找梦中的双树和天虫。她走啊走，走了七七四十九天，来到一条河边休息。忽然发现附近有片树林，长得不高，枝叶繁茂，飘着清香。马姑娘高兴极了，忙上前去，一看，正是要找的那种树，树上还有小小的天虫。她就住下饲养天虫。一个多月后，天虫结了茧，马姑娘又试着把茧子抽丝，丝太少了，不能织帛做衣，她决定再住上一年。冬去春来，双树又抽芽长叶了，还结出了双果，马姑娘把双果撒到地上，不久，长出了一棵棵树苗。等到茧子里爬出的飞蛾孵出小天虫后，她把小天虫放到双树上去吃叶。小天虫长得很快，后来都结下了茧子。马姑娘留下一些苗子，准备明年再养，又把一部分茧子抽丝做成衣裳。

冬天，马姑娘穿上衣裳，挑着双树苗和茧子，高高兴兴地回家。姑娘们都很惊奇，围着她问个不停，大家希望自己也能穿上这种衣裳。马姑娘就说："你们如想穿，明天起，我带你们一起干活。"第二天，马姑娘带着一批姑娘，在河边种上双树，这天正好是农历十二月十二日。因为种树的人多了，"双"字就讹传成了"桑"字。到春天，天虫也饲养起来了，后来天虫讹传为"蚕"。从此，人间就开始穿衣。现在临平农村喜欢在农历十二月十二日前种桑树，就是为了纪念马姑娘。

原载:《中国民间故事集成·浙江卷》(第 492—493 页)

牛娃和蚕姑

记录者 李育发

相传，在天上的银河岸边住着一对小天神，男的叫牛娃，女的叫蚕姑，他们生性勤劳，心地善良。一次，玉皇大帝宴请各路神仙，在宴会上，有位天神酒醉后，打破一个巨大的油罐。这罐内的油整整流了七七四十九天，使凡间发生了绝灭性桐油火灾难，烧得海枯石烂，大地一片灰烬。幸存的人们无法生活，只有顿足捶胸望天痛哭。牛娃和蚕姑见了这般情景，顿生怜悯之心，两人一商量，决定由牛娃到天库去偷出各种粮食种子，由蚕姑到仙家果园中去偷各神花果和桑叶种子，然后撒向凡间，造福于民。

天上一日，凡间一年，一度春风过后，又现出一片绿洲。此事被玉皇大帝发现后，他很恼火，就对身旁的执法天神说："牛娃私开天库，同情凡人而视天条不顾，不惩不行，就把他变为牛，降到凡间，永远做牛受苦吧！"于是英俊的牛娃就被变成了一头牛。牛娃对玉帝的惩罚，早是预料中的事，只是要与蚕姑天地相隔，心中不免涌起悲哀。他要求玉帝在被罚下凡前，能与蚕姑再见一面，玉帝不答允，并传旨立即出天门，轰到凡界。牛娃被轰出天门倒掉下去，恰巧这时蚕姑闻讯赶到，蚕姑一看，不好，这样摔下去岂不没命了吗？于是急忙把身子化作一条柔软的大虫子，跃身而落，落到半空中接住牛娃化成的牛，用背驮着，慢慢落下。

这事被执法天神发现，立即施法收取了蚕姑的法力，蚕姑没了法力，顿时感到神乏力竭，口吐白沫，身子不断地缩小。她想要用尽平生之力！把牛平安地驮到凡间，可是力不从心，当快到地面时，已两眼发黑，一阵头晕，牛被倒摔了下去，蚕姑也翻腾而落，跌落在一株桑树上。后来，就在桑树上生长，成了吃桑吐丝作茧的蚕儿。

牛在跌落时，幸好离地面已不太高，没跌坏身躯，仅跌落了门牙。自此后，牛娃化成的牛就在凡界为人犁田耕地种粮，蚕姑化成的蚕在人间吐丝供织绢。据说，蚕背上的四只"蹄印"，就是背牛时留下的痕迹；而牛为了报答蚕姑的恩德，虽吃百草，却不去吃鲜嫩的桑叶，所以至今在民间尚有"蚕为背牛留蹄印，牛为报恩不吃桑"之说。

原载：《中国民间文学集成·浙江省丽水地区民间故事歌谣谚语卷》（第15-16页）

蚕和牛的传说

记录者 陈如龙

古时代，乾坤经过放桐油火的浩劫之后，大地上一片灰烬，只要种子一下地，庄稼就自行生长，收成很好。凡人快乐极了，常常吹笛奏乐安度时光。玉皇大帝看到大地这派景象，唯恐凡人乐极作端，就派了一名天使到凡间播撒草种，令他三步一把，撒遍大地。谁知天使听错，误以为是一步三把，于是遍地杂草丛生，致使凡人使用的木制农具根本无法耕种，粮食颗粒无收。玉帝闻后，大发慈心，派铁匠下凡制作农具，牛吃草耕地。牛懒洋洋地不愿下凡，玉帝就派蚕背牛下凡。蚕只好遵命，将牛背至半空，忽然对牛说道："我不久也要下凡，你在吃草时，千万别吃掉我的粮食桑叶呀！"牛却说道："我可管不了那么许多，碰到什么就吃什么！"蚕听了，心里很不是滋味，觉得牛是个无义之辈，不禁心生怒火，就用力一摔，把牛从半空摔到地上，笨重的牛被摔了个嘴啃泥，上排牙齿全部跌落。直至今日，牛嘴里的上排仍然没有牙齿，而蚕背上的花纹却是牛脚蹄所留下的。

原载:《中国民间文学集成·浙江省丽水地区民间故事歌谣谚语卷》(第 16-17 页)

老牛和蚕宝宝是天上来的

讲述者 季桂芝 采录者 汪世英

采访时间及地点 1987 年 7 月 安吉县高禹乡

相传在很古辰光，老牛与蚕宝宝都住在天上，专门给玉皇大帝做事。凡间田地上没有杂草，老百姓种下庄稼，到了季节，只管收割，从来不要除草。老百姓生活得相当快活，天上一些不安分的仙子非常眼热凡间老百姓的日脚，常常偷偷下凡。玉帝发火了，传令老牛打开南天门，把一袋草籽撒三股之一到凡间。老牛一时粗心，竟把整袋草籽都撒到凡间。呵，这一记可害苦了老百姓，他们起早摸黑地削草。草呢，削了又生，生了又削，削也削勿光，老百姓真叫苦煞!

玉皇大帝晓得了，他又怪老牛做事太粗心，就罚老牛下凡做生活，帮老百姓削草。老牛想勿通，勿愿下凡，去问鹤仙老人:"到凡间去，我吃啥、喝啥呢?"鹤仙老人讲:"你到凡间，可吃田草，喝塘水。"老牛一听，"哦，吃甜草，喝糖水，真没想到到凡间还如此享福!"老牛高兴煞了，就打算下凡到人间来。可是他勿愿走路，鹤仙老人就叫蚕宝宝背着老牛一同到凡间去。蚕宝宝长得又矮又胖，老牛长得又高又壮，蚕宝宝背着老牛，背着、背着，背勿动了。它叫老牛下来自己走，老牛勿肯，蚕宝宝气煞了，用力一记掼，把老牛掼落来了，老牛一记生从半空中掼到人间大地上，当场掼落两颗当门牙。

老牛和蚕宝宝就这样子来到了人间。一直以来老牛都是吃着田里的草，喝着塘里的水，实在是老牛听错了，吃的勿是甜草，喝的勿是糖水。不管哪头牛，你掰开嘴巴看一看，都没有两颗当门牙。蚕宝宝身上也还留着当年背老牛下凡时踩下的四个脚印。

原载:《浙江省民间文学集成·湖州市故事卷》(第 525-526 页)

牛和蚕

讲录者　吴文昶

采访地点　桐庐县

传说古时候地上只长庄稼不长草，大家种种吃吃，日子蛮好过。

有一年正月十五，玉皇大帝做生日，放下天梯，接地上的人上天去嬉。大家勿晓得天堂是啥样子的，许多人都不敢去。只有几个毛头小伙子上去了。他们到天上一看，天堂的确比人间好，就带口信下来，叫大家赶快上去嬉。

大家到天上一看，啊，天堂果然好，吃的、穿的、住的不知比人间好多少倍，这么好的地方，当然就不肯回家了。从正月十几里嬉起一直嬉到二月十八，还没有人肯回家。

这些人不懂天堂的规矩，闹得天堂不得安宁。玉皇大帝急了，就派天兵天将劝说大家回家。可是，大家都说收获季节没有到，反正回家也没事体做，不如在天堂嬉个惬意。这样一来，玉皇大帝急煞哉，连忙叫来牛大王，叫他立刻往地上撒草籽。牛大王对凡人闹天堂一肚皮勿高兴，得到这个命令很开心，拎起草籽篮，跑出南天门就撒。玉皇交代他"三步撒一把"，他错弄成"一步撒三把"。这一来可不得了，田头、地角都长满了杂草。这些草不怕风雨，不怕干旱，日长一寸，夜长一尺，不到三天，满地都是青草，把庄稼都掩没了。玉皇大帝告诉大家，地上长了杂草，赶快回去削草。他叫天兵天将开开南天门让大家看看。大家一看，果真遍地野草，只好全都回到地上。玉皇大帝这才松了口气，派人抽掉天梯，从此天地隔绝，永不相通。

凡人回到地上，拼命削草，可是削了这边那边长，削了那边这边长，终年劳累，也削不完地上的草。大家知道这是玉皇大帝搞的鬼，就一边削草一边骂，骂玉皇大帝该死。这骂声被玉皇大帝听到了，一查，才知道是牛大王搞错了圣旨，草籽撒得太多了。玉皇大帝发了脾气，马上传来牛大王，罚他立即下凡，不准吃五谷，只准吃青草，还要帮凡人翻地耕田，听人使唤。牛大王一听，吓得浑身发抖，连忙讨饶说，他近来有病，要求养好病再下去。玉皇大帝不答应，眼睛一瞪说："不行，有病也得去，草治百病，下去吃吃草，病就好了！"牛大王还是赖到天上不肯去。玉皇立即命令牛大王的外甥女蚕花姑娘背他下去。天兵天将一拥而上，七手八脚把牛大王抬起来，放到蚕花姑娘背脊上，蚕花姑娘背起牛大王走了。

来到半天空，蚕花姑娘实在吃不消了，一个翻身，牛大王跌落到地上，嘴巴磕在石头上，把上排牙齿都磕光。蚕花姑娘身子轻，一飘两飘落到了一棵桑树上。她肚皮饿极了，就吃起桑叶来，一吃味道勿错，就住了下来。吃呀吃，吃了二十一天，肚皮胀得痛煞，就吐丝做起茧来了。牛大王呢？当然是吃草耕地，听人使唤。他晓得这是自作自受，毫无怨言。

这就是牛和蚕的来历，不相信你去看看，牛嘴巴里是没有上牙的，蚕背上还有牛脚蹄的印子，灵灵清清。

原载：《浙江省民间文学集成·杭州市故事卷（上）》（第544—545页）

水牛与蚕姑娘

讲述者 于有德 采录者 黄良明 刘天蔚

采访时间及地点 1987年6月 扬中县永胜乡德胜村

水牛和蚕姑娘原来是天上的神仙。住在王母娘娘的御花园里。牛吃青草，蚕姑娘吃桑叶。

后来，王母娘娘要开蟠桃盛会，就在御花园栽了大量的桃树。这一来，青草少了，水牛吃不饱肚子；桑树少了，蚕姑娘也吃不饱肚子。

有一天，水牛跑到南天门外游玩，朝底下一看：哎哟！这底下满山遍野都长着青滴滴、绿油油的青草。这时，蚕姑娘也飞到南天门来游玩，也看到底下长了不少青枝绿叶的桑树。

"唉！"水牛叹了一口气说："人间遍地都长的好青草，我眼睁睁吃不到！"

蚕姑娘听了这话，也是一肚子怨气："看到人间青枝绿叶的桑树，真想下去吃个饱。牛大哥，你想下去吗？"

"有得吃。怎么不想呢！可惜我只有四条腿，能跑不能飞。不像你有一对翅膀。"

"牛大哥，你想去，我有办法。只要你往我背一站，我驮你到人间去。"

蚕姑娘驮起水牛，它们飞到人间，大吃了一顿，肚子都吃得圆滚滚的，赶紧又飞回天庭。天上的神兵神将，一个都不知道。就这样，一日两，两日三，经常飞到人间，一直太平无事。慢慢地，也就粗心大意了。这一天，它们又飞到人间，肚子吃得饱饱的，太阳晒得暖暖的，呼呼大睡，连天庭的钟声都没有听到。

王母娘娘见天兵天将、各路神仙都到齐了，唯独就少水牛和蚕姑娘，立即就命太白金星查找。太白金星来到南天门外，朝下一看，只见水牛躺在山坡上，蚕姑娘躺在桑树上，都在呼呼大睡。王母娘娘立刻派天兵天将把它们捉回天庭，要把它们贬到人间。

太白金星出来说："启奏王母娘娘，水牛力大无穷，脾气拗犟，还有一双瞧不起人的眼睛，要是它发起牛脾气，定要伤害下界生灵；蚕姑娘有一双长翅膀，终日东游西荡，说不定还会偷入天庭。"

王母娘娘降旨："抠去水牛双目，换上蛇的眼睛，罚它一生劳役，车水、耕田、拉车；剪去蚕姑娘双翅，罚它抽筋剥皮。"

天兵天将遵照王母娘娘的旨意，把它们一齐押到南天门。水牛满肚子火，正将发牛脾气，被天兵天将用力一掀，正巧一头坠在石头山上，上巴壳子上的牙齿撞得一个都没有了，眼睛又被天兵天将换成了蛇眼。

从此，水牛的上巴壳子上，一个牙齿也没有了，所以只能嚼嚼青草。原来水牛的眼睛看人只有一点点大，丝毫不把人放在眼睛里，如今换上蛇的眼睛，看到人，大得像座青山，吓得低头贴耳。蛇换上牛眼睛之后，反而把人看得一点点大，所以蛇敢往人面前窜。

农夫看到水牛力气大，对人又低头贴耳的，就把它拖去耕田。水牛心里不服气，就发起牛脾气来了。农夫看它驯不服，就给它穿上鼻子，还用鞭子跟在它后头抽。从此，水牛满肚子怨气没处出，一天到晚总是"苦苦苦"地叹气。

蚕姑娘呢，在南天门被天兵天将掐掉了翅膀，一头坠到人间一座花园里的桑枝上，只好躲在桑叶后面，吃吃睡睡。就这样，六七四十二天之后，结了个茧子，把自己藏在里头。

一天，有个小姐忽然看见桑树上挂了个雪白如银的东西，有小鸡蛋般大。就叫丫鬟到花园里采回来，抓到手里一看，挺棒石硬的，不晓得是什么东西，就保存在抽屉里。哪晓得第二年春天，拉开抽屉一看，密密麻麻的小虫子。再看看那个雪白如银的"小圆蛋"破了一个洞，小姐想：这是在桑树上采到的，它们肯定吃桑叶，就叫丫鬟到花园里摘桑叶给小虫子吃。就这样过了六七四十二天，累累拉拉，结了数不清的雪白如银的小圆蛋，也就是蚕茧呀。

小姐用手指捏起一颗蚕茧，转过来，调过去，看得入了神。这时，丫鬟端了一杯茶给小姐，往桌上一墩，"当"的一声，小姐一惊，手里的蚕茧正巧掉在茶杯里。丫鬟连忙拿了一只筷子来捞。哪晓得这蚕茧滑叽骨碌的，左捞右捞捞不上来，反而捞了一根丝粘在筷子头上。小姐捏住这根丝，想把茧子拎出来，结果越拎越长，越拎越长，只落个蛹在茶杯里。蚕就这么被抽筋剥皮了。这小姐看看手中的丝，心想：何不就用它来织布呢？她把茧子都放到热水里抽丝，又用这丝织成布。这种布软绵绵的，亮滑滑的，这就是现在的绸缎。

从此，养蚕就流传下来了。

哎！还有个奇事，蚕子背上有几个花斑，据说，就是水牛踏在蚕子背上留下来的蹄子印。到现在还不曾蜕得掉。

原载：《中国民间故事集成·江苏卷》（第346—347页）

牛和蚕

讲述者 杨乃尚　　记录者 杨堤

传说古时地上的人，一天吃几顿饭、睡几次觉，还没有一个定数。天上玉帝觉得应该有一个规矩，于是派牛到人世间去传达他的旨意："从今以后，每日三宿一餐。"

牛走出天宫，急忙去人间，他记性不好，一路背诵："三宿一餐，三宿一餐……"牛行至半空，碰到蚕在那里闲游。那时，蚕的身体比牛还大。他问老牛："牛老弟，你急急忙忙赶路，到哪里去公干？"牛把玉帝派给他的差事说了。蚕说："你走起路来慢吞吞，我也闲着无事，不如我把你驮到人间去。"牛一想这倒也好，省得花力气赶路，于是就站到蚕背上，让蚕驮着飞。你如不信，可以发现在蚕的背上，还留着牛站的四只脚印哩，而且那牛脚印还都是连片的。不料，蚕飞到半路，故意打了一个喷嚏，随着蜷缩起身子，牛正立在蚕背上背诵着玉帝的旨意，想不到蚕会来这一招，四脚站不住，一个筋斗翻落到地面，门齿跌得一个都不剩，四只脚壳也都跌成两爿。所以牛直到现在都没有门齿，脚壳成了两爿头，和蚕身上连片的脚印不一样。

这一跤，把牛跌得昏头昏脑，把玉帝的旨意忘记了，站在那里呆想，好像是"一宿三餐"，于是就向世人宣布了："每日一宿三餐。"所以，从那时起，人们每天都是睏一觉，吃三顿饭。

牛把旨意传错了，玉帝大怒，把牛和蚕找去，责问他们："一日三餐，哪有这许多粮食吃？只睏一觉，无衣何以遮体御寒？"于是罚牛下到人间，听人役使，帮人种田，生产粮食，自己只能吃草。这次事故由蚕造成，玉帝处罚他吐丝结茧为人解决衣料，还罚他上"刀山"，下"油锅"，这就是蚕老以后，就要到蚕山去做茧，做好茧后，把茧放到烫水里去抽丝的缘故。

原载:《常州民间故事集》（第342—343页）

牛和蚕

讲述者 陈彩娣　**记录者** 吴彦彬　周祥明

天帝用泥土制作成男女二人，投到地上繁衍，那时地多人少，收成很少。

后来，人养了蚕，蚕说："天上有牛，力气很大，用它来耕田种地，可以多开垦荒地，增加收成。"人就恳求蚕说："你上天去请它下来帮着耕作好吗？"蚕答应了。

蚕上天去找到牛，骗牛说："凡间风景如画，胜过九天仙境，下界助人耕作，每餐用人佐餐，可以延年益寿。"牛被说动了心，问道："你这句话可真？"蚕说："一点不假，我对天发誓，如有虚假，我到老作茧自缚，被开水烫死。"牛说："真话就好，不必发誓，闭着眼睛，就可以下凡。"这样蚕就背着牛下凡了。不料才到半空，水牛身体笨重，蚕实在承受不住，便缩了一下，把牛一下摔到地上，嘴里上颚的牙齿摔掉了，一直长不出来，蚕身上两边被水牛踏出的足印也永远抹不掉。

牛被蚕骗到了凡间，耕田拉车，非常劳累，每餐吃的是稻草，哪里有人肉吃？所以它没到吃草时便叹气，后悔上了蚕的当。

蚕因为欺骗了牛，违背了誓言，所以到老也就作茧自缚，开水烫死后被人抽丝，用来织绸。

原载:《常州民间故事集》（第343—344页）

蚕和牛

口述者 王章明　记录者 徐卫红

勿晓得你看清楚没有，蚕的背上有四个牛脚印，牛嘴的下乕没有牙齿。这是怎么一回事呐？这里还有一个有趣的传说呢？

据说，很久很久以前，牛是在天上的。牛在天上只是给天兵天将作战时骑着用的，感到十分吃力，要想有一个舒服的差使。

有一天，蚕到天上去白相，听见牛在叹气，蚕就问牛："你怎么会叹气呐？"牛就把它的苦处向蚕说了，并想请蚕寻一个惬意一点的生活。蚕就说："还是到地上去吧，我在地上舒服得很，每天一日三餐有人送来，并且还有美丽的姑娘服侍，地上可舒服啦。"牛被蚕的一番话说动了，要想下凡。但是，它不会腾云驾雾，无法到地上来。

后来蚕就对牛说："我驮你下去。"牛呢，就真的跺在蚕的背上，蚕慢慢地从天上把牛驮下来，还没等蚕着地，牛看见地上绿的水、青的山、红的花，高兴得不得了，就从蚕背往下一跳，勿晓得牛跌了一个嘴啃泥，它下巴的牙齿都掼掉了，蚕的背上呢，也留下牛脚的四个迹印。

勿晓得牛犯了天规，私自下凡，被玉皇大帝知道了以后呢，就罚它过比在天上还苦的生活，天天帮人家耕田。蚕知道牛被玉皇大帝罚了以后，就躲到人住的家里去了。从此一直不敢出来。牛呢，弄得有苦无处说，自己吃草呢只可以拉，因为它的一半牙齿被掼掉了，生活呢，又要做重的，所以牛到现在还不看天，它一看天就感到惭愧，更怕看见玉皇大帝那可怕的面庞，所以牛看见天是要"吓煞"的。

原载：《无锡民间故事精选》（第 387 页）

蚕姑娘和牛大哥

讲述者 方如章　采录者 杨彦衡

据说，蚕宝宝和老黄牛原本是天上玉宫里的两个仙人。蚕宝宝是个姑娘，每天清早，蚕宝宝坐在云堆里，把彩霞和天地的灵气一起吸进肚子里去。一会儿，张开了她的小嘴，"呼——呼——"吐出了千丝万缕，再经过她灵巧的双手一番梳理，就成了一缕缕闪闪发光的五彩丝线。天上的织女仙子，就是用蚕姑娘做的丝线织成漂亮的绫罗绸缎，供玉帝和娘娘、仙女们四时做衣裳的。

老黄牛呢，生得胖胖壮壮，力大无比。照理，他在玉宫里的职务是耕种垦殖；但是神仙是不吃五谷的，因此，牛大哥没啥事好做，一天到晚，喝饱了用王母娘娘的蟠桃酿成的蜜酒，就躺在云堆里晒太阳，连走起路来也是慢吞吞的。所以人家给他起了个"懒牛哥"的绰号。

那时候，人间的百姓还不懂得耕种五谷和织布穿衣。蚕姑娘知道人间百姓勤勤恳恳，生活却这样苦，就想下凡去帮助百姓吃得饱，穿得好，生活过得更好一点。

有一次，她问老黄牛："牛大哥，你喜欢喝酒，你晓得还有比蟠桃酒更好吃的美酒吗？"

提起酒，牛大哥口水也淌下来了。"姑娘，快告诉我哪里有？我们马上取来尝尝！"

"哪有这样轻易就到嘴边的事！这种酒，只有人间才有。"蚕姑娘指指地面，暗示要下凡去。

只要有好酒吃，牛大哥什么也顾不得了。他问蚕姑娘："那我们怎样下凡呢？"

蚕姑娘见牛大哥的懒劲又来了，就说："你就骑在我身上吧，我驮着你走。趁今天深夜，我们就离开玉宫。"

"好！"

"牛大哥开心呐！"

当晚，蚕姑娘驮着牛大哥，驾起五色祥云，直向人间飞去。一路上，牛大哥笨重的身体压得蚕宝宝透不过气来，直到现在，蚕宝宝头上还留着四个黑点。据说，那就是当初被牛大哥踏出来的脚印。牛大哥来到了人间，一看，地面上尽是荒山野草，哪里有什么美酒。蚕姑娘却摇身一变，变成了一条小虫，躲到树丛中不见了。牛大哥奔走了一天，到处找不到食物，心里冒火，肚子饿得吼叫起来，反而引来了人群，将它擒住。从此，它给人们开垦田地，种植五谷。它的懒毛病也治好了。

蚕姑娘和牛大哥私奔人间的事被玉帝知道后，大为震怒，命令雷公雨师大施威风，想迫害他们。所以直到现在，蚕宝宝不吃有雨露的桑叶，牛呢，最怕听雷响，也不敢对天空望，如果牛躺下来双眼朝天，就是死期近了。

原载：《苏州民间故事》（第 15—17 页）

白龙和灰牛

讲述者 孙长生 采录者 钟伟今

从前，白龙大仙和灰牛大仙，在南天门外白云墀边看门。说是看门，其实是清闲差事。南天门是神仙明来正往的地方，有几个妖魔鬼怪上得去？两位大仙闲得没事干，就打瞌睡、聊闲天。有一回，白龙大仙看看南天门门上、墙上，也积了些不清不爽的灰尘，白龙大仙看看不顺眼，就对灰牛大仙说："瞧，灰尘真多，我来冲洗。"

灰牛大仙睡眼蒙眬地说："别管闲事，这是拂尘仙子的事！"

白龙大仙说："哼！那些拂尘仙子，尽在王母娘娘那里拍马屁。她们只要把王母娘娘那里弄清爽了，就是玉皇大帝宝座上积了灰尘也奈何不了他们！"

灰牛大仙说："是吗，所以你管它灰尘不灰尘！"

说着，灰牛大仙打了个呵欠，就呼呼地睡大觉了。

白龙大仙可主意已定，腾起云来，顷刻到天河里吸了一肚子水转来，两个鼻孔里喷出两道白虹似的清水，对着南天门门上、墙上、上上下下，左左右右，细心地冲洗起来。

等灰牛大仙醒来一看，门上墙上，明光锃亮，清清爽爽，就说："白龙大仙，你真是做了件好事！"

白龙大仙说："闲着没事，稍微试了一下腾云喷雨的小本领哪！"

两位大仙都感到很舒畅，精神了许多。

这时，一群拂尘仙子，驾着五彩祥云，手拿飘飘拂拂的拂尘来了。她们一见南天门明光锃亮、清清爽爽，开始都很高兴。后来一个眉毛高挑的仙首和诸位仙子耳语了一阵，就尖着嗓门生气地问："谁弄得这样湿？"

白龙大仙就把自己干的事讲了一遍。灰牛大仙也插嘴说："白龙大仙真帮了你们的忙啊！"

"帮忙？"还是那个眉毛高挑的仙首说："天庭天条，各司其职！白龙大仙，你犯了天条！"

说着，眼睛一瞪，拂尘一扬，列位拂尘仙子都随她驾着彩云走了。

灰牛大仙说："真蛮不讲理！"

白龙大仙说："随它去！我行好事招不了罪。"

谁知拂尘仙首到王母娘娘那里告了一状，王母娘娘对玉皇大帝讲了几句，顷刻大祸临头了。玉皇大帝叫太上老君来惩办白龙大仙。

太上老君一落云头，开口就骂："孽畜！你竟胆敢违反天庭天条，私自行雨。我奉玉皇圣旨：罚你变身变形。"

白龙大仙正想分辩，太上老君啐声："变！"就口中念念有词，作起法来。

那白龙大仙自听到一个"变"字，就感到浑身抽筋拔骨撕心裂肺地疼，直疼得发抖、打滚、嚎叫。过了一歇，白龙大仙就变成了一条巨大的天虫，既没有角，也没有鳞，但浑身还是璧玉般洁白。

太上老君气势汹汹地说："天虫听令：从此罚你上天桑。五千年吃叶，一千年吐丝，六千年歇一回。"

说着用长长的小拇指指甲轻轻一挑，把天虫挑到了天桑上，离南天门有三万里路。这样白龙大仙和灰牛大仙就天各一方了。

为了这件天大的冤案，灰牛大仙总是愤愤不平，但有什么办法呢？要是多嘴多舌，说不定也会大祸临头的。

那白龙大仙虽说被太上老君施展法力变成了"天虫"，但毕竟是神仙，它清清楚楚记得从前的一切。它成天趴在天桑上，常常暗地里叹口气，叫声"冤"，可也没有别的办法，这天桑，树高有一千丈，树冠有六万里围沿。天虫只在下层吃一部分桑叶。有一回，天虫想到上面去散散心，就爬呀爬，一直爬到大丫杈边。哈！原来这桑干的中间是空的！从空洞里望下去，就是人间地面了！只见那里山青水绿，人烟稠密；隐隐听得人声喧哗，鸡鸣犬吠相应。天虫看了非常羡慕。

从此，天虫气闷时常常爬到这通地洞边去散散心。渐渐地，天虫看清了那些人间世事。其中有两件事很不称心：一是凡间的人力气小，用铁耙掘田很慢很吃力，二是人间都穿麻布、棉布做的衣服，没有天庭的丝绸。男耕女织是人间两件大事。它想，要是同灰牛大仙一同下凡，它帮耕田，我帮吐丝，岂不大好？

怎样告诉灰牛大仙呢？天虫一盘算：灰牛大仙每过三万六千年要休息一千年。三万年过去了，还有六千年该休息了。到那时，灰牛大仙一定来看望我，我就把打算一五一十告诉它，约它一同下凡。

天虫又吃了五千年桑叶，吐了一千年丝，吐出的丝像夏天的白云那样，一团团、一堆堆装满了天库。这时，灰牛大仙果然来看天虫了。它们一见面又高兴，又气闷。高兴的是三万六千年后又见面了，气闷的是白龙大仙吃了冤枉亏。

天虫左看看、右瞧瞧，四近旁没有神仙，就把自己打算约灰牛大仙下凡的事讲了一遍。

老实而又胆小的灰牛大仙说："好是好，就怕玉皇大帝不准许！"

天虫轻声说："下凡原本是私自下的，哪管它玉皇不玉皇。"

"那又怎样下凡呢？"

天虫又如此这般讲了一遍。

灰牛大仙脚一跺，头一点，说："好，照你的办。"

天虫就衔来两包天桑种子塞进灰牛大仙的耳朵里。又叫灰牛大仙轻轻地站到自己身上，接着就腾起云头，驮着灰牛大仙上了天桑大丫杈边，从通地洞里飞了下来。

飞呀飞，飞了三万三千年才到了人间地面，天虫就从灰牛大仙的耳朵中取出天桑的种子，撒播到平原和山丘。天虫立时做了一个大茧，后来茧里飞出了一只大蛾，这时桑树已经成林。大飞蛾就在树干树枝上产了子。第一批乌蚁出来了，它们就在桑树上吃叶、长大、休眠、做茧……人们看到了，又惊又喜，说是天上掉下来的宝贝，就取名叫"蚕"，意思是天上来的虫。因为蚕对人们的好处太多太大，人们又叫它们"蚕宝宝"。而那只大飞蛾子后来就变成了蚕花娘娘。至于灰牛大仙，到地上后养了一对小牛，这就是牛的祖先，灰牛大仙自己就变成了牛神爷爷。如今的耕牛，就活像是天上的灰牛大仙。

你若是不信，还有凭证呢。你看，蚕宝宝头顶和后尾各有两个褐色的斑点，这是当年灰牛大仙踏着天虫下凡时留下的脚印。还有，桑树一老树干就空，这不是同天桑一样的吗？

从此人间，男耕，有了牛的帮助；女织，有了蚕吐的好丝——这就是白龙大仙和灰牛大仙的功德啊！

原载:《浙江省民间文学集成·湖州市故事卷》(第 521—525 页)

先蚕嫘祖娘娘

讲述者 沈菱湖　采录者 徐寿庚 何村民

传说，轩辕黄帝和元妃西陵氏嫘祖，有一天在花园的石桌旁边聊天，边饮薄荷汤。时当初夏季节，突然一阵清风吹过，从围墙外吹过来一个雪白的小东西，奇奇巧巧，不偏不倚，掉落在嫘祖的碗盏内。嫘祖仔细一看，只见一个白蒲枣形的茧子在碗盏内浮氽浮氽的，感到很奇怪，看了一歇，就随手把茧子撮了起来。因为碗盏里的水刚刚是宫女新泡的滚水，茧子有点烫手，嫘祖手一放，又回落到薄荷汤里了。嫘祖这回当心起来，用手指甲轻轻一撮，又把茧擦起来。不意指甲尖一钩，钩出一根丝来。嫘祖好奇地把丝一抽，嘿，越抽越长，她索性把丝头绕在手指上，随抽随绕，谁知竟一缕顺水地把一个茧子的丝全部抽完，里面是一个赤黄些些的茧蝇。嫘祖看看手指头上这雪白的丝，又看看这赤黄些些的蚕蛹，心里一亮，要是把蚕丝如同麻纱一样织起来不是可以作衣料吗？有这蚕蛹不是可以发种来饲养吗？

嫘祖就把自己的想法讲给黄帝听。黄帝听了，夸奖嫘祖想出了好主意。

接着，嫘祖带了几个宫女，到围墙外去查看这蚕茧的来历。围墙外有好几棵桑树，只见桑树上有不少蚕虫在活动着。有的正仰首忙着吃桑叶，有的小拇指长短浑身透亮的蚕虫，正在桑叶上睡眠；有的蚕虫在桑枝叶柄处昂首吐丝，东绕西缠地在做茧；还有一些桑枝上已经结茧，星星点点，雪白耀眼，十分好看。

从此，嫘祖一天早晚两次来到这里认真观察，并把厚实的茧摘回宫中。不几天，早采的茧钻出了蛾子，还下了籽。后来嫘祖采茧后三四天就用滚水泡，边泡边抽丝，还用自制的竹轴抽丝，绕丝，然后用织麻布的方法，细心织造。终于织成了世界上第一块丝绸。

嫘祖在宫女的簇拥下，亲自捧着新织的丝绸献给黄帝观看。黄帝看看，摸摸，看看，这丝绸轻又轻，薄又薄，又柔软，又光彩，跷起大拇指，接二连三地说"好"。

嫘祖真开心啊！后来，亲自和宫女一起把种桑、育种、饲养、上山、下茧、缫丝、织绸的一道道门路摸熟。嫘祖又把附近农村的姑嫂们召进宫来，一起养蚕，并把一整套养蚕、缫丝、织绸的知识、手艺传授到民间去。

由于嫘祖教民养蚕，为民造福，后人都尊奉她为"先蚕""蚕神""嫘祖娘娘"。

我们湖州，自古就有奉祀嫘祖氏的习俗。明嘉靖四年（1525），抚浙中丞以浙西杭、嘉、湖三府人民重蚕桑，于是建庙在东岳宫（在今益民路），叫"蚕神庙"，供奉嫘祖娘娘，相传庙内香火很盛。

原载：《浙江省民间文学集成·湖州市故事卷》（第529-530页）

含山蚕花娘娘的传说

讲述者 孟大福　**采录者** 孟晔桦

从前，练市含山观音庙里有座蚕花殿。殿里有一尊骑马的菩萨，姿容端丽、和善，就是蚕花娘娘。她是管蚕桑的菩萨，香火很旺。

老早老早的古辈，含山脚下，有个"幸福村"，村东有个名蚕姑的小姑娘，貌似天仙，勤劳善良又聪明，小小年纪便有一手编织绝活。几根稻草，几茎麦秆，一经她的手，编只鸟儿会唱歌，编只鸭儿会戏水，编只蝴蝶能翩翩飞舞。

但是蚕姑很小的辰光，母亲便扔下她姐弟俩离开了人间。不久，父亲又娶了"填房"。这位后娘刚来时还好，可后来，生了个女儿，取名"宝珠"。虽则又丑又懒又呆，后娘还是把她当作宝贝心肝，这倒也不奇怪。但后娘却把蚕姑姐弟俩看成眼中钉，肉中刺，百般折磨。而每当蚕姑父亲一回家，后娘又装出一副慈母的样子。父亲又常在外边，蚕姑姐弟俩就这样在苦水里煎熬着。

这一年冬天，有一天，寒风凛冽，鹅毛大雪下个不停，天渐渐暗下来，父亲还没回家，姐弟俩眼巴巴地向门外望着。

突然，后娘拿出两个竹筐，冷冷地说："羊草吃完了，你们两个快割草去，割勿满两筐，不要回来见我！"

蚕姑知道没有办法让这个狠心的后娘回心转意。就对后娘说："两筐羊草我一定去割回来，弟弟太小，就留在家里。"说着，挑起箩筐就走。

蚕姑刚一跨出门槛，一阵狂风向她袭来，她一个哆嗦，差点倒下。蚕姑咬咬牙，一步一步向前走去。

腊月寒冬，白雪铺地，山下哪还有什么草？蚕姑只得往山上爬，衣服扯破了，膝盖磕破了，鲜血从手缝里流下来，可两只竹筐还是空空的。她焦急地向山上观看，发现半山腰一棵老松树下面，积雪已经融化，影影绰绰，露出一片青葱葱的原色，蚕姑顾不得饥寒，急忙奔过去，一不小心，摔倒了。正在这时，奇迹出现了！一朵青云从天而降，把蚕姑从地上轻轻托起，徐徐升向天空。

云烟渐渐散了。眼前是一排排蚕姑从未见过的碧玉巨树，遍地是五颜六色的鲜花。蚕姑惊讶不已。

正好迎面走来一位彩袖飘飘的少女，蚕姑问："这是什么地方，我怎么会到此地来？"

那少女笑眯眯地说："这里是玉皇大帝的后花园。玉皇大帝得知你善良聪明又勤劳，眼下又遭苦难，所以就让雾仙把你接到天宫，来管理后花园呐！"

这样，蚕姑就在后花园住了下来，蚕姑同一群天真无邪的小仙子一起，不觉间，已为玉帝管了一年园子了。这一年里，蚕姑不仅把园子管理得井井有条，而且学会了饲养天蚕，从孵种、喂叶到缲丝、纺织样样学到了手。虽然天宫生活十分舒适，但是善良的蚕姑想到人间还没有蚕桑，家乡人民穿的还是十分粗糙的衣服，就决心重返人间，把蚕种、桑秧和一套纺织技术带给家乡人民。

蚕姑就把自己的想法悄悄地告诉众仙女，众仙女纷纷警告玉皇天规严厉，凡私自把蚕种、桑秧带出天宫者，一律要罚其变成一个马面人身的死尸！但是，蚕姑想到了人间，想到家乡，她流着眼泪说："即使粉身碎骨，我也一定要把蚕种、桑秧带到人间！"

众仙子被感动了，想个办法瞒过了守门神，让蚕姑带着桑秧、蚕种驾起青云一朵，飘飘荡荡，重返人间。可是当蚕姑来到家乡时，人间已三百多年过去了。弟弟、爸爸早不在了，后娘、宝珠也早死了。

蚕姑知道时间紧迫，就马上开始工作了：种桑、孵种一刻也不停。

这天中午，蚕姑正在教人织绸，突然晴天一个霹雳，一把带火的铁锤从天而降，刹那间，蚕姑已成了一具马面人体的死尸！

人们为了赞颂蚕姑的献身精神，为了让世人永远牢记蚕姑的功德，特意在观音庙里为蚕姑建了一座蚕花殿，并塑造了尊骑马的蚕姑神像。当地人民就叫她"蚕花娘娘"，也有人叫她"马鸣王菩萨"，并定于清明节为祭祀日。

虽然那座蚕花殿后来毁于日本侵略者之手，但是每到清明这一日，四面八方的乡亲成群结队会聚此地，人山人海，热闹非凡。划船打拳，调龙灯，轧蚕花，祈求蚕花有个好收成。

原载:《浙江省民间文学集成·湖州市故事卷》(第 535-537 页)

蚕花娘娘三到含山

讲述者 徐阿毛　**采录者** 费三多

清明游含山,是我们这一带水乡古老的风俗。从前,游含山的农民背上都背个红绵绸包,包里包着蚕种,这包叫蚕种包。清明游含山,为来为去为了这个蚕种包。同时,游含山的辰光,还一定要买几朵蚕花带回家去。为什么会有这样的风俗呢?

传说,观音菩萨每年要派蚕花娘娘到蚕区来巡视,为百姓消灾赐福。有一年清明日,观音菩萨派了蚕花娘娘到含山来。蚕花娘娘脚踏祥云,来到含山上空,看见山上香烟袅袅,听见庙内祷告声声。蚕花娘娘落下祥云,变成身穿红衫乌裙,脚穿红鞋的村妇,来到山上观音庙中。只见众多善男信女,上香磕头,求观音菩萨保佑他们蚕花十二分。蚕花娘娘就发善心了,她走上前去,将人们一一扶起,边扶边说:"观音菩萨已经知道大家的心愿,今年的蚕花你们一定得廿四分。"果然,这年凡经蚕花娘娘扶过的蚕农,都得了蚕花廿四分。这是因为蚕花娘娘满身蚕气,被她扶过的人也染上了蚕气,蚕茧自然获得好丰收。消息一传开,蚕农们都说,清明日扶蚕农的人一定是观音菩萨。

转眼已是第二年清明,含山方圆几十里的蚕农,都上了含山,背上都背了个红绵绸蚕种包,要让观音菩萨扶一扶身子,为得求个蚕花廿四分。

这一天,蚕花娘娘真的又来了。她在云中低头一望,庙内庙外,山上山下,还有四面八方的旱路水路的人源源涌向含山。她想,这么多人,哪能个个都扶到?眉头一皱,计上心来。她变作一位当地打扮的姑娘,上山又下山,绕山绕了三六九遍,把蚕气留在含山上,想使游含山的人都染上蚕气。不过,谁知这一年的春蚕,虽然很多人家获得蚕花廿四分,但还有不少人家蚕花平平。蚕花娘娘觉得十分奇怪,原因何在呢?蚕花娘娘一想,哦!含山这么大,我的双脚哪能踏遍寸寸土地呢?想呀想,终于想出一个散布蚕花喜气的办法来了。

第三年清明日,蚕花娘娘扮作卖花姑娘,挽着一篮蚕花,在含山上叫卖,叫卖声又甜又脆，一下子引来了很多蚕农。大家一看这姑娘漂亮得非凡，而蚕花又做得那么漂亮那么可爱，五颜六色，眼花缭乱！于是大家争着买几朵带回家去。奇怪的是，五群十队成百上千的人来买蚕花，这姑娘提篮中的蚕花永远卖不完。蚕农买了这些蚕花，放在家里，一直到捽蚕时，将蚕花插在蚕匾上，以祝蚕花能得计四分！果然，这一年凡是买了蚕花的蚕农家里都得到了蚕花廿四分。从此，买卖蚕花的风俗就流传了下来。至今还是十分闹猛！从前千金的塘桥村、石淙乡人一直都做蚕花卖。

蚕花娘娘三次来含山，从此清明游含山的蚕农越来越多，后来人山人海，又兴出"轧蚕花"的风俗。

原载：《浙江省民间文学集成·湖州市故事卷》（第 538-539 页）

轧蚕花，摸蚕花奶奶由来

讲述人 谈志荣　**采录者** 谈志荣

采访时间及地点　2008 年 6 月 15 日　南浔镇辽里村

从前，丁山湖旁边的一个小村子里有一个姑娘名叫杏花，刚满十八岁。这杏花姑娘命很苦，那嫂嫂对姑娘横看不顺眼竖看也不顺眼，一天到晚吵着要将姑娘许配出去，眼看一年一度养蚕季节就要到了，嫂嫂对姑娘说今年的蚕交给你养，并要养好。

为了养好蚕，清明节这天，她独自一人去超山烧香敬神，要蚕神娘娘保佑她养好蚕，养得蚕花廿四分。走到超山脚下，累了，便坐在一块石头上休息。杏花姑娘从来没有独自养过蚕，心里非常急，不由地落下泪来。这时，正好有一位大嫂走过，见她如此伤心感到奇怪，便在杏花旁边坐了下来，亲切地问长问短。杏花见这位大嫂和蔼可亲，便将一肚子苦水和心事全盘托出。那大嫂听杏花说完，当即对她说："杏花姑娘，别伤心了，今天你碰到我，是你的造化。"说着，她从自己头上拔下了一朵花插在了杏花头上，又说："喏，我刚刚从上面下来，这枝蚕花你带回去保证蚕花带回门。"原来那位大嫂是蚕花娘娘变的，可等杏花一走，那蚕花娘娘又后悔了，刚才只是听她自己说说，还不知道她到底良心如何呀。唉，自己刚才忘记了，应该试她一试呀。就变成个老头在杏花前头从的山上滚跌下来，杏花连忙顺手一拉，二人一起全都摔倒在地，杏花好事做到底，弯腰扶那老头起来，那老头一个翻身坐了起来，两只手无意中伸过去，正好摸到了杏花姑娘那隆起的胸脯上。杏花姑娘当即脸色通红，勃然大怒，我冒着危险救了你，你倒好，不但不谢还要耍无赖！她不由怒气冲冲地指着那老头"你……"气得连一句完整的话也说不出来。那老头也愣住了。

这一试，试出了杏花不但良心好，而且还十分勇敢，所以蚕花娘娘十分高兴，伸手抱她想表示亲热，可她忘记了自己变成一个男人，男女授受不亲，怪不得杏花姑娘要懊恼了。蚕花娘娘连声说："姑娘息怒，姑娘息怒，这是摸蚕花奶奶，越摸越发，今年蚕花肯定廿四分。"说完哈哈大笑起来，突然那笑声由男声变为女声，展现在杏花姑娘面前的老头，变成了刚才那位慈眉善目的大嫂。那蚕花娘娘微笑着腾空而起，半空中传来了她的一句话："杏花，每年清明来超山看看我……"杏花姑娘这才知道自己碰到了蚕花娘娘，连忙跪地叩拜。

事后，这一年杏花姑娘养的蚕果真得到大丰收。全村人都呆住了，当得知杏花姑娘的奇遇后，大家"啧啧"称奇。一时，消息传得沸沸扬扬，连四邻八乡都晓得了。第二年清明，超山闹猛了，大家都学着杏花姑娘的样，头上插一朵花，兴冲冲地爬超山。时间一长，便形成了清明轧蚕花，摸蚕花奶奶的习俗。每年清明，四邻八乡蚕农全都涌向超山，连德清一带都有人赶来，其热闹程度远比探梅时要盛呢。当然，摸蚕花奶奶习俗现已不再存在。

祭蚕王的来历

讲述者 陆士虎　　**采录者** 钱慧芬
采访时间及地点 2008 年 5 月 16 日　南浔镇中百南楼

从前，有一家人家兄弟俩都成了家，哥哥讨的老婆是本地人，弟弟讨的是外地人。弟媳妇对阿嫂蛮客气，有啥事体总要请教伊。有一年清明刚过，要准备养蚕了，弟媳妇向阿嫂请教怎样弄。阿嫂教弟娘子把蚕种放在滚水中浸过，弟娘子又问哪里采桑叶，阿嫂讲"伢两家人家种一样多，吃量也一样的。你看样好的。"弟娘子牢记心上。

开蚕了，弟娘子烧了一锅开水，把蚕种捏牢只角放在滚水里一浸，放在蚕匾里，摆到床上孵种的。不晓得浸过的蚕种孵不出来的，只有手指捏牢的地方有一粒孵种一个蚕来，弟娘子想虽然只有一个，也要养好伊，想不到这个蚕肚子通太湖，有多少吃多少。阿嫂起疑心的，趁弟娘子不在家就溜进去，看到柴龙上一天巨大的蚕宝宝，就拿起剪刀横腰一剪刀，后偷偷摸摸逃回转了，一回到屋里，阿嫂呆住了，自己屋里蚕宝宝一条没有了，这晨光，弟娘子来谢阿嫂的，虽然只有一个蚕，但是茧子结了整整一大屋。阿嫂才晓得自己弄死的是一条蚕王，蚕王死了所有的蚕宝宝都去吊孝的，在蚕王身边做茧子的，阿嫂搬起石头砸自家的脚。

妯娌二人养蚕的故事

讲述者 徐松林　**采录者** 陆日强

采访时间及地点 2008 年 5 月 13 日　双林镇跳家山村

从前有妯娌两人养蚕，嫂嫂比较聪明，弟媳比较笨，她就照着嫂嫂的样子去养蚕。

她问嫂子："怎样养蚕养得好？"嫂子说："用烫开水给蚕洗澡。"她就照嫂子说的去做，结果只活下一条蚕。弟媳妇很伤心，但她还是不放弃对这条蚕的饲养，仍然看嫂子摘多少桑叶她也摘多少桑叶，嫂子什么时候喂蚕她也什么时候喂蚕。

等到蚕做茧子时，不料嫂子的蚕全部都爬到弟媳那里去了，原来弟媳养的那个是蚕王。结果弟媳反倒收获了很多蚕茧，嫂子却落得个一无所有。这个故事告诉人们要与人为善。

蚕花娘子

讲述者 陈阿四　**整理者** 张群伟

很早以前，有个聪明能干的小姑娘叫阿巧。她九岁那年娘就死了，丢下她和弟弟。爹又讨了个后娘，后娘对两个小孩可凶哩，寒冬腊月还要叫阿巧去割羊草。阿巧没办法，只好拿着箩筐出去了。天寒地冻，哪里还有青草呢？阿巧从早到晚，从河边到山上，一根草也没有割到，她又冷又饿，又不敢回家，怕遭后娘的打骂。只好把双手镶在袖洞里，在山腰上伤心地哭了起来。这时她听到说话的声音："割草，到半山沟。"她抬头一看，原来是一只白头颈鸟在说话。那鸟说了两遍，便张开翅膀向山沟飞去。阿巧擦干眼泪背起竹筐，半信半疑地紧跟鸟儿走去。走过山腰，白头颈鸟就不见了。只见前面挺立着株老樟树，好像一把大伞，阿巧好奇地拨开树枝，走过樟树，只见一条弯弯曲曲的小溪，小溪两岸，长满了红花绿草，像座春天的花园。她从来也没有见过这样美丽的地方，但也顾不得多看，便急忙蹲下身，高兴地割起草来。她边割边走，不知不觉走到了小溪边，草已经割满了，刚想起身擦擦汗，忽见位穿白衣白裙的姑姑在向她招手。

白衣姑姑手拎着一只细篾打的篮，笑嘻嘻地对阿巧说："小姑娘，到我们家去作客吧！"阿巧就微笑着跟她走了。走了一段路，抬头一看，啊！漂亮极了，只见半山都是一排排雪白雪白的房屋，屋前是一片片低矮的树林。走近一看，啊！树上的叶子都比手心还大。有好多白衣姑姑正在采摘鲜嫩的大树叶。阿巧高兴地跟着白衣姑姑们一起走进屋里，听到里面一片"沙沙沙"的声音。走近一看，原来是密密麻麻的小虫，在圆匾里吃树叶发出的响声。

从那以后，阿巧就在这里住下了。白天跟白衣姑姑们一起摘嫩叶，夜晚和白衣姑姑们一起喂雪白的小虫。小虫吃得真快，一夜要喂几次。一天天过去了，小虫越长越大，最后趴在草簇里，吐出丝来把自己裹在里面。过了几天，就结成像雪一样白的花生果儿，姑姑们把它放在水里煮，然后抽出闪亮的丝线绕起来，又采来各式各样的树果子，榨成浆汁给丝线染上各种颜色，漂亮极了。

阿巧边看边做，慢慢地把本领都学到了。这时白衣姑姑告诉她："这雪白的小虫叫'蚕'，这树叶叫桑叶，这染好色的丝线是送给天上织女娘娘织云锦的。"

时间过得真快，一晃三个月过去了。这天夜里阿巧做了个噩梦，梦见后娘在毒打弟弟，她惊醒过来，心里想，如果把弟弟接到这里来住，那该多好啊！天没有全亮她就带上一张撒满蚕虫卵的白纸和两袋桑树籽，轻轻地走出了姑姑们正甜睡着的房屋，沿着弯弯曲曲的小溪一直往前走，走过山坳那株老樟树，外边路就多了，她怕回来时迷路，就把桑籽丢在两边。她想，明天只要找到这些树籽就能再回来。

阿巧回家一看，怎么爹爹已经满头白发，弟弟也成了一个壮实的小伙子，后娘因阿巧出走，心中感到有愧，所以对弟弟倒也不再过分虐待，一家人倒也安康。爹见阿巧回来了，又高兴又难过地问："你一去怎么十五年才回家呢？这几年你在哪里啊？"这时乡亲们也都来看望她。阿巧便将这次奇遇一五一十地讲给大家听，大家都说:"阿巧这次上山是遇上神仙了。"这个消息很快的全村都知道了。

第二天清早,阿巧想到自己回家的事还没有告诉姑姑们,就辞别爹爹再回到山沟里去。她来到沟口抬头一看,啊!路两边已长满了绿茵茵的树林,原来是她丢下的桑树籽。一夜工夫都长成桑树了。沿着树林走去,看到了山坳里那株老樟树。拨开樟树一看,怎么全是山?那曲曲弯弯的小溪哪里去了?阿巧正在对着老樟树发呆,那只白头颈鸟又飞到她身边,对着她就骂:"阿巧偷宝!阿巧偷宝!"骂了几声就又飞走了。

阿巧后悔临走时不告诉姑姑们,还拿了一把蚕虫卵和两袋桑树籽,白衣姑姑们一定是生气了,才把路隐掉了。她只好回家,把那张蚕虫卵贴身藏在怀里,用自己的体温把它孵化,又叫弟弟劈竹打了几只大圆匾。蚕孵出来了,乡亲们都好奇地来看。阿巧便把养蚕的办法教给了乡亲们,又和全村的姑娘们一起采桑叶,喂给蚕吃。蚕很快长大了,又过了几天,蚕结茧了。她和姑娘们把茧收下来,放在水里煮。边煮边抽,抽出一根根雪白的丝来。聪明的阿巧,又学着白衣姑姑的样,采来各式各样的蔬果榨汁。教村里姑娘把丝线染上美丽的颜色。又把丝线放在布机上织出许多绸缎来。最后,阿巧又教大家把绸缎裁成衣裳。从此,全村的姑娘都打扮得漂漂亮亮的了。

过了许多年,阿巧去世了,人们为了纪念她,便称她为"蚕花娘子"。

原载:《浙江省民间文学集成·嘉兴市故事卷》(第20-22页)

三姑娘养蚕

讲述者 刘水金　采录者 杨彦衡

采访时间及地点　1962年　苏州振亚丝绸厂

蚕姑娘来到人间,是谁最先发现的?据说是丝织行业的祖师——轩辕黄帝最喜爱的三姑娘。

三姑娘姐妹三个,她年龄最小,人却特别聪明。有一年清明过后,天气暖洋洋,两个姐姐约她到花园里去观赏奇花异草。三姑娘却想到父亲的桑园里去玩。那时候,轩辕黄帝已经发明了把桑树皮剥下来织成粗布,给百姓穿用。三姑娘走到桑树中间，忽然树丛里银光闪闪，仔细一听，还有沙沙的声音，跑过去一看，啊！树叶上有一条手指粗的白虫，白胖胖的身体，头上长着几颗像黑芝麻一样的小点点，翘着一条小小的尾巴。三姑娘心细眼尖，还看见那银虫张开小嘴巴，吐着一缕缕的银丝哩。

等到太阳下山时辰，那白虫已经把丝缕绕成一个银球。三姑娘越看越稀奇。朦朦胧胧只见这银球慢慢地越变越大，从里面走出一位身穿银衫银裙的仙女，笑嘻嘻地招呼她说："姑娘！我叫蚕姑，是专司蚕桑之事的。"说罢，就教起三姑娘养蚕缫丝的办法来了。

深夜了，轩辕黄帝不见三姑娘回来，心里着急了，一问才知道三姑娘到桑园里去了。轩辕黄帝立即提灯赶到桑园，只见三姑娘扶着桑树，笑眯眯地正在打盹，要紧过去把她叫醒。三姑娘惊醒过来后，不等父亲问话，就眉开眼笑地指着树上的银球，把白天发现白虫的事一五一十地说了一遍。轩辕黄帝说："哦，这是天虫下凡，快把它接回去养起来吧！"说着，便帮三姑娘摘下银球，回到宫里，放在三姑娘的梳妆台抽屉里。

隔了几天，三姑娘打开抽屉一看，只见银球里钻出一只白玉般的蝴蝶，在那里产籽。这时，三姑娘明白了，原来这白蝴蝶就是那条白虫的化身。三姑娘满心高兴，把虫籽藏放好了。第二年春天，虫籽变成了一条条灰黑色的小虫，三姑娘的两个姐姐也觉得有趣，从此便和她一起养这些小虫。起先她们把这种小虫叫作"吐丝丝"，后来，轩辕黄帝说这虫是天上赐下来的，就给它们改了个名字，叫"天虫"。

到了第三年，蚕宝宝吐丝结茧，已经繁殖了满满的一针线匾子。那一年，在蚕宝宝结出来的许多茧子里，有三个鸡蛋那么大的茧子，一个是白色的，一个是橘黄色的，还有一个是蛋黄色的。有一天，三姑娘在房间里歇息，忽然听见一声巨响，三个大茧子里飞出三只大蝴蝶来，它们扑着翅膀，在三姑娘头上绕了三圈，然后"蓬……"飞出窗外，一会儿就无影无踪了。

三姑娘哭了三天三夜。后来，听说它们飞到南浔，繁殖后代了。直到今天，南浔的蚕丝特别好，据说就是这个道理。大蚕蛾从三姑娘身边飞走了，三姑娘并不灰心，她和两个姐姐约好，从第四年起，轮流养蚕，看谁养得好，她们还巴望以后再得到五色茧子。每逢闰年，轮着三姑娘当年，她勤劳细心，饲养得特别认真。她用耳环上荡着的玉片切细了桑叶，喂给蚕宝宝吃，不让蚕宝宝嗅到一点秽臭的气味。

三姑娘养的蚕宝宝，个个雪白滚壮，吐丝多，结茧大。直到现在，逢到蚕宝宝上山结茧的季节，蚕农看到蚕花茂盛，常常高兴地说："今年养蚕，轮着三姑娘当年，所以蚕花旺，茧讯好！"他们认为这是三姑娘帮了大忙呢。

原载:《苏州民间故事》(第17—19页)

蚕桑故事

养夏蚕何时开始

讲述者 郁新荣　　**记录者** 史国祥 杜丕强

采访时间及地点　1987 年 7 月 18 日　洲泉

原先我们这个地方的蚕农每年只养一次蚕，就是春蚕，本地话叫养头蚕。养二蚕（就是夏蚕）仅仅是为了传种和观赏。据传，大批喂养夏蚕是从乾隆皇帝下江南开始的。

清朝乾隆皇帝是个风流皇帝，曾经好几次到江南来游山玩水。有一次，乾隆皇帝在去湖州的途中，路过千金一带，看到河道两岸桑林密布，碧绿的桑叶，紫色的桑果子，十分好看。乾隆当时并不认识桑树，想问下属，又怕失面子。三天后，乾隆从湖州返回，他又记起了那一片紫绿相间的桑树林，走出舱来观赏一番。这时他看到的却是一根根光秃秃的树干，那绿的叶、紫的果子全不见了。乾隆十分扫兴，心中懊恼，以为是什么不吉之兆。乾隆的下属惯于察言观色，知道了皇帝的心思后连忙解释：现在正是春蚕大眠时期，快要上山结茧子的老蚕一下子把树上的桑叶吃光了。不久桑树上便会长出新枝，绽出新芽来的，并不是什么不吉之兆。乾隆听下属解释后才恍然大悟，吩咐他们去拿些老蚕宝宝来看一看。乾隆从未见到过蚕，当他看到"蚕宝宝"十分难看的样子，就随口说了声："那么难看的一条虫，恶心得很，又吃掉了那么多碧绿的桑叶，死掉拉倒。"皇帝是金口，乾隆一句话出口，两岸的蚕宝宝全都死光了。这下子可苦了这一带的老百姓。俗话说："上半年靠养蚕，下半年靠种田。"现在蚕宝宝全都死光，叫老百姓怎么过日脚？当地百姓就写了"万民帖"，呈送到皇上那里去，乾隆看了帖子，才知道自己一句戏言扰得千万百姓不安。为了表示自己爱民如子，乾隆想了个办法，对下属说："头蚕死光就看二蚕。"但乾隆不知道，头蚕把桑叶全吃光了，再加上看二蚕天已转热，蚕宝宝不习惯，养勿好。但皇上已开了口，人们只好硬着头皮看二蚕。桑叶不够吃就到外地去买。蚕宝宝好像也不敢违背皇上旨意，也不管天气热不热，拼命吃叶生长。就这样，夏蚕也结出了白花花的茧子，使当地老百姓渡过了难关。从此，看过头蚕养夏蚕的习惯就一直传了下来。

原载：《中国民间文学集成·浙江省嘉兴市桐乡县故事、歌谣、谚语卷》（第200—201页）

桑树干上为啥有疤

讲述者　朱阿四　　记录整理者　徐春雷

采访时间及地点　1964年3月　民兴陈家村

我们这一带是蚕桑地区，差不多家家栽桑养蚕。栽培一株能采叶养蚕的桑树，总要三五年时间。说起桑树，还有段故事哩！

据传，宋康王（赵构）南渡的时候，因为后面金兵紧追，随员失散，只好在杭嘉湖一带的乡间逃难。当时正是春季，这里到处都是茂密的桑林，一根根桑条上，长满桑叶，还生出一串串紫黑色的桑果。他们走走藏藏，藏藏走走，经过一段时间的奔波，康王身边的随从人员剩下没几个了，粮草也已断绝。这天中午，他们路过一片桑林，实在饿得走不动了，就在桑园边的岸滩上歇息。突然，桑园里传出了一阵歌声："开花勿像花，结果勿算果，饥饿难择食，采来填填肚。"康王抬头朝桑园里一看，只见一个白发老人，手挽竹篮，一边采桑果，一边在哼唱。他好奇地问道："老公公，这野果采去有何用处？"老人叹口气答道："没办法，采去当饭吃！"康王不大相信，又问："这野果能充饥？"老人说："非但能充饥，还能解渴呢。"

听说这种果子能充饥解渴，康王立即命几个随从人员前去采摘。采来一尝，水露露，甜滋滋，味道蛮好。于是他也顾不到什么帝王尊严，便跟随大家一起边采边吃，饱餐了一顿。在以后的一些日子里，康王和他的随从人员，就是靠桑果充饥，才渡过了难关。

后来，金兵北返，康王带领随从人员，定都临安（杭州），号称南宋。从此，他又过起了花天酒地的帝王生活。

这天，康王为了庆祝自己立朝掌政，办起丰盛的酒宴，款待随他南逃的文武百官。席间，他忽然想起野果充饥的事，马上传下圣旨，命当地官员给这种果树挂上金牌，表示谢恩。可是，由于当时大家饥饿难熬，只顾采果充饥，根本没顾上询问果树名称。

所以，谁也说不上这种果树的名字。只记得这种果树不高不矮，叶子圆圆的。当地县官接到圣旨，马上找树加封。他看到一棵椿树长着圆圆的叶子，就稀里糊涂地将金牌挂在椿树上。椿树自从挂上了金牌以后，趾高气扬，目空一切。见此情景，桑树越想越气，一气竟将肚皮气破了。幸亏给停在桑叶上的野蚕看到了。野蚕宝宝急忙张口吐丝，给桑树包好伤口，这才使桑树的伤口很快弥合。所以，从那时起，桑树和蚕宝宝就结下了缘分。

其他一些树见椿树无功受禄，冒领金牌，非常气愤，都指着椿树骂："不要面孔，臭臭臭！"从此，臭椿树就叫出了名。而桑树的树干上，则留下了一个伤疤，一直流传到现在。

原载:《中国民间文学集成·浙江省嘉兴市桐乡县故事、歌谣、谚语卷》

（第 211–212 页）

望蚕讯

记录者 徐福宝　**记录者** 陈泰声 杨富林　**整理者** 余仁

秧凳、箸笠、拔秧伞；枇杷、梨子、灰鸭蛋；

黄鱼、鲜肉、鲞篮；软糕、包子挑一担。

这是一首流传在桐乡屠甸地区的农村民谣。民谣唱的是春蚕时节人们望蚕讯所准备的礼物。望蚕讯是蚕乡的一种风俗，即在女儿出嫁后的第一养蚕季节，爷或妈带有时新礼物，来到女婿家探望蚕讯。

望蚕讯风俗是怎么来的呢？相传在很早以前，村上有个名叫阿三的老汉，早先死了妻子，留下一个儿子，日子过得十分凄凉。他看到村里家家养蚕，做土丝，唯独自己家里因为没有女人，养不来蚕宝宝，心里急得直发痒。

日盼夜等，好不容易待到儿子娶媳妇。谁知新媳妇在娘家不曾养过蚕。老汉心里凉了半截。可新媳妇却信心十足，对老汉说："阿爹，我们也看几张蚕宝宝吧！不会可以向人家学。"就这样，老汉家也试着养起蚕宝宝来。

新媳妇是个勤快、乖巧的人。看人家采叶她也采，见别人喂蚕她也喂。不知不觉地已到了宝宝上簇的时候，老汉左邻右舍走了一圈，看自家的宝宝长得跟别家的一般大小，心里也踏实了。她学着别人家的做法，给宝宝上了簇，并将蚕房的大小门窗全部关紧，再用纸将门缝糊得密不透风。

说来也巧，刚上蔟的第二天，新媳妇的亲爹来看女儿。老汉迎着客人道："亲家公，难得，屋里坐！"亲家递上礼物，说："听说女婿家养春蚕，我特意来望望蚕讯。"阿三一听亲家来探听养蚕喜讯的，不由喜上眉梢，忙吩咐媳妇做饭，自己上街打酒去了。

新媳妇娘家过去没养过蚕，亲家公未见过蚕的模样。他趁女儿在灶间忙碌，独自来到蚕房，打开边窗，看了个仔细，临转身时，忘了将窗门关上。直到傍晚，阿三送走亲家，从蚕房前走过，才发现边窗开着。老汉料定蚕宝宝被风吹了一天，气得有口难言，心中闷闷不乐，只等采茧时再看。

待到采茧那天，老汉打开蚕房门一看，只见蚕蔟上一片雪白，茧子又大又结实，比左邻右舍家都好。人们都说："阿三老汉家蚕花丰收，准是跟他亲家望蚕讯有关。"从此以后，望蚕讯的风俗习惯便传开了。

望蚕讯的时间一般都放在采茧之后，即在光拳（桑叶采光）、白茧（茧子采好）、丝车织（开始缫土丝）的蚕罢时节。因为这时比较空闲，有时间作客。同时，也有慰问辛劳的意思。那么，望蚕讯为何要送秧凳、箸笠、拔秧伞呢？这是因为蚕乡禁忌较多，秧凳音似"殃钝"，不吉利；秧伞音似"养散"，与团圆对立。这些东西不可在女儿出嫁时陪过去，只能在出嫁后蚕罢季节望蚕讯时带去。

附记：望蚕讯风俗桐乡流传较广。陈泰声采录风俗事项较多，杨富林采录传说较多，余仁将二人所采资料综合整理成篇。

原载：《中国民间文学集成·浙江省嘉兴市桐乡县故事、歌谣、谚语卷》（第245-246页）

司姑扯绵兜

讲述者　陈阿妹

杭嘉湖蚕乡有一种跟"白头翁"差不多大小的小鸟。这种鸟尖细的嘴巴、灰黄色的羽毛，叫起来声音婉转动听，尾声拖得很长，听上去好像在说一句很长的话似的。人们称它"司姑鸟"，据说是一个扯绵兜的司姑变成的。

相传在很早以前，王家庄村边上有一座司姑庵。庵里有个名叫慈云的司姑。这年秋天，村上王家一位夫人，准备翻扯做棉衣用的丝绵。蚕乡习惯，翻棉衣棉裤一般不用棉花，而用丝绵，就是用蚕茧剥制成的丝絮。这种丝絮柔滑松软，翻在棉衣或被褥里，保暖效果比羽绒还好。翻扯这种丝絮的时候，须两人拉住绵兜两端，用劲扯长再向两边扩松，俗称"扯绵兜"。王夫人知道慈云司姑扯的绵兜松软匀称，就去邀她来帮忙。

慈云见王夫人有请不敢推辞。扯绵兜时，王夫人和慈云二人分别站立八仙桌两边，先在一只绵兜上挖开一个洞，然后两人扣住洞，面对面用劲拉扯。王夫人由于用力不均，拉开绵兜的时候，打了个趔趄，将插在发髻上的一根金钗震滑了下来。她连忙从地上捡起金钗，随手放在桌角上，继续和慈云扯绵兜。到了傍晚，慈云将扯好的绵兜卷扎起来交给夫人，便回庵去了。晚上，王夫人临睡前摸摸自己的发髻，发现金钗不见了。急忙到扯绵兜的地方去寻找，什么也没有找到。她想，金钗从地上捡起来就放在桌角上，另外没有人来过，怎么会不见呢？会不会被司姑偷去。第二天一早，她便赶到司姑庵问慈云："昨天扯绵兜的时候，我有一只金钗放在桌子上，你见到吗？"

慈云答道："我只顾扯绵兜，没有留心金钗，会不会卷到丝绵里去了？"

夫人不信地说："我明明放在桌角上，怎么会卷到丝绵里去！"

司姑心里有数，夫人是在怀疑她。于是便当着夫人面发起愿来："善有善报，恶有恶报，若偷金钗定无好报，一个月内就要死掉！"

司姑心里又气又懊悔，真不该帮她扯绵兜。王夫人却还在怀疑司姑偷金钗，天天走到司姑庵门前骂人。司姑越想越气，久气成病，一个月以后就抱病身亡。

不久，时节进入冬季，王夫人翻棉衣的时候，终于发现了裹在绵兜里的金钗。原来这丝绵有黏性，放在桌角上的金钗被黏卷到丝绵里去了。

司姑死得冤枉，后来就变成一只鸟，天天飞到王夫人家门前反复鸣叫："司姑发愿遇到恶时辰，夫人金钗丝绵里寻！"这声音听上去十分悲切凄凉。

原载:《蚕乡的传说》(第15-16页)

蚕农敬蛇

采访者

采访时间

人们对蛇一般都比较惧怕、憎恶。但蚕乡的蚕农们，对蛰居家中的黄蟒蛇却十分崇敬，称其为"家蛇"。每当养蚕季节来临，饲蚕的蚕室或储桑叶的叶室里，如果发现了"家蛇"，蚕农们都要诚心加以保护，不准家人伤害或催赶，甚至连称呼也得改变，不能叫蛇，而称"青龙"。这已成为蚕乡的一种习俗。

这种习俗何时开始，已无从查考。据传，过去有一家蚕农，每年养蚕总是不景气，别人蚕茧采十分二十分，他家只能采几分。有一年，他们家蚕房里，不知从什么地方游来了一条黄蟒蛇，他们没有赶它。后来，蚕茧竟获得了上好的收成。这事传开以后，从此，蚕农就把黄蟒蛇视为蚕神的化身，称其为"青龙"，倍加敬重，认为青龙一到，蚕花一定茂盛。旧时，蚕乡有些民间艺人，每年春季总要捕一条黄蟒蛇置于竹篓之中，沿村卖唱乞讨，俗称"唱黄蟒蛇"，亦称"蚕花"，其唱词是这样的:

> 青龙到，蚕花好，去年来了，到今朝。
> 见了黄蟒龙蚕到，二十四分稳牢牢。
> 当家娘娘看蚕好，茧子堆来象山高。
> 十六部丝车两行排，脚踏丝车鹦鹉叫。
> 去年唤个张大婶，今年唤个李大嫂。
> 大婶大嫂手段高，缫出丝来赛银条。
> 当家娘娘为人好，滚进几箩金元宝。
> 上白绵兜剥两筲，送送外面个放蛇佳。

有时，这些民间艺人，一边唱还一边将黄蟒蛇捉到篓外，放在蚕农家中游上一游，表示青龙正式来过。蚕农对此非常欣慰，往往赠送丝绵一至两筥，表示酬谢，这也成了一种习俗。

蚕农敬蛇的习俗至今仍在蚕乡流传。从表面上看，这种习俗带有迷信色彩，但细加分析，不无道理。到过蚕乡的人都知道，老鼠是蚕宝宝的大敌，蚕农最恨老鼠。一只老鼠，一天能吃掉几十条蚕。吃掉一条蚕，就少去一颗茧子，如果老鼠成群，这蚕花又怎能茂盛？而蛰居蚕农家中的无毒黄蟒蛇，却是天然的捕鼠高手。它的捕鼠本领，比捕鼠行家猫的本领强多了。猫捕鼠只能在地上、梁上行动，如果老鼠潜入洞中水中，猫就无能为力。但黄蟒蛇却不然，它是全能，不管老鼠上梁、下地、钻洞、跳河，它都能跟踪追捕，十拿九稳。有这样的卫士来保护蚕宝宝，你想，蚕农能不崇敬它吗？当然，蚕农视蛇为神，称其为"青龙"，这当别论。

原载：《蚕乡的传说》（第24—25页）

濮绸

讲述者 潘景海　采录者 张松林

采访时间及地点　1980年2月　桐乡县濮院镇北市街

春秋时期，越王勾践经历了多年卧薪尝胆之后，在范蠡和文种等贤臣辅佐下，终于打败了吴国，雪了亡国被俘之耻，经受了几十年战乱之苦的江南百姓，暂时得到了一个安定的生产环境。濮院这个地方的蚕丝业，也迅速恢复发展起来。濮院镇上出现了专门从事缫丝织绸的手工业者。濮院及附近乡村，机杼声昼夜不息，日产绸缎万匹之多。

有一年，在濮院镇南端龙潭漾口西女儿桥畔，一幢半截在水上，半截在岸上的两开间楼房里，新开张了一爿绣缎庄。主人是刚从会稽迁来的名叫范大的夫妻俩。那范大方面大耳，双目炯炯有神，谈吐文雅，待人和气，举止不凡。那范大嫂子，虽然淡妆素抹，却是一个有着沉鱼落雁之貌的美人儿。范大嫂子每天清晨天蒙蒙亮就起床，在矮矮的店楼上，面对龙潭清澈的流水梳妆。早饭后，范大就挥笔作画写字，设计丝绣图案。范大嫂子在一旁默默地飞梭引线，织造锦缎。他们设计的锦缎，图案新颖，色彩夺目，有猛虎下山、九龙戏珠、百鸟朝凤等，绚丽多彩，令人眼花缭乱。濮院虽然盛产绫罗绸缎，但缎绣却是冷门。所以，范大的店开张不到一月，声名却已轰动了全镇。西女儿桥堍，每天车水马龙，小船人流，络绎不绝。人们对店主夫妇的相貌暗暗称赞，对于他们的绣缎更是赞不绝口。

人们得知这对相貌不凡的外乡人有惊人的技艺后，纷纷登门求教。一些姑娘、阿嫂，干脆拿着绸缎到女儿桥畔拜师学艺。那范大夫妇总是以礼相迎，热情接待。范大嫂子对前来学艺的姐妹更是悉心传教，毫无保留。她还虚心向"徒弟们"学习缫丝织绸的本领，并一起研究如何把手工绣运用到绸机上。这样一来，濮院一带的丝绸业就更发达起来，濮绸也就从此出名了。

随着濮绸的闻名，那绣缎庄的范大夫妇更是名声远扬。有一天，从越国京城来了一个黄衣使者，打听着范大夫妇的住址，在范大夫妇店铺前张望了好一阵子。范大夫妇对这位不速之客的行踪发生了怀疑。半个月后，当那使者捧着圣旨来濮院宣召范大夫妇进京的时候，那绣缎庄早已人去楼空。这时镇上的人才知道，那范大夫妇不是别人，是范蠡和西施。

自从范蠡和西施离开濮院后，小镇百姓十分怀念他们，把西施居住过的楼房改名为"妆楼"，把西女儿桥改名为"妆桥"。人们还照西施传下的缎绣技艺，织出了驰名中外的"濮绸"。

附记：濮绸是我县著名特产，产于濮院。据《濮川志略》记载："南宋淳熙以后，濮氏经营蚕织。轻纨纤素，日工日多。"濮院绸业起始于南宋，清初进入全盛时期。据《濮院志》载："考吾乡机织……清初号称日出万绸。"曾远销印度、日本和南洋等地，闻名中外。卢心存在《嘉禾杂咏》中写道："宋锦人传出秀州，清歌无复用缠头。如今花样新翻出，海内争夸濮院绸。"

原载：《中国民间故事集成·浙江卷》（第 499—500 页）

天下第一绸

讲述者　汤利民　　记录者　许培甫

采访时间及地点　1987 年　濮院

濮绸是我国古代名绸之一，与杭纺、湖绉、菱缎齐名。濮绸最大的优点是经久耐用。自从南宋得名以来，历代都广泛用来制作军旗、战袍等。

明成祖朱棣，带兵打入京城，抢占了皇位，称永乐皇帝。朱棣做了皇帝以后，好不得意，为了壮大自己的声威，认为明朝旗帜不够鲜明，自己出巡和军队打仗时显得不够威严，便下令所有旗帜全部采用国内最好的绸缎来制作。当时苏杭一带的丝绸制造业十分发达，采办大臣来到苏杭采购上等好绸，路经濮院，听到机杼之声日夜不断，看到家家户户都摆机织绸，便留下来仔细察看织好的绸缎。他发现濮绸制作精良，不仅手感华润，色泽鲜明，而且绸质特别细密，牢度很强。采办大臣大喜，连忙买了几十匹星夜运回京城。明成祖看后十分满意，下令所有军旗一律用濮绸来做。军队使用濮绸制作军旗后，果然面貌焕然一新，军威大振。这时又有一大臣启奏，建议在长城山海关树立一面特大的旗帜，上书天下第一关，以壮我大明国威。成祖准奏，用濮绸来制作天下第一关的旗帜。这样，濮绸便成了天下第一绸。

原载:《中国民间故事集成·浙江卷》(第 231 页)

五色茧和五彩绸

讲述者 莫英凤　采录者 丰国需

采访时间及地点　1986 年　德清县顺丰丝厂

明朝辰光，在下三府运河旁边，有一个蛮小的村坊，村里全是种桑和养蚕的。有一年蚕月，这个村养的蚕全都没有出，只有一份人家出了五条蚕。这五条蚕宝宝很特别，五条蚕红、黄、蓝、白、黑五种颜色。全村人都看得奇怪，连一些胡子雪白的老头子也都说，从出娘肚皮到现在从来没有看见过。介一来，全村人都去照顾那奇怪的五色蚕。

奇怪也确实奇怪，这五条蚕不但颜色奇怪，而且胃口也奇怪，特别会得吃，满满一箪叶一下子工夫全部吃得滑塌精光。好在全村只养了五条蚕，大家都把自己的叶摘来喂这五条蚕。整个村里的桑叶给这五条蚕吃吃刚刚好，吃得这五条蚕宝宝滚壮滑塌，颜色十分好看。

到了蚕宝宝上山辰光，全村人都到这户人家去守护，眼看这红、黄、蓝、白、黑五条蚕宝宝上了山，很快就吐丝结茧，结了红、黄、蓝、白、黑五个茧子，个个都有鸡蛋介大。全村人都呆煞了，有的说这是天菩萨给我们的宝贝，有的说这是蚕花娘娘显的灵。全村人经过三天三夜的讨论，决定这红、黄、蓝、白、黑五颗茧子一不好去卖，二不能去做丝，要把它好好地藏起来，等到明年出了蛾下了子，家家户户分一点去养养。就这样，全村人都轮流看管这五颗茧子。哪里晓得这桩事情被隔壁村坊里的一个炝管儿晓得了，他马上报告了官府。县官一听，出了这种从来没有听见过的宝贝，马上派了官兵去抢。这个村坊的老百姓虽然人有勿少，但哪里挡得过官兵，这五色茧就让官兵抢走了.

那个芝麻官得到了这五颗宝贝茧子，真开心煞了，原想自己要，后来听师爷讲，当今皇上喜欢集宝，若进贡、给皇帝，一定会有大官做。他请了巧匠做了红、黄、蓝、白、黑五只盒子，装进红、黄、蓝、白、黑五颗茧子，连夜打点行装直奔京城去献宝。当朝皇帝是崇祯皇帝，他得到这五颗茧子后高兴极了，随即封那献宝的芝麻官去做府台。再贴出皇榜，召集天下能工巧匠去京城，把这五颗茧子缫成丝、织成绸。没有多少辰光，这五颗茧子被缫成了五种颜色的丝。又过了几日，这五种颜色的丝又被织成了一根五色的丝绸带。崇祯皇帝很看重它，拿它作裤腰带。真奇怪，这根绸带在肚皮上一围，自己会收紧，收得勿松勿紧。所以崇祯皇帝拿它当大宝贝，整天围在腰里。

哪晓得这根五彩腰带只系了半个月，李闯王造反进了北京城。这一天，李闯王打进皇宫，崇祯皇帝逃到煤山的一株大树底下等救兵，他手底下一个将军讲好到这里来接他，可是等来等去勿见人来。闯王的兵马却越杀越近了，崇祯皇帝急煞了，心想今朝一定要死了，便解开那根五彩的腰带搁在树杈上想上吊。他刚将腰带套在头颈里，看见手底下的那个大将带着人马救他来了，心里十分高兴，刚想把腰带脱出，可哪里还来得及，那腰带突然收紧，一下子就把崇祯皇帝吊得两脚悬空。等到那个将军赶到，崇祯皇帝已经死了。

原载:《中国民间故事集成·浙江卷》(第 500—501 页)

辑里干经

讲述者 俞荣普 采录者 丰国需

采访时间及地点 1986年12月 德清县武林头丝厂

湖州府一带的蚕丝是出名的，到了清末，外国人造丝打进中国，湖州一带的蚕丝与人造丝相比，因粗细不匀，销路受到影响。

这一天，南浔镇上周记丝行的雇工阿强替老板到乌镇去载一船丝，船摇到离南浔不远的地方，突然遭到狂风翻了船，整整一船丝全都翻落河里。阿强心急慌忙，凭着一身好水性东搜西抓，才把这船丝打捞上岸。他又把船里的水舀干，重新将丝搬上船，这船丝总算摇到周记丝行。老板一见整船丝全都泡了汤，丝湿要发霉，打湿了的丝有啥人要呀。当时，尽管阿强好话讲了千千万，老板还是勿理睬，一口咬定要阿强赔一船丝。阿强急得眼泪水都出来了，老板的面孔仍是铁板一块。可怜的阿强只得愁眉苦脸地把这船丝摇回自己屋里。

阿强住在离南浔不远的缉里村，屋里只有他和老婆两个人。他老婆这一天刚卖了两块绸赚了点钱，买了点小菜，爆爆炒炒烧了好几碗等阿强吃夜饭。谁知道一直等到月亮上了天，还未见老公回来。她正想出门去打听打听，只见阿强浑身稀湿刮搭，跌跌撞撞地冲进门来。她一下子呆掉了，忙问出了什么事。等阿强把事情一讲，她自己也急得瘫倒在凳子上。"哎呀呀，介一船丝怎么赔得起呀！"老婆"哇啦哇啦"一喊，阿强更加着急了，一屁股坐倒在凳子上，两手抱头哭了起来。他老婆一看老公这副样子倒勿哭了，从里厢拿出衣裳叫阿强换，一面对他说："换换衣裳先吃饭，靠急也急勿好，等歇饭吃好，我到娘屋里去想想办法看。"阿强听听看倒也有道理，便垂头丧气地换了衣裳。

趁阿强在吃饭的辰光，他老婆便到灶间里去烘湿衣裳，烘着烘着，突然想到湿衣裳可以烘燥，湿丝不是同样可以烘燥吗？她马上跟阿强去讲，两人饭也勿吃，烘起丝来了，可是这丝是一绞一绞的，不管这样烘那样烘，总归是外面干里面湿，烘来烘去烘勿好，夫妻俩呒没办法，只得歇手。这辰光，阿强的老婆突然看见堂屋里放着的纺纱用的纺车，心想，只要把丝拆散，放在纺车上一根根重新绕过，绕的辰光纺车下底放一盆炭火，这样，不就能将湿丝烘燥了吗？这办法果然灵光。但阿强的老婆晓得，土丝粗细勿匀，及不来人造丝，周老板这几天土丝卖勿出去。现在反正丝要重新绕过，索性难为点功夫，将丝粗的归粗的，细的归细的，重新结头理过，使它显得均匀光洁，这样，明朝周老板就呒话好讲了。她叫老公到自家娘屋里叫人来帮忙，全家人一直忙到雄鸡喔嘱啼，所有湿丝全都烘燥，全都整理完毕。

吃过早饭，阿强把丝送到丝行，周老板看得呆煞了，他仔仔细细地检查，哪晓得他越看越呆，这批丝粗细均匀，光洁好看，质量特别好。他再三追问，老实的阿强便将事情一五一十告诉他，周老板一听，笑了。这辰光刚好有客人来买丝，一看质量介好，争着用高价将整船丝都买去了。周老板当场赏了二十两银子给阿强，并要他从此以后专门在屋里开设工场，加工土丝。

这些经过加工整理的土丝粗细均匀，质量勿比人造丝差，价钱却比人造丝要便宜。所以，一时南浔蚕丝销路又重新好起来，连外国人也都到这里来买。

南浔一带的土丝大都在织绸辰光当作经线用的，因它最早的来历是打湿了的湿丝纺干的，后来起名叫作"缉里干经"。

原载：《中国民间故事集成·浙江卷》（第 502-503 页）

蒋昆丑织"皓纱"

讲述者　曹大珍　采录者　曹先谟

采访时间及地点　1989 年　杭州市下城区

传说从前江山弄有个叫蒋昆丑的巧匠，凭着祖传的一张织机，织出各种图案的绫罗绸缎，远近闻名，日子过得很不错。但没想到在江山弄前前后后，很快开出了很多织造机坊，昆丑虽然有一身好手艺，但是怎能敌得过这些资金雄厚，又善于钻营的机坊主。眼见人家织机一张张多起来，银一封封积起来，自己手头却一天天更加拮据。他怨恨自己空有好本事，别不过别人的苗头，所以他下了决心，要在织物上创点新花头，他苦苦思索了几天，跑遍了杭州所有的绸庄，没有看到一点新花样。一天午后，他坐在后楼窗前，听得蝉声"知了、知了"叫个不停，叫得他更加心烦意乱，随手操起了桌上的砚台，丢到了柳树枝中，只见一群知了乱飞着离开柳枝，张开的蝉翼，轻薄透明，阳光从翼面上丝丝透射出来，既美丽又神奇。他从蝉翼中获得了启发，一定要织出像蝉翼那样轻柔的绸。他日也思，夜也想，织了拆，拆了织，最后落机的是一种轻如蝉翼的白绸子，丈把的绸子能捏在拳头里。做官的称它为"皓纱"，老百姓则叫它"蝉翼纱"。

"蝉翼纱"大家都争着买，北京的皇帝也要他进贡，还远销到日本、高丽、印度。蒋昆丑也发起来了，机坊也扩大了，有一百多织工，在官巷口还开了大绸庄，成了杭州织造户中的首富。

原载:《中国民间故事集成·浙江卷》（第 503-504 页）

蚕宝宝头上一点黑

讲述者　华照荣　　记录者　徐水明

老早辰光，世上还呒人养蚕。有一家伯姆俩，见桑树上爬满白条虫，觉着稀奇，就捉了几个拿回屋里养了起来。吃了一段辰光桑叶后，已长得像蚕豆荚介大啦，嘴里都勒吐丝。过了几天，又从里面钻出一只只蛾来，屙了交关籽。伯姆俩就拿伊收藏起来。下一年清明过后，拿出来一看，已变出了许许多多蚁子，伯姆俩就去采来桑叶，喂养起来……。后来，慢慢交越养越精明，卖掉了蚁子，又收了交关丝，赚了勿少钱哩！因伊长得像豌豆荚，格佬都叫伊"蚕宝宝"。以后，伯姆俩就分开条自养啦。不过，嫂嫂门槛精，蚕花年年好；弟媳妇一直养勿好，就去向阿嫂讨手脚。

阿嫂一心想自己发财，只怕弟媳妇得巧，就讲："我呒啥好本事，只怕是你的蚕种失灵了，明年我调点好种给你。"到了下年开春，阿嫂拿张糙皮纸蚕种给弟媳，叫伊哺种前，先放进汤罐里去浸浸湿。弟媳妇上当哩，蚕种都被烫煞啦！只剩最上面捏手地方的两粒勿烫着，哺出两个蚕宝宝。这两个蚕长得末叫快，到拔油菜籽辰光，蚕宝宝已经要吐丝啦，阿嫂正好从弟媳妇门前走过，看见屋里的菜其柴上，有两个大得出奇的宝宝勒吐丝，看得伊连眼睛也发红啦，就随手从自己丫髻上拔落一枝银钗，朝两个蚕宝宝头顶刺落去，要伊好看！啥人晓得菜其桠枝软性，刺落去力道勿足，只擦破一层皮，放出一点黑水。从此，蚕宝宝头上就留下了一点黑痣。

阿嫂只当蚕宝宝死掉啦，其实，呒没死，据说，这两个是"蚕王"。另外的蚕宝宝得到蚕王遇刺的消息，都纷纷从四面八方赶来，把蚕王团团围住，保护起来。蚕王就沉痛地关照大家，号召吐丝把自己裹在里面，以防坏人再来下毒手。呒没多少辰光，弟媳妇屋里到处是雪白的茧子，蚕宝宝都藏到里面去了。阿嫂走来一看，自家屋里的蚕宝宝都到这里来啦，真是"偷鸡勿着蚀把米"！气得伊半年勿出门。

原载：《中国民间文学集成·浙江省嘉兴市平湖县故事歌谣谚语卷》（第136—137页）

西施送蚕花

讲述者 姚德虎　**采录者** 钟伟今

采访时间及地点　1979年12月31日　德清县澉山乡蠡山荷叶墩

春秋时期，西施美女，为了灭吴兴越，远嫁吴国。越王勾践的相国范蠡，亲自相送。相传范蠡奉命到民间挑选美女，选中西施，便与西施情投意合。早在西施故乡诸暨苎萝山结发石上，立下山盟海誓，永结同心。后来西施进了越宫，范蠡亲自教她歌舞、礼节和琴棋书画，两下更是心心相印。此番范蠡相送，一送送到接近吴越边疆的一座小山岭上。俗话说："送君千里，终须一别。"范蠡勒转辔头，催马南回。西施在马背上望着范蠡远去的身影，又望着即将离开生养自己的故国河山，不知不觉中，眼泪卜漉漉滚了下来！

这时，山坡下的桑林里，涌出一群采桑姑娘，头挽双丫乌丝髻，身穿白布大襟衫，腰围蓝纱素花裙。体轻如飞燕展翅，快活似喜鹊噪群。姑娘们一个个笑盈盈围聚在西施的马前，不由西施美人大吃一惊！看，这群采桑姑娘！面庞红润如朝霞，眼珠明亮像晓星，媚人的笑靥如牡丹，俊秀的眉毛像剑兰。西施心想，人人说我西施美，我看这里的姑娘胜西施！西施忘记了离愁别恨，朝这群采桑姑娘微微一笑，便翻身下马，吩咐随行的侍女，把檀香木镂成的小花篮递来。西施手托花篮，把绚丽多彩的绢花分送给采桑姑娘们：先拔一朵嫩黄的蜡梅花，再拔一朵艳红的蔷薇花，粉朱芙蓉绿牡丹，百合陪伴水仙开，胭脂千年红，芝兰十里香……一个姑娘一朵花，西施那檀香花篮里的绢花一分分完了，可是还有一个姑娘没有花。西施素手一抬，便把自己头上那朵玉蝶九香兰拔了下来，又亲手给这位姑娘戴在头上。

西施一数，不多不少，正好十二个姑娘，便笑眯眯地说："十二位姑娘十二朵花，十二分蚕花到农家！"

说得姑娘们眉飞色舞，心花怒放。

姑娘们你看看我头上的花，我看看你头上的花，想不到西施美人待人这样亲热随和，心好意好，她们笑得更甜更美了。但是一看西施发髻上连一朵花也没有了，那可不成啊！她们正在发急，忽然微风送来一阵清雅的馨香，沁人心脾。众姐妹循香看去，只见不远的岩石边，在一丛兰花中，正挺伸出一茎苞，渐渐长、渐渐大、渐渐展开花瓣，吐出花冠……那位接受西施赠送玉蝶九香兰的姑娘，三步并作两步抢上前去，把这朵神奇的兰花采了下来，大家细看时，与西施头上拔下来那朵玉蝶九香兰一式一样，毫厘不爽。那位姑娘就把这朵不寻常的兰花，恭恭敬敬地献给了西施。

西施高高兴兴地把这朵异香扑鼻的神奇的兰花戴在自己头上。淡雅的花姿，清馨的香味——兰花，原是西施最喜爱的花朵。童年的时候，她父亲砍柴回来，常给她带来三五朵兰花，她也爱戴一朵在小发髻上，其余的分送给邻近的姐妹。

西施含笑谢过送花的姑娘，便重新提裙跨马，依依恋恋地缓辔下岭。

下岭之后，西施从马背上回过头来，见十二位美娇娘还伫立在山岭上，向她连连招手，便朗声说道："多谢众姐妹，祝你们今年蚕花十二分！年年岁岁蚕花十二分！"

说着，西施扬鞭催马，马嗒嗒，与护送她的人马一起，奔向吴国……

从此，养蚕姑娘个个头插蚕花，这是西施美人亲手送花传下来的乡风。"蚕花十二分"，至今还是杭嘉湖地区人民祝愿蚕桑丰收的颂辞。

这个西施送蚕花的小山岭，就是现在德清东门外蠡山西边的离山（也叫"连山"）。因为西施驻马送蚕花，所以又叫西施驻马岭。

原载：《浙江省民间文学集成·湖州市故事卷》（第540—542页）

吊龙蚕

讲述者 钟桂妮 采录者 钟伟今

从前，妯娌俩养蚕。

嫂嫂娘家是蚕区，养蚕很门功；弟媳是才过门的新媳妇，娘家在深山，没养过蚕。

嫂嫂养一张蚕种；弟媳也养一张蚕种。

弟媳说："姐姐呀，我养蚕不懂，你要好好教教我呐！"嫂嫂说："妹妹呀，一家人不说两家话，这个你就勿要担心啦！"

弟媳心里想：姐姐真好呀！嫂嫂心里想：哼！我来教你呐？

陌上的桑叶青葱葱了！浴种的日子到啦！

弟媳欢欢喜喜地问："姐姐呀，浴种怎样个浴法？"

嫂嫂乌珠一转，坏主意跳上了舌尖："妹妹呐，这好办你烧一盆滚水，拿蚕种在滚水里浸几浸，就好啦！"

弟媳是个痴心眼的人，对嫂嫂是一百个相信："哦！我懂了！谢谢好姐姐。"

弟媳真的烧了一盆滚水，手指撮着蚕种角，往滚水里浸了几浸，就实心实意地盼望掸乌蚁啦！

掸乌蚁的日子到啦！嫂嫂的蚕种乌蚁出得齐，出得多。嫂嫂开心啦，就哼起了小调。弟媳的蚕种就只是浴种时手指撮着的地方出了一个乌蚁。一个也是好的哪。弟媳开心哪，也哼起了山歌。

嫂嫂养蚕在东房间，她听弟媳哼山歌，心里暗自好笑：世上呆子见千见万，没见过我家这个妹妹！

弟媳养蚕在西房间，她听姐姐哼小调，心里暗自高兴，人说嫂嫂心眼坏，我看嫂嫂没坏心！

从此，嫂嫂采叶，弟媳也采叶。嫂嫂切叶，弟媳也切叶。嫂嫂喂蚕，妹妹也喂蚕。妯娌俩晴燥雨湿地忙，日里夜里地忙。头眠、二眠、三眠，蚕宝宝越来越大。嫂嫂看看自己的蚕宝宝，密密麻麻，白白胖胖，从来没有这样好过，心里喜滋滋、甜蜜蜜，再想想傻妹妹，蚕罢一场空，公婆白眼，邻居笑话，更是高兴，不觉笑弯了眉毛，笑眯了眼。嫂嫂听听自己的蚕宝宝吃叶，沙沙沙……像是春雨在洒。但她又侧耳一听，隔壁弟媳的蚕室里，沙沙沙……也像是春雨在洒。她心里犯了疑：一个蚕宝宝为啥吃叶声这样响？她便蹑手蹑脚地走拢灰壁，从一个破洞里偷偷地看妹妹的蚕室。唷！一个手臂样粗，扁担样长，月亮般亮的大蚕宝宝，正在沙沙地吃叶呢。傻妹妹呢，正笑眯眯地守着这个大蚕宝宝呢。这下真把嫂嫂气疯啦！她鼻孔里一哼，说："我叫你蚕花二十四分！"

狠心的嫂嫂呀，一心想戳死大蚕宝宝，可是傻妹妹一直笑眯眯地守着哪，不好下手。她咬着牙，等啊等。夜深了，弟媳抚了抚大蚕宝宝，轻轻地说："宝宝乖，我睡觉去啦！"这才笑盈盈地走啦。

等弟媳走了一歇，嫂嫂擎起一把羊叶叉，将灰壁的破洞掏大些，把羊叶叉对准大蚕宝宝猛地戳去！蚕宝宝又不会呼叫，只挣扎了几下就死啦！戳死了大蚕宝宝，她想："明天看好戏吧！"便笑吟吟地睡觉去了。

第二天一早，嫂嫂到自己的蚕室里一看，呆啦！这密密麻麻、白白胖胖的蚕宝宝全都不见影踪啦！

这时，隔壁妹妹喊了起来："好姐姐呀，快来看，我这里一房间的茧哪！"

嫂嫂跑过去一看，又呆啦！只见白花花、长腰腰蚕茧积了一蚕室。

这时，公婆丈夫，左邻右舍，大男小女，全都跑来看啦。看新媳妇那一蚕室白花花、长腰腰的茧子！左邻右舍长一声，短一句地向妯娌俩的公婆道喜："你家新媳妇，真是个蚕花娘子啊！""好福气呀好福气！"

这时，新媳妇含羞带笑的脸孔，像一朵初开的水灵灵的红荷花。

婆婆要看大媳妇的蚕室。大媳妇脸上红一阵白一阵地不让看。有个爱开玩笑的小姑娘，一下子推开了东蚕室的窗。大家一看，蚕室里除了滴绿的叶梗子和彻乌的蚕沙子，什么也没有！公婆丈夫，左邻右舍，大男小女，先都吃了一惊，后便议论纷纷。

后来，才弄清事情的来龙去脉。原来，妹妹养的是条龙蚕，龙蚕被嫂嫂戳死了，嫂嫂蚕室里的宝宝伤心极啦！这些蚕宝宝，就成群结队地爬过被羊叶叉掏开的壁洞，给龙蚕来"吊孝"啦，所以都提前一夜之间做了茧。

嫂嫂想叫弟媳倒灶，倒灶偏偏轮到自己。恶心恶肠，没好下场。

原载：《浙江省民间文学集成·湖州市故事卷》（第 543—545 页）

桑叶鸟

讲述者 章华彩　采录者 欧阳羚

采访时间及地点　1987 年 9 月　安吉县孝丰镇

每年清明前，我们这里就会飞来一种鸟。这种鸟一边飞一边不断地叫着"爹爹苦——爹爹苦"，听起来交关悲伤，这种鸟叫"桑叶鸟"。传说它是一个农家姑娘变的。

这是一直老早的事体，在一个深山冷岙里住着一份人家，这份人家只有爹、囡两个人。他们靠养蚕过日脚，还算能吃饱穿暖。

有一年，爹、囡两个养的蚕宝宝特别好，白花花的蚕一匾又一匾。父女俩高兴得合不拢嘴巴。但是过了几日他们又发愁了，因为这一年的蚕不晓啥缘故，就是勿肯"上山"，桑叶饲了一遍又一遍，总勿见蚕宝宝老起来，眼看桑叶快吃光了，你讲急勿急！

这一日，天还没有亮，爹就挑着篰去买桑叶，早起出去是副空担，夜到回来仍旧是一副空担。起早摸黑跑断脚骨还是买勿到桑叶。眼看这白花花的好蚕就要倒掉了，真叫上天吼路，入地吼门。而离他们屋勿远的一份大户人家桑园里，桑叶交关多，去问他们买买呢，他们勿肯。这爹实在吼没办法，想去偷一担来救救急。第二日清早，他瞒着囡挑着一担来到这份大户人家的桑叶地里，大气也勿敢透一口，急急忙忙地摘满担桑叶，刚刚想挑起来走，哪晓得让这份人家管桑叶的人看见了。那个人把这爹柯牢送到东家这里。那东家蛮凶，是当地有名的"地头蛇"。一听讲有人偷自家的桑叶，就叫把这爹杀掉。这东家还叫家丁把这爹的头脑壳塞在桑叶里，叫人在黄昏头把这担篰挑到姑娘的家门口，勿声勿响放落就走。

再讲这囡早起头起来一看，阿爹勿见啦，一看桑叶篰也勿见了，想想阿爹一定是去买桑叶了，就盼着阿爹买着桑叶早点回转来。七等八等一等等到黄昏头，还勿见阿爹回来。囡心里急煞了，开门一看，只见一担桑叶放在门口，勿见阿爹的人。她还当阿爹有啥格事体去了，连忙把桑叶挑进屋里，捞了一大把去饲蚕宝宝，蚕宝宝就"沙沙沙"吃起来。她赶紧又捞第二把桑叶，她一记看见有一个黑乎乎的东西在篰里，因天暗看勿大清爽，还当是个柴靠头，她格辰光还想，这卖主倒黑心个，把柴篰头当桑叶称给我们。把灯盏拿过来一照。啊！这哪里是柴篰头？这是一颗人头，血糊糊，黏搭搭，仔细一看，原来还是她爹的头，她惨叫一声死了过去……可怜的囡再也吼没醒来，却变成了一只小鸟，嘴里不断叫着"爹爹苦——爹爹苦……"好像在向大家讲这个悲伤、可怕的故事！

原载:《浙江省民间文学集成·湖州市故事卷》(第546-547页)

蚕姐妹

讲述者 俞美珍　记录整理者 俞永贵

很久以前，靠近嘉兴南湖有一对苦姐妹，是双胞胎。姐妹俩相貌像极了，苹果脸，大眼睛，双眼皮，真像两朵花。她们不但外貌美，心地也好。爹娘一去世，姐妹相依为命，靠种田、挑野菜、打野柴糊口。

一年春天，正是菜花吐金、麦子抽穗的好时光。苦姐妹双双从田里拔秧回来，路过一个桑园，见桑树上密密麻麻地挂着桑果。青的、红的、紫的、黑的、多得像满天星。妹子见了桑果，一步三跳，馋得直流口水说："姐呀，摘些来尝尝新吧！"

姐姐说："小丫头，嘴真馋，一定饿啦。"

于是，她们放下秧凳。拣又甜又大的摘。不一会，两人都已摘了一大捧哩。姐妹俩正要回家吃桑果。忽听得有谁在喊哩："姑娘，救救呀！"

苦姐妹吓了一跳，连怀里的桑果也洒落一地。她们四下查看着，奇怪，园子里怎么没见个人影呢？姐姐正在纳闷，妹子眼尖。她发现有只黑老鸹正在树上啄食呢！于是，她像野兔样蹦过去。拾块石子对准它掷了过去。还骂着："这家伙不老实，在偷吃桑果哩！"

姐姐抬头一看，真的，那只黑老鸹扑打着翅膀，飞到另棵桑树上，贼头贼脑地瞅着她们呢。姐姐也给了它一石子。打得老鸹"哇"的一声，瞅了瞅掉在地上的那条虫恋恋不舍地飞走了。苦姐妹拾起掉在地上的桑果，边吃边走啦。又听得那个声音说："好心的姐妹，带我回家吧。"

苦姐妹在草地上找了半天，才发现有条又黑又细的小虫在爬哩。妹子有点怕它，那条虫说："你们别看我长得丑，我的心可好呢。"

苦姐妹看它怪可怜的，心想，我们不救它就要给黑老鸹当点心。不如把它养在家里吧。就把它带回家去，还给它取了个名叫"蚕宝宝"。姐妹俩每天早出晚归，都忘不了给蚕宝宝喂叶。天冷了，姐姐给它生火取暖。天闷热了，妹子给它开窗通风凉快。下雨啦！姐姐把桑叶揩干喂它。蚊蝇多啦，妹子扯个纱罩盖住蚕匾。苦姐妹照管蚕宝宝比亲娘待女儿还好哩。

一天蚕宝宝又开口了："好心的姐妹，请把好事做到底吧！"

姐姐困惑不解地问："你不是好好地在我家里住着吗？还有什么呀？"

蚕宝宝说："我是得救了，可是我的那些兄弟姐妹在桑园里，还是一个个被黑老鸹吃哩！"

妹妹一听着急地说："哎呀，你为啥不早说呀！"于是苦姐妹一阵风跑进桑园，把蚕宝宝一个个救回家去，让它们过着好日子。

蚕宝宝原来长得又瘦又小，过了"四眠"，现在变得白白胖胖，真是黄毛丫头十八变呀。苦姐妹的善良、勤劳，终于感动了蚕宝宝。蚕宝宝问姐姐："好心的姐姐，你救了我一家的命叫我们怎样报答你呢？"

姐姐说："我们种田人家，又不想做财主，要报答啥呀？"

蚕宝宝问妹子："好心的妹子，你救了我全家命，叫我怎样报答你呀？"

妹子说："我家虽穷，姐妹俩靠两双手做做吃吃，能勉强度日。还想啥来？"

蚕宝宝听了感到为难。姐姐终于想出来啦："那就给点衣料吧！"

蚕宝宝说："对，你们姐妹俩穿上花衣裳，多漂亮呀！"

妹子说："不是我们要穿，是村里穷苦人家都没衣穿。"

蚕宝宝听了说："你们真是好心，处处为大家着想。"于是蚕宝宝马上忙着吐丝结茧。直到今天，它们的子子孙孙都学得吐丝结茧的本领呢。

后来，人们怀念着这对苦姐妹，就叫他们"蚕姐妹"哩。

原载：《浙江省民间文学集成·嘉兴市故事卷》（第 23—25 页）

踏筏船

讲述者　姚大章　记录整理者　袁克露　姚正钧

过去，每逢农历三月十六，嘉兴从南湖到三塔塘、北丽桥一带，总是人山人海。大家争先恐后地踮起脚尖，遥望那远处一条又一条船贴在水面上，像箭也似的飞过来。这就是沪、杭闻名的嘉兴南湖踏白船。这是蚕乡人为了练习划快船，到外地去采购桑叶的。俗话说"救蚕如救火"嘛，叶勿到，蚕就饿死。

相传很久以前，有一年各地大闹灾荒。唯独这鱼米之乡、丝绸之府的嘉兴地面风调雨顺，五谷丰登，为此涌来了许多逃荒的人。一天，有母女二人拖着四条发肿的腿，来到南湖边上。她们早已饿得有气无力，手脚都瑟瑟发抖，看着那湖面上一蓬一蓬又壮又嫩的鲜菱直咽口水。她们心想，如此富庶的地方，不知能否找得到我们娘儿俩安身落脚点？正在这时，从湖心荡来一只小舟，船头上堆着一大堆南湖嫩菱。直划到她们俩的脚尖下，靠了岸。一个年轻后生从船上跳下来，对她们说："你们饿得厉害了吧。先请到船上来吃些鲜菱吧！"这母女俩推让着不肯上船。那后生又说："你们不要客气，是我娘叫我来请的。"果然，船艄上立着一位头发花白的妇女，正微笑着招呼她们母女哩。

上船后，大家互通姓名。才知道这后生名叫阿土，那逃荒出来的姑娘叫善花。阿土母子二人靠种菱养蚕，苦度光阴。娘见儿子一年年长大，到了该成家的时候了，却没有铜钱彩礼去下聘娶亲，心中暗暗着急。近些时日，逃荒的人来得多，阿土娘便存了心要给儿子寻上一个合适的姑娘。今天，她见善花姑娘虽是破衣烂衫，蓬头垢面。但从她的一双眼睛，看得出是位聪明的姑娘。她举止言谈落落大方，又粗手大脚，看得出是从小就蛮会做生活的。于是，阿土的母亲便提出要善花母女住到自己家里去。善花娘俩在落难中遇见这样的好心人，真是做梦也想不到，自然是千恩万谢地答应了。

秋去春来，善花在阿土家转眼已过了几个月。她手勤脚快，把小小的茅草棚收拾得整整齐齐。阿土母子身上的衣裳也浆洗得清清爽爽。有空，她还要跟阿土摇船到南湖去采菱，背着箙到桑园去采叶。两家的老人眼看着这一对年轻人同进同出，同做同歇，心中早有了为他们订亲之意，也少不了在日常言语中吐露出来。阿土与善花听了。便都红了脸，低了头。相互偷偷地觑了一眼，忍不住发出会心的一笑。

不想好事多磨，阿土跟善花打算卖了春茧办喜事的时候，这事被桑园里的一条竹叶青蛇精晓得了。这条竹叶青在这块桑园住了好几百年，成了精怪。偏偏阿土在一次垒地时误伤了它的尾巴，它怀恨在心，总想找个机会报复。正巧这一年嘉兴也碰上了大旱年景。老天几个月没下一滴雨，运河干得像一条小溪沟，南湖干得像小池塘。田地龟裂了，桑叶也焦得卷了边，各家各户的蚕宝宝都在匾里昂起了头等喂桑叶。可是，桑叶从哪里来呀？有的人家呒没办法，只好流着眼泪把一匾一匾的蚕宝宝倒掉，真罪过呀！蛇精趁着这个机会，想了一条毒计，要把善花赶出村去，让阿土打一辈子光棍。

一天，它变成算命先生，到南湖四周各村行走，逢人就说："嘉兴本是个好地方，年年风调雨顺，为啥今年旱情介重呢？只为外地逃荒来个白虎星。这白虎星吃了南湖的水，水要干；摸了地里的桑，桑叶要泛红；住在哪个村子里，方圆几十里都要遭灾。这白虎星不是别人，就是阿土屋里的善花。"众人不知真情，都相信了他的话，便一齐涌到阿土家来赶善花。阿土母子苦苦哀求，众人哪里肯依。善花见此情景，流着泪对大家说："众位叔叔、伯伯、阿嫂，我善花母女逃荒到嘉兴，几个月来承蒙大家照应，实在感激不尽。如今只怪自己命苦，情愿再出门去讨饭，绝不连累大家。只是我母亲年纪大了，求大家收留她。"说罢，双膝一跪，向众人磕了几个头，就哭着出门走了。邻居虽然平日也称赞善花姑娘好，此刻却只能是暗暗叹息，救她不得。

却说善花离开了南湖，一路向西乞讨而去。一日两日，三天五天，不觉来到双林地界。不想此地竟是不见半点旱情，桑园里桑叶张张都有蒲扇大，光青碧绿。远处有旱情的地方都摇了船来买叶。善花看得呆了，不由想起了南湖边的阿土哥，想起了她自己亲手饲养的那些蚕宝宝。立即调转身子回头就跑，跑呀跑呀，白天跑了一天，夜里又跑。她要赶紧回去告诉阿土哥，告诉村里乡邻，叫大家快来买桑叶。她一门心思要救活那些可怜的蚕宝宝，实实足足赶了两天两夜。屁股不曾碰过板凳，眼睛也不曾眨一眨。她赶回南湖边，天还未亮哩。按当时嘉兴风俗，出外归来的人不可以半夜敲门。善花只得坐在桑园里休息，不料又被那条竹叶青蛇精看见了。

等到鸡啼三遍，天蒙蒙亮。善花从迷迷糊糊，瞌睡中惊醒，急忙跑去喊门："阿土哥，快起来，摇船去买叶！阿土哥，快起来，摇船去买叶！"竹叶青听，原来善花是归来报信的，心想要是阿土买到桑叶，宝宝养好了，自己的一番心计岂不是要落空吗！那蛇精情急了，一下狠心，闪电般窜到善花身上死命咬一口，将全部毒汁都锥进善花姑娘的身体里。善花痛得大叫一声，跌倒在地。这时，阿土与两位老人早已闻声开了门。阿土见毒蛇摇头摆尾正要逃走，不由火冒三丈，顺手抓过一把铁锛照准七寸里着力敲下去。竹叶青逃避不及，一下敲得稀烂。只是善花姑娘辛辛苦苦跑了两天两夜，又饿又累，再加上毒气攻心，此时已是奄奄一息了。她强挣扎着吐出几个字："快摇船，双——林——买——叶！"说完便死了，阿土和两位老人放声痛哭。

这一年，因善花姑娘报信，嘉兴人到双林去买了一船又一船桑叶，养好了蚕宝宝，蚕茧仍旧丰收。此后，嘉兴人每年春天都要在南湖练习划船的本领，以便去外地买桑叶。又因善花姑娘的生日是三月十六，所以每年这一天都举行划船比赛，搞得热火朝天。每条船上都备了锣鼓家什。划船的人一身彩色服装，妇女头上还要插上粉红色的蚕花。船首插乌龙旗、小红旗、金线旗等。旗上绣着各村坊的小地名。大家的船会齐了，从南湖直划到三塔塘、北丽桥一带，表示对善花姑娘的纪念。据说还有人曾梦见善花姑娘白衣白裙，飘在天上白云端里，成了蚕花娘娘。有了蚕花娘娘的保佑，自然桑叶长得茂盛，蚕茧年年丰收。

原载：《浙江省民间文学集成·嘉兴市故事卷》（第37-40页）

桑树的心为啥是黑的

搜集整理者 风炎

采访地点 新昌

现在，人们都喜欢在院子里、住宅旁种上一些花草，以陶冶身心，美化环境。而古时候，人们却常常在屋边、住宅旁种些桑树和梓树。因此，古时候"桑梓"两字往往作为"故乡"的代名词。

相传，在南宋的时候，金国侵入中原，打入京城。皇帝落荒而逃，躲入杭州郊区一户农家院子边的桑梓园里避难。皇帝匆忙逃命，忘了带干粮。他在桑梓园内躲了一阵，肚子"咕咕"叫得厉害，又饥又渴，但又不敢进村讨吃，怕被人看出破绽，只好强忍着。突然发现脚下满地殷红的桑籽。落难无君子，他随手捡起一粒桑籽，塞进嘴里就嚼，嗳，味道不错，甜津津、酸溜溜，既可充饥，又可止渴。皇帝席地而坐。狼吞虎咽地饱餐一顿。皇帝填饱了肚皮，望着满园的桑梓，也不看个仔细，这果实究竟是桑树结的，还是梓树结的，就感叹起来："梓树啊梓树，汝结满枝果供寡人充饥，功劳非浅也，朕封汝为树中王。"皇帝这一武断，从那以后，梓树的身价高起来，被视作优质木材，用来做琴瑟和建筑材料，还把木工叫作"梓匠"或"梓人"。皇帝甚至把自己的老婆也叫作"梓童"。可见梓树身价之高。

可是一旁的桑树却很伤心，也很气愤。心想，我耗尽心血，结了满枝果实供你充饥，救你一命，我倒不是讨封，可你也不该闭着眼睛乱封呀！既要论功行赏，就得实事求是，公平合理才好。桑树决心把这实情禀告皇上，可转念一想觉得不妥："今天皇帝落难逃命，心情勿好，如直言相告，说不定皇帝会定我犯上之罪，杀了我的头，只好把委屈憋在肚里，闷在心上。年长日久，桑树因抑郁所致，得了心病。因此，现在的桑树心是黑的，寿命也不长。

原载：《浙江省民间文学集成·绍兴市故事卷（下）》（第503-504页）

蚕桑的来历

讲述者 俞连根　**采录者** 宋光甫

采访时间 1959 年

很早以前，杭州半山里佛桥地方，有个聪明能干的小姑娘，名叫阿巧。阿巧九岁时，娘死了，丢下她和一个四岁的小弟弟。爹没法照管，又讨了一个后娘。后娘坏心肠，待阿巧姐弟很凶很凶，寒冬腊月还要阿巧放羊割草。

这年深冬腊月，有一天，阿巧背着竹筐，冒着北风出去割草。在这天寒地冻的时候，哪里还有青草呀！阿巧从早上跑到傍晚，从河边找到了山腰，眼看太阳快落山了，连一根草也没有找到，回家又要挨打了。她身上又冷，肚里又饿，心里又怕，就坐在山坡上呜呜地哭了起来。哭着哭着，突然听到头顶上有一个声音叫道："要割青草，半山呑呑！要割青草，半山呑呑！"

阿巧抬起头来，见是一只白头颈鸟儿，扑楞楞地向山呑里飞去。她就站起身，擦干眼泪，跟着白头颈鸟儿走去。拐个弯，那白头颈鸟儿一下不见了。只见山呑口挺立着一株老松树，青葱葱像把大阳伞，罩住了呑口。

阿巧拨开树枝，绕过松树，忽地眼前一亮，看见一条弯弯曲曲的山路，路边是一条小溪，小溪岸边开满红花绿草。阿巧见着青草，就像见到宝贝一样欢喜，连忙蹲下身子割起来。她边割边走，越走越远，不知不觉来到一个地方，抬头一看，见山坡上有一排整齐的房子，白粉墙、白盖瓦；屋前有一片矮树林，那树叶绿油油的比巴掌还大，有个穿白衣的姑姑见了阿巧，向她招招手，说："小姑娘，难得到这里来，就在我家住几天吧！"阿巧见这地方这么好，很高兴，就住下来了。从此以后，阿巧就跟白衣姑姑们一起，白天在矮树林里采树叶，晚上用树叶喂一种又白又软的小虫儿。小虫儿长大了，它就吐出亮晶晶的细丝丝，结成一个个雪白的小核桃儿。白衣姑姑教她把小核桃抽成丝线，又用树籽籽儿染上颜色，青籽儿染的是蓝丝线，红籽儿染的是红丝线，黄籽儿染的是金丝线……白衣姑姑告诉阿巧，这些雪白的小虫儿叫"天虫"，这五颜六色的丝线，是专门给织女织云锦，给天帝绣龙袍的。

阿巧住在山呑呑里，日子过得很快，一晃眼三个月过去了。这一天她想起了弟弟，想叫弟弟也到这里来过好日子。第二天天刚亮，她来不及告诉白衣姑姑，急急忙忙回家了。临走的时候，她带走了几条小天虫，想让村里人去看看，还采了一袋树籽籽，一路走，一路丢，心里想：明天沿着树籽籽走回来，就不会走迷路了。

阿巧回到家里一看，爹已经老了，弟弟也长成小伙子啦。爹见阿巧回来了，又高兴又难过地问："阿巧呀，你怎么走了十五年才回来？这些年你在哪里呀？"

阿巧听了大吃一惊，就把怎样上山，怎样遇见白衣姑姑的事告诉了她爹。左邻右舍知道了，都跑来看她，说她是遇上仙人啦。

第二天一早，阿巧想回到山岙岙去看看。刚跨出门，抬头望见沿路一道绿油油的矮树林，原来她丢下的树籽籽都长成树了。她沿着树林一直走到山岙口，却再也找不到路了。阿巧正在对着老松树发呆，忽见那只白头颈鸟儿从老松树背后飞了出来，叫着："阿巧偷宝！阿巧偷宝！"

阿巧听了，想起临走的时候没有和白衣姑姑说一声，还拿走了小天虫和树籽籽儿，一定是白衣姑姑生气了，隐掉了山路，不让她再去了。她就回到家里，采来许多嫩树叶，把几条天虫喂养起来。

从那时候起，农家就开始养蚕育桑，杭州便有了丝绸。"蚕"字就是"天虫"两个字合起来的。阿巧碰见的白衣姑姑，据说，是掌管蚕花年成的"蚕花娘子。"

原载：《浙江省民间文学集成·杭州市故事卷（上）》（第573—575页）

蚕桑的来历

讲述人 顾子潮　采录人 冯丽萍

采访时间及地点　2008年5月22日　南浔镇兴隆村委

在很久很久以前，有个叫阿巧的人，她的后妈对她非常苛刻。有一天，天下着鹅毛大雪，把大地都覆盖了，根本找不到一根草。后妈让她去割草，阿巧走啊走走啊，走翻过了几座山头还不见青春。正在阿巧心急如焚的时候，有只麻雀飞过来，对阿巧说："阿巧阿巧要割青草跟我来。"阿巧跟着麻雀走了好久好久，突然看到一片绿油油的树林还有好多美丽女子在采树叶。阿巧好奇过去问了一下，其中一位告诉她，我们在采桑叶，给蚕宝宝吃，还问她要不要，阿巧说要。随后他们送给她蚕种和桑果，还教她养蚕种桑纺丝的技术。后来阿巧回到家乡把这些都传授给自己家乡的老百姓，造福了家乡。

将蚕吊孝

讲述者　沈雨堂　采录者　朱金华

流传地　余杭县塘南乡

有一对兄弟先后讨了老婆，分家后各自另立门户。

转眼到了养蚕的季节，婶婶不懂养蚕，去向嫂嫂请教。嫂嫂为人奸刁，有意弄讼婶婶，就对她说："养蚕很简单，你烧一锅水，把蚕种放滚水里浸一浸，再放到蚕匾里就好了。"婶婶信以为真，果然把蚕种全都烫死了，一方蚕种只出一条蚕。但是奇怪得很，这条蚕日长夜长，吃桑叶也特别狠。嫂嫂采一篮，婶婶也采一篮；嫂嫂采一箪，婶婶也采一箪；嫂嫂采一担，婶婶也采一担。不管是一篮、一箪或一担，婶婶那一条蚕照样吃得精光。桑叶吃得多，蚕也大得快，到快上山时，那条蚕已有人的手臂那样粗了。可是嫂嫂的蚕却只有指头那样粗。

嫂嫂听婶婶一说，有点不大相信，就趁婶婶不在家，偷偷跑来看个究竟。她到婶婶的蚕房里一看，吃了一惊，心想，自己出世到现在还没见过这么大的蚕。她看看四周没有人，顺手拔下头上的银钗，把那条蚕戳死了。哪晓得这条蚕是蚕王，嫂嫂的蚕全是将蚕。蚕王一死，将蚕都得来吊孝。只一夜工夫，嫂嫂的蚕通通爬到了婶婶的蚕房里，织起了白花花一大片茧子。嫂嫂害人害己，落了两手空空，一条蚕也没有了。

原载:《浙江省民间文学集成·杭州故事卷（下）》（第88页）

老来桑枝扭不直

采录者　李军　王国华　徐荣昌　整理者　李湘柱

从前，王家庄有个王老头，四十多岁时生了一个宝贝儿子，取名小宝，宠得上天。王老头两夫妻好吃酒，从小就教孩子跟着喝。孩子长到十多岁，酒瘾大得要命，一天不喝要骂人，两天不喝要生病。特别是亲眷、邻居婚丧喜事，他小时跟在王老头屁股后喝几口；长大成人就代替王老头去喝酒，王老头怕儿子，叫了也不敢去。

一天，邻舍请酒，叫了三四次，儿子不在家，王老头还是不敢去。后来，邻舍把王老头拖了去。

过不多久，儿子回来了，得知父亲吃酒去了，火冒三丈，踢翻凳子，推倒桌子，蹲在屋檐下，嗖嗖地磨起斧头来。

王老头喝完酒回来，老太婆告诉他，小宝回来过，已发了一顿脾气，叫老头子赶快躲一躲。老头子出门后，老太婆抱来一个大冬瓜，把蓑衣放在被窝里，冬瓜放在枕头上，还戴了一顶帽子，假装老头子睡在床上。

半夜过后，宝贝儿子醉醺醺地回来，摸进父亲房中，狠命一斧头，"脑袋"滚了下来。王小宝心慌了，连夜逃了出去。几年过去了，王老头夫妻打听不到儿子的下落，积忧成疾，生活无靠，只得沿途乞讨过日。

一天，到了一个村子，一户人家要这两老看管桑园，两个老人的生活才有了依靠。三天过后，主人要王老头把弯了的桑枝吊吊直，还交代一定要早上吊，晚上放，吊直为止。

王老头夫妻俩，按照主人的吩咐，早上吊，晚上放，十来天过去了，嫩桑枝就吊直了，老桑枝一放又弯回来。一个月之后，主人来到桑园，问起王老头，王老头只得实说："嫩桑枝弯了可以吊直，老桑枝是扭不直了。"主人笑笑说："是啊，人和桑枝一样，小时不教，等长大就难教了。你还记得你那个儿子吗？"

原来王老头的儿子当年出逃后，没法生活，被这户人家收留。这家主人严加管教，经过几年的苦心，终于使他弃邪归正。所以这家主人留下王老头夫妻俩，让他们全家团聚。

儿子见了父母，当即跪下磕头。他们谢过主人，回到老家，重建家园，日子又一天天好起来了。王老头晚年得福，非常高兴。

原载：《浙江省民间文学集成·杭州故事卷（下）》（第256-257页）

桑树一株不卖

讲述者 周建荣 采录者 高军相

采访地点 余杭县良渚镇

有一天，骆思贤路过一块桑园，看见有个人抱着一株桑树，哭得很伤心。骆思贤就上前向他问啥要哭，那个人说："我家里穷，再加老父得病，无钱医治，只得把这块桑地卖给财主，可是家里养着蚕宝宝，桑树卖掉，蚕宝宝都要饿死，以后的日子怎么过呀？"骆思贤听罢，十分同情，就问："契约写了吗？"那个人说："财主马上来看地，看过后再写。"骆思贤想了想说："你不要哭了，我帮你想办法，放心就是。"

不一会，财主领着一伙人看地来了。骆思贤就对买主说："他卖了桑地很伤心，想留下一株，喏，就是他抱牢的那一株。你看可好？"财主一看，那株桑树在地角上，不在乎，再说又是骆思贤来说情，落得买个人情，就答应了。于是在写契约时，加了一句："桑树一株不卖。"

过了几天，卖地的人来采桑叶了，财主知道后就赶来责问："你地都卖给我了，为啥来采桑叶？"那个人说："地是卖了，可桑树没卖呀！"就这样双方争吵起来了。正在争吵的时候，骆思贤来了，他说："这有啥可争的呢，以契约为准吗。"于是请来一些人，来到茶店里。财主拿出契约，骆思贤说："你看看，白纸黑字写得灵灵清清，桑树一株不卖，你怎么好不认账呢！"财主一点办法也没有，只得自认晦气。

原载：《浙江省民间文学集成·杭州市故事卷（下）》（第483页）

蚕宝宝吊孝

讲述者 范阿连　**采录者** 朱永兴

采访时间及地点　1987年7月　吴江县中心育青室招待所

有伯姆两个，小的有点呆，村坊上全叫呆大娘娘。兄弟要分家哉，分了家，呆大娘娘就要自己养蚕哉。吃喜酒的人全去抢火，全福奶奶也出去了。

阴历十二月十二，要拜灶洒布种。呆大娘娘勿曾弄过这个行当，问阿嫂洒布种怎么弄。阿嫂只说了一句："你拿布种往滚水里端一端。呆大娘娘听了瞧的话，真的捏牢布种往滚水里端一端，结果蚕种全烫死了。只有遗落的两粒，后来焙出了两条蚕。

呆大娘娘拿这么两条蚕养着，喂桑叶的时候，就看隔壁阿嫂，阿嫂撒多少叶，她也撒多少叶。奇怪哉，她的两条蚕照样拿叶全吃光。后来要上山哉，两家人蚕房是相通的，呒不墙头，就用棚荐栏一栏。阿嫂扎多少山，她也扎多少山。阿嫂觉得很稀奇，隔了棚荐听，听见呆大娘娘这边"唏哗唏哗"声音大得野来，咦，她的蚕勿是全烫死了吗，哪来这样大的响声？阿嫂从棚荐顶上一看，看见两条蚕跳出蹦进。阿嫂嫉妒起来，心想：这两条蚕养得比我的好，我要戳死它，阿嫂溜到隔壁，拔下头上簪，把两条蚕戳死哉。啥人晓得这两条蚕是蚕王，蚕王一死，阿嫂这边的蚕统统爬过来吊孝哉。到回山的一天，阿嫂进自己的蚕房一看，一个茧子也呒不，呆大娘的蚕房里反倒结满了茧子。

原载：《中国民间故事集成·江苏卷》（第 654-655 页）

桑树和楝树

讲述者 曹春齐　采录者 曹永森

采访时间及地点　1983 年 5 月　高邮市郭集乡

刘秀还没有做皇帝的当儿，有一天，被追兵赶到一座山里。

这时，太阳早下山了，前不着村，后不靠店，四周黑咕隆咚的，一天奔下来，米星儿也没有落肚，饿得前心贴后背，只得头昏脑涨地朝一棵树下一歪，想歇口气。

这棵树哇，是棵桑树，正在春四月，被刘秀这么一歪，卟里卟笃掉下许多桑树果儿。刘秀见有树果掉下来，摸起来尝尝，咦，着实不丑，蛮甜的呢！也不晓得这是什么果儿，摇摇，吃吃，吃吃，摇摇，塞饱了肚子。

肚子填饱了，刘秀也来了神。心话：今儿不是这棵树救我，我饿昏在这块，明早追兵一到，小命就难保了。嗯，要谢谢这棵树哩！两手空空的怎么个谢法啥？这样吧，等我登基做了皇帝，一定来封这棵树。

没过上两年，刘秀还真的做了皇帝。皇帝说话是金口玉言呀！说过要封人家，就要算数。

刘秀就到山里找树封了。才进山洼子，迎面看见一棵树上挂满了果子。这是什么树呢？是棵楝树，上面挂的是隔年的楝树果子。刘秀以为这是救他的那棵树，就封它叫"平天王"还告诉手下人：没有这棵树、我平定不了天下。

原来，楝树又小又矮，皇帝封它"平天王"了，有了威风，它就姿五神六地长得铺下去。所以如今的楝树，树顶是平的，霸的地盘大着哩！

桑树晓得刘秀封了楝树，心里急死了。救你的不封，不救你的反受封，这不是昏君干的事吗？桑树倔头犟脑地就是咽不下这口气。所以如今的桑树都是炸心，那是急炸了的。桑树条子宁断不弯，也是那刻儿带下来的倔头犟的性子。早先的桑树果也不像今儿这样紫得发黑，那是整天气得骂昏君骂出来的满嘴血。

附记：在扬中县也流传类似传说。但主人公不是刘秀而是乾隆，受封的不是楝树而是壳树。

原载：《中国民间故事集成·江苏卷》（第 368-369 页）

桑树流水乌鸦叫

讲述者 任传 采录者 沈柱

采访时间及地点 1986 年 6 月 5 日 沭阳县任传家

西汉末年，王莽篡了位，派兵到处捉拿刘秀。

刘秀只身一人，走在路上，他饿得头晕眼花，四肢无力。见路旁有棵桑树，他挨到跟前，坐下来倚在树干上打起盹来。过了一会，突然听到树上有乌鸦叫，他便扬起头来，睁眼一看，原来，老鸦在吃桑果子。他心里一动：难道这种野果能吃吗？于是他将掉在地上的桑果子拾起来尝了一尝，感到又香又甜。接着他将地上的桑果子全部拾起来吃了。乌鸦好像知道他饿了，双翅一扑，地上又掉一大片，不一会刘秀吃饱了。临走时，他对大桑树和老鸦感激地说："如果我刘秀能光复汉家江山，一定封你为树中之首，鸟中之王。"

后来，刘秀真的做上了皇帝。他哪里还想起救过他命的桑树和乌鸦。他却把椿树封为树王，把凤凰封为鸟王。大桑树知道后，脚都气炸了，乌鸦气得成天骂声不绝。有一次，刘秀出宫打猎，又到了这棵大桑树跟前。他见大桑树上有很多洞，直往外淌黑水，而乌鸦也站在树上骂他。他这才想起当初的事来。心里很后悔，但为时已晚了。皇帝封的东西是不能更改的。回宫后，刘秀只得抽出龙泉剑，一下子把椿树的头剁了下来。等他再找凤凰时，凤凰已经逃得无影无踪了。

现在，人们看到的桑树，大多肚子上有洞，向外淌黑水。那就是被刘秀气的。

乌鸦见人就叫，它是在骂刘秀的。椿树一到秋天，叶子一落，就像被砍过一样，那就是被刘秀用龙泉剑砍的。至于凤凰，现在人们再也见不到它，那是被刘秀吓跑的。

原载:《中国民间故事集成·江苏卷》(第 369 页)

赵构与桑梓

讲述者 刘志宽　记录者 奚国良　采集记录者 韦中权

宋剑湖畔，有许多古老的桑梓树。梓树棵棵坚实，桑树却大都是空心的，老百姓都说:"十棵桑树九棵空。"说起十桑九空的来历，还有一个伤心的故事哩!

北宋末年，金兀术领兵进犯中原，宋王朝节节败退，康王赵构只身逃到长江边上，前无去路，后有追兵，幸亏江边庙里一匹泥马渡他过江。赵构逃到江南以后，一路来到武进县遥观巷宋剑湖边，眼看天慢慢地黑下来了，人已经筋疲力尽，便匆匆躲进青城寺破庙之中，忍饥挨饿地熬过了一夜，第二天白天也不敢轻易出来，一直到傍晚时分，肚皮实在饿得勿得过了，听听外头呒没动静，才抖抖索索走出庙门想弄点吃的。这时迎面一阵北风吹来，他两眼发花，脚下一个滑塌，便跌在一棵桑树脚下，思前想后不禁叹道:"唉，天不佑我，生有何益? 如此饿死，不如上吊!"想到这里便解下腰上裤带，顺手结在桑树大丫枝上准备自杀。正当他跷起脚板，将脑袋钻入绳结的辰光，突然眼前一亮，一道亮光直射桑树。说也奇怪，那原先光秃秃的桑树丫枝上，竟然长满了香甜诱人的葚果。赵构又惊又喜，顿时抛弃了轻生的念头，连忙祷告:"桑树救我，我不忘恩，但等复国登基，当来斋祭封赠……"说着摘下了一串桑葚送入嘴里，狼吞虎咽地吃了起来。

第三天，朝中老臣王东岭寻踪到此地，与康王抱头痛哭，一起躲在青城寺内，饿了以桑葚充饥，共商复国大计。由王东岭四出代王召集被金兵冲散了的宋朝官兵，重整旗鼓，一举取得了西林山战役的胜利。于是各路勤王兵将纷纷前来接应，借助长江天险，暂时抵住了金兵的南犯。

后来，康王赵构在临安登基，做了南宋高宗皇帝。从此，他听信张邦昌的花言巧语，迷恋西子湖畔的歌舞升平，忘却了国耻和朝政。从春到夏，从秋到冬，这一年当西子湖边北风吹，落叶飘的时候，赵构忽然想起了去年此时落难在宋剑湖边的情景，记起了桑树救驾是自己许下的诺言，便叫太监备办了祭礼，亲自前往遥观巷寻桑封祭。到了宋剑湖畔，赵构坐在轿子里面懒得出来，竟稀里糊涂地对着湖边庙旁的一棵梓树一指，把梓树当作桑树封为"树王"。

赵构回到临安宫中，自己觉得心安理得了，可是夜里却做了一场噩梦，梦见自己和老臣王东岭在青城寺旁摘桑葚，吃得津津有味时，突然来了一位白发白须的老人，右手扶着桑树，满面怒容地说："可恨啊，可恨！"话音未了，树上桑叶脱落，葚果全部消失，老人又将手捧心，连声叹息："唉，想当初，我以乳葚供君臣活命，本来不想有啥封赠。岂知皇上登基以后，竟桑梓不辨，如此下去，哪能洞察忠奸，保国安民……皇上负我，气空我心！"说罢摘了一株秃头空心桑枝，朝赵构头上打来，吓得赵构冷汗直冒，再也不能入睡，好容易等到五更三点，连忙召来王东岭，告诉梦中之事。王东岭随即启奏："老臣昨夜也得一梦，看来皇上需给桑树重新封赏……"

"重新封赏？"赵构说："朕是金口，既已封了，也就算了！桑树梦中惊驾，该当何罪？"

"皇上。"王东岭又奏道："念桑树去岁救驾之恩，还是重新封赏为好。"

"好吧！"赵构说："看在老臣说情的面上，就着你前往传旨，改封为'桑梓里人'，桑树梓树一视同仁。"

王东岭再说也没有用，只得奉旨从临安来到遥观。他思前想后，宋高宗桑梓不分、骄横固执，自己错了还要怪罪恩人，实在是没道理，如此下去，南宋天下迟早难保。从此，便辞去了朝中的官职，来到宋剑湖畔亲自灌溉气空了心的桑树，并亲手栽种了一片桑林，却也都是空心的，因此"十桑九空"便一直流传至今。

皇帝赵构呢？他真的被桑树老人说中了，从桑梓不辨、骄横固执开始，发展到忠奸不分，听信奸臣，残害忠良，成了祸国殃民、人人唾骂的千古罪人！而宋剑湖畔的桑树虽然被昏君气空了心，却是数百年如一日供蚕食叶，供人吃葚，而且虚心地把自己的皮、叶、花、果、枝、根，全都贡献给了百姓，成了治病救人的良药。

原载：《常州民间故事集》（第 35—37 页）

轩辕黄帝织绸缎

讲述者 刘水金 采录者 杨彦衡

采访时间及地点 1962 年 苏州

远古辰光做衣服的布，是用树皮、野麻织成的，非常粗糙，人们夏天穿了热煞，冬天穿了冷煞。轩辕黄帝想方设法要织出好衣料来，想来想去，想不出办法。

恰巧这辰光，聪明的三姑娘发明了养蚕缫丝。这丝呀，真是好东西，看上去光灿灿的，摸上去滑溜溜的，黄帝心里想，拿这种东西来做衣裳，真是最好也没有了。于是，他和宫里手艺最好的织司商量，要把蚕丝织成轻薄柔软的绸缎。

想想倒便当，做起来可烦难啦！那蚕丝绝细绝细的，放到布机上去，筘一碰，经丝就断了不少。织司把断头接了又织，织了又接，这样织织停停，一年半载过去了，可一寸绸也没织出来，真是急煞人哪！

织司日日夜夜蹲在机子上想办法，弄得茶饭无心，筋疲力尽，终于得了重病，死在机子旁。

再说，天庭了龙、虎、牛、马、羊、狗、猪、猴、鼠、鸡、兔、蛇等十二个兽神听说轩辕黄帝织绸碰到了困难，就商量着一同下凡去帮帮忙。他们一到黄帝的织机旁，那鸡神觉得有点累了，蹲在机前扒呀抓的，地面上给扒出了一个鸡坑坑；那猴神生就一双飞毛腿，活灵手，"啪嗒"一跳，就跃在机子上，把那织机震动得摇摇晃晃，东摆西歪的，它嘟起了嘴巴不觉喊叫起来："哎呀！这张破机子，怎么好织绸呀？"这一叫，倒提醒了牛神，他想，要是这机子能牢一点，织起来不就四平八稳了吗？于是，他就钻到机子底下，摇身一变，变成了四条机腿，那机子就像铁打铜浇一样，动也不动。于是，羊神和兔神就理丝上机，正想开织，只见蛇神伸大了头颈，高声喊道："满来！你们看，这经丝互相粘连在一起，没分清爽，要是弄乱了，还织得好生活呀。"说罢纵身一跳，朝经丝当中一钻，变成了一根胶棒，把经丝隔开，分成上下两层，好像琴弦一样，整整齐齐地排列在一起。这时，虎神又跳起来说："你们看，经线还没有完全拉直，织出来的生活一定不会平整服帖。来，看我的！"说完，他就竖起虎尾，把机后的经丝一压，那经丝就顿时变得平挺异常。接着，其余的神兽都纷纷使出自己的解数，变成了一个个机件，把一张绸机弄得既扎实，又精致。这时，天快亮了，那鸡神躲到鸡坑坛里，"喔喔喔"长鸣三声，命令兔神投梭开织。刚开了几梭，突然"啪嗒"一响，那吊筘的绳子断了，怎么办呢，猪神眼快，立即剥下自己身上的皮来，搓成细绳，用来吊筘，这就怎么拉不断了。这样，一梭梭丝绸很快就织出来了。现在老一辈的织绸工人都晓得老法拉花机上有十二个部件，分别以十二生肖为名，这就是兽神的化身，什么"老鼠梁"啦，"龙杆竹"啦，"马背子"啦，"虎黄竹"啦，"蛇游螺"啦，"缚牛脚"啦，"猪脚盘"啦，"提狗圈"啦，"兔脚绳"啦，"鸡坑坛"啦，"羊角心"啦，真好比是个小小的动物园呢！

织绸的机器虽然造好了，断头这个难关还是没有完全解决。原来，竹筘上的木框，容易擦断经丝。轩辕黄帝和三姑娘一天到晚在机旁横看竖看，怎么也想不出个好办法来。一天早上，三姑娘坐在机旁梳头，她用蓖箕在长长的头发上梳呀梳的，可乌黑的头发一根也没有理下来。轩辕黄帝站在旁边看得清楚，心里一亮，嗨，办法找到啦！他对三姑娘说："你看这竹子做的蓖箕多光滑，所以头发不会梳断。要是在竹筘的上下前后各装两根滑溜溜的筘篾，经丝就一定不断了。"三姑娘拍手称好，一试，果然灵呵！这样，柔软无滑的丝绸才真的织成功了。

原载：《苏州民间故事》（第 19—21 页）

中卷　蚕桑歌谣

采桑养蚕

看蚕歌（骚子歌）

演唱者 冯茂璋　采录者 钱建忠

采访时间及地点　1980 年 10 月　海盐县长川坝乡冯家场

四月里来蚕月到，

家家户户喜新苗。

屋角落，勤掸扫，

糊好蚕笪看宝宝。

头二眠困得早，

蚕宝出火稳牢靠。

困大眠，风色好，

东南风起嗪嗪叫。

吃贱叶，称运道，

上山茧子就做好。

只听得丝车叽嘎叽嘎响不绝，

廿八日辛苦有功劳！

原载：《中国歌谣集成·浙江卷》（第 44 页）

养蚕歌（山歌）

演唱者 吴志琴　*采录者* 丁欢庆

采访时间及地点　1987 年 11 月　湖州市区

一到四月五月天，
家家养蚕不得闲。
哪怕日日忙辛苦，
只怕蚕饿不结苗。
叶大要拿刀切细，
叶湿要用布擦干。

儿啼女哭顾不得，
把蚕当作儿女看。
头眠二眠三四眠，
结成茧子白又鲜。
缫丝织绸制衣服，
穿在身上轻又软。

原载：《中国歌谣集成·浙江卷》（第 44 页）

采茧歌（山歌）

演唱者 陈柏青　*采录者* 吴国泉

采访时间及地点　1987 年 10 月　嘉兴市区马桥乡

茧子白，龙山黄，
只见白来少见黄；
蔀里满，船里载，
摇进城去换铜钿。

原载：《中国歌谣集成·浙江卷》（第 44 页）

姐儿去采桑

讲唱者 叶右成　*采录者* 臧胜泉

日出东方红堂堂，
姐儿房中巧梳妆。
双手挽起青丝发，

乌云细发亮光光。
裙下三寸小金莲，
轻移细步出闺房。

娘见囡儿好风光，
不长不短生得好，
只差天仙配牛郎。
今朝蚕房正缺叶，
缺少桑叶更加忙，
娘叫囡儿去采桑。
手提蚕篮出门房，
来采桑，去采桑，
迎面碰着小情郎。
姐儿钻进桑叶地，
郎君跟在姐身旁。
郎叫姐儿慢采桑，
桑叶地里搭眠床。
姐儿听了回答你：
"我家养蚕蚕等叶，
哪有工夫调戏郎。
青天白日难如此，
切莫贪欢地头床。"
"你家养蚕爹娘管，
不要姐姐挂心上。
桑叶地里无人在，
我同姐姐困一场。"
夹腰抱姐姐作慌，
玉手推住叫声郎：
"郎摸白奶我心慌，
身下娇嫩莫孟浪。
等我解裾脱衣裳，
豆网麦秆当凉床，
桑叶遮阴当房屋，

桑叶地里起风光。"
郎合姐，姐合郎，
快活逍遥来同房；
郎摸姐，姐摸郎，
难舍难分好时光；
郎看姐，姐看郎，
两人分别真心伤。
来采桑，去采桑，
娘见囡儿介心慌，
"昨日采桑回家早，
今日采桑等你蚕饿伤，
采桑必是有情郎！"
囡儿轻声来回答：
"今朝路远多辰光。"
"头发蓬松必有郎。"
"本已蓬松并无郎。"
"一双白奶五指印，
今朝必定有情郎！"
"今朝毛虫刺奶最难当，
搔搔抚抚指爪印，
奶上留印并无郎。"
"罗裙七层红血迹，
罗裙染血定有郎！"
"女儿昨日采桑桑梗直，
今日桑弯碰鼻好心慌，
罗裙染血并无郎。"
"瞒你爹爹休瞒娘，
爹爹晓得要打骂，
告娘知道好商量！"

"女儿不偷私情不偷郎，
私情不可通父母，
盗坟不可告四邻。"
姐姐回进自房门。

看看天气已正夜，
三餐茶饭无心吃，
只想郎君同罗帐。

原载:《中国民间文学集成·浙江省湖州市长兴县歌谣谚语卷》（第26-28页）

养蚕歌

讲唱者 胡水英　采录者 余仁美

蚕宝宝，真奇妙，
望来好像蚂蚁小，
别的东西都不吃，
见到桑叶吃个饱。

吐出银丝上高山，
做起茧子真灵巧。
姑娘嫂嫂来缫丝，
织成绸缎轻飘飘。

原载:《中国民间文学集成·浙江省湖州市长兴县歌谣谚语卷》（第119页）

采桑歌

讲唱者 高宜标（三跳艺人）　采录整理者 徐春雷
采访时间及地点　1979年11月　崇福曲艺会上

日出东方红堂堂，
姐儿房中巧梳妆。
双手挽起青丝发，
青衣凌步出绣房。
娘见女儿出绣房，
叫声阿囡去采桑。
姐儿心想会情郎，
采桑正是好时光。

叶箪一只肩上挂，
脚底擦油出厅堂。
三步并做两步走，
来到村外桑园旁。
东一张来西一望，
望见情郎在挑秧。
叶箪挂在桑枝上，
手甩包巾招呼打。

情哥有心会阿妹，
立刻来到妹身旁。
三日未成能相见，
相隔好似九秋长。
排排豆梗当围墙，
密密桑叶作纱帐。
绣花鞋子当枕头，
玄色衣衫挡一旁。
满地青草铺眠床，
桑园正好做洞房。
恩爱之情难言表，
风风雨雨配鸳鸯。
野桑园里偷情郎，
心似打鼓有点慌。
青骨田鸡猛一跳，
疑是有人过路旁。
鹁鸪拍翅来飞过，
怕是有人来探望。
急急匆匆来分手，
各自东西走得忙。
姐儿藏进桑园里，
情哥回头去挑秧。

急急忙忙桑叶采，
娘亲面上好交账。
草草勒得几把叶，
背起叶箪回蚕房。
娘见女儿回蚕房，
神色勿对有点慌。
看看叶箪浅绷绷，
悄悄开口问端详：
为啥头发乱荡荡？
为啥花鞋湿了帮？
头发桑条多擦碰，
花鞋露水来沾上。
为啥裙上有血色？
衣衫有泥叶箪脏？
阿囡休要嘴巴犟，
瞒你爹爹休瞒娘。
爹爹得知难饶你，
娘知息事好商量。
姐儿定神细思量，
私情总要瞒爹娘。
借口采桑腰酸痛，
转身即刻回绣房。

原载：《桐乡蚕歌》（第1-2页）

采桑歌

讲唱者 高宜标　记录者 徐春雷

采访时间及地点　1979 年 11 月 5 日　崇福旅馆

日出东方红堂堂，
姑娘房中巧梳妆，
双手挽起青丝发，
起步轻匀出绣房。

娘见女儿出绣房，
叫声阿囡去采桑，
来采桑，去采桑，
采满叶篰送蚕房。

原载:《中国民间文学集成·浙江省嘉兴市桐乡县故事、歌谣、谚语卷》(第 515 页)

捉叶姐

讲唱者 张金林(三跳艺人)　采录整理者 徐春雷

采访时间及地点　1979 年 11 月　崇福曲艺会上

正月梅花带雪开，
暗里私情笑里来，
姐思情哥心欢乐，
满面笑容结连环。
千思量来万思量，
愁煞捉叶女娇娘，
日也思来夜也想，
黄昏思想到五更。
二月杏花白似银，
捉叶娇娘想郎君，
日不行路夜不困，
一心想郎近奴身。
勿恨夫家家道贫，
只恨男长女大勿做亲，

王家官人幼小配，
路远迢迢已成亲。
三月桃花花正红，
情哥来到奴房中，
哥妹共饮一杯酒，
两人面孔红彤彤。
情哥假醉靠奴身，
伸出手来摸奴胸，
玉手弯弯将哥搂，
二人心里热烘烘。
四月蔷薇叶正青，
奴采桑叶哥来陪，
情哥要奴终身订，
奴奴一口来应承。

私订终身心里乱，
生怕旁人有谈论，
只要你有心来我有意，
勿怕别人说私情。

五月石榴花树多，
路上行人唱山歌，
远远唱来近近听，
声声句句打奴心。

呆呆想起心头事，
怕人说我有郎君，
别人要说难封口，
爹娘问起休还真。

六月荷花透水香，
手握花扇去乘凉，
乘凉勿比躺凉好，
青纱帐里捉白相。

前半夜来热如火，
后半夜睏落正温和，
两眼朦胧正好睏，
梦里跟郎已成亲。

七月鸡冠正当开，
捉叶娇娘爱打扮，
早擦胭脂晚扑粉，
四季衣衫常常换。

头上折朵花儿戴，
裙下露出红绣鞋，
面露笑容好风流，
只等情哥上门来。

八月桂花阵阵香，

情哥同奴去烧香，
情哥领路前面走，
妹妹脚小伶仃后面跟。

妹叫情哥等一等，
哥妹双双一同行，
路上三三两两有人问，
你我相称是表亲。

九月金菊遍地黄，
烧香回转进奴房，
二人房中私情说，
说起私情心发慌。

肚里有孕无人晓，
快快上紧合药方，
倘若破了私情事，
有何面孔见爹娘。

十月芙蓉润小春，
夫家闻知发恨声，
小小官人亲来退，
退婚之事叫媒人。

对亲银两不可少，
金银首饰要讨回，
年庚八字还了你，
另请媒人重配亲。

十一月水仙立亭亭，
情哥央媒来说亲，
明媒正娶是正道，
爹娘只好来答应。

两人有情又有意，
花轿抬奴去成亲，

夫妻双双同到老，
天从人愿好称心。
十二月腊梅迎早春，
捉叶娇娘唱完成，
姻缘本是前身定，

自找媒人自做亲。
山歌唱来休作真，
奉劝男女学正经，
好人总要学好样，
免被旁人来看轻。

原载:《桐乡蚕歌》(第3-4页)

蚕娘个个喜洋洋

讲唱者 吴桂洲〔神歌艺人〕 采录整理者 徐春雷

采访时间及地点 1994年12月 百桃演唱会上

年年二三月，
天气不寒冷，
门前桑叶日夜长，
东南风起凉堂堂。
春到清明好，
收蚕选天光，
蚕子转得一样生，
蚁蚕出得多兴旺。
头眠二眠齐，
昼夜守蚕房，
三眠出火炭盆生，
乡村四月少人行。
帘外三竿日，
大眠打眠庄，

每筐五斤十三两，
蚕娘个个喜洋洋。
尽道丰年瑞，
今年蚕花强，
三朝开体无冲碰，
上山成茧雪墩样。
茧灶烧得旺，
丝车排两行，
粗丝细丝踏千两，
九州四海尽传扬。
年年当此节，
细丝价不长，
藏到来年菜花黄，
卖丝银子桶来装。

原载:《桐乡蚕歌》(第10-11页)

蚕花谣

清明一过谷雨来，　　　　　鹅毛轻轻掸介掸。
谷雨两边要看蚕。　　　　　快刀切叶金丝片，
当家娘娘手段好，　　　　　引出乌娘万万千。
蚕种焐在被里面。　　　　　头眠眠得崭崭齐，
隔了三天看一看，　　　　　二眠眠得齐崭崭。
布子上面绿茵茵。　　　　　火柿开花捉出火，
当家娘娘手段好，　　　　　楝树开花捉大眠。

原载:《德清扫蚕花地》（第30页）

采桑歌

演唱者 陈柏青　采录者 吴国泉

东采桑，西采桑，　　　　　箩里满，篰里装，
桑树底下来回忙；　　　　　饲得宝宝白又壮。

原载:《浙江省民间文学集成·嘉兴市歌谣谚语卷》（第28页）

四月天

采录者 沈一超

蚕要温和麦要寒，　　　　　看蚕娘娘心头急，
秧要日头麻要干；　　　　　厌雨恶晴天难办！

原载:《浙江省民间文学集成·嘉兴市歌谣谚语卷》（第28-29页）

养蚕忙

演唱者 吴志琴　采录者 丁欢庆

采访时间　1991年7月

一到四月五月天，　　　　　　儿啼女哭顾不得，

家家养蚕不得闲。　　　　　　把蚕当作儿女看。

哪怕日日忙辛苦，　　　　　　头眠二眠三四眠，

只怕蚕饿不结茧。　　　　　　结成茧子白又鲜。

叶大要拿刀切细，　　　　　　缫丝织绸制衣服，

叶湿要用布擦干。　　　　　　穿在身上轻又软。

原载:《浙江省民间文学集成·嘉兴市歌谣谚语卷》(第29页)

桑叶歌

演唱者 曾爱香 吴普德 符爱香　采录者 许爱芳 毛旭文 汤光国

采访时间及地点　1987年　江山市仙霞山区

三月天气闹洋洋，　　　　　　前面来到百花山，

姐姐打扮去采桑。　　　　　　仰头看见桑叶青。

头上梳起金凤髻，　　　　　　轻轻走到桑树根，

两边梳起插花桩。　　　　　　桑篮挂在桑树上，

杭州花粉搽脸颊，　　　　　　脚踏桑树攀桑枝，

苏州胭脂点口唇，　　　　　　轻轻上树把桑采。

白色银环两边挂，　　　　　　左手摘来右手转，

百褶罗裙扎腰边；　　　　　　右手掇来七八张。

身穿红衫不长短，　　　　　　几张桑叶归桑篮，

三寸金莲往前村。　　　　　　忽听有人来叫喊：

桑篮背在香背上，　　　　　　"青天白日好胆量，

东山走到西山转。　　　　　　哪个姑娘采我桑？"

姑娘一见俊后生，
脸儿红来心喜欢：
"十八后生你别嚷，
采你桑叶吃你饭。"
"我的桑叶由你采，
你的鲜花由我开。"
姑娘一听心中喜，
红着脸儿露娇嗔：
"十八后生口莫强，
报你爹来报你娘！"
"报我爹爹我不怕，
报我娘来又何妨？
手拿绳子两三捆，
把你捆起背回家。"
"十八哥哥不要慌，
下来同你细商量：
什么会成红罗帐？
什么会成象牙床？
什么会成鸳鸯枕？
什么会成做媒人？"
"上有青天红罗帐，
下有百草象牙床，
抱块石头鸳鸯枕，
山前桑叶做媒人。"
哥爱姐来姐爱哥，
双双树下一同眠。
一睏睏到日落西，
姑娘心里好慌张。
"亲爱姐姐你莫怕，

情哥送你转回家。"
一送送出百花山，
二送送到百步岭，
三送送到姐门口，
听听爹娘骂几声：
"昨日采桑早早归，
今日采桑到点灯？"
"昨天采的本地桑，
今日采桑在外地。"
"十八姑娘口莫强，
一定半路有情郎。
头上梳发为何散，
面上脂粉为何光？
口点脂红哪里去？
百褶罗裙为何松？"
"头上梳发风吹散，
脸上脂粉汗流光，
口点脂红吃凉水，
百褶罗裙饥饿松。"
"十八姑娘口莫强，
背上何来黄泥浆？
头上梳发人玩散。
面上脂粉怕见娘，
口点脂红口对口，
百褶罗裙郎解松。"
姑娘听来心发慌，
嫂子又来把话讲：
"十八姑姑口莫强，
今日采桑有两样，

看你一身娇懒态，　　　　　妈妈嫂子未知意，

九到十月生外甥。"　　　　　日高立竿姑未起，

"多嘴嫂嫂口莫强，　　　　　一连三天不见姑，

待到黄昏见沟梁。"　　　　　恨不当初骂姑娘。

原载:《浙江省民间文学集成·衢州市歌谣谚语卷》(第 256-259 页)

采桑姐（码头调）

流传地　宁波慈溪市

羊角湾女孩儿去么去采桑，

姑娘应当到绣房，

哎呀，急急梳好妆，

哎呀，急急梳好妆。

附记:《采桑姐》叙述一位蚕姑与情郎幽会在桑间，回家后受到母亲盘问，蚕姑反诘母亲。此题材在浙江省全省流行，这里仅是一段歌词。

原载:《中国民间歌曲集成·浙江卷》(第 325 页)

养蚕歌

讲述者 仰文珍　采录者 沈根发

采访时间及地点　2008 年 6 月 12 日　练市镇新丰村

一只蚕匾圆溜溜，　　　　　结着半蔟薄皮茧。

十只蚕匾十层楼，　　　　　蚕吃桑叶沙沙响，

三眠蚕起吃大叶，　　　　　四月里来养蚕忙，

养蚕娘子日夜愁。　　　　　穿绸哪知养蚕苦呀，

背箩采桑桑叶歉，　　　　　我梳得头来脚还脏。

侍候蚕宝宝蚕勿眠，　　　　手勿空，脚勿空，

刮掉蚕娘一身肉，　　　　　要到条条茧龙白龙龙。

养蚕谣

讲述者 章清明 采录者 章水根

采访时间及地点 2008 年 5 月 22 日 和孚镇长超村

大姑娘子来保蚕，
沉着稳重好经验。
大家齐心同德养，
一年丰收在眼前。
二姑娘子来保蚕，
机智活泼又能干。
只要跟着二姑走，
满屋茧子如银山。

三姑娘子来保蚕，
服饰华丽要鲜艳。
蚕花插在蚕篇上，
蚕花万倍又一年。
三个姑娘齐保蚕，
闭着眼睛好养蚕。
带来蚕花二四分，
皆大欢喜庆丰年。

做天难做四月天

演唱者 张蕴玉 采录者 朱永兴

采访时间及地点 1987 年 7 月 吴江县震泽乡

做天难做四月天，
蚕要温润麦要寒。
秧要日头麻要雨，
采桑娘子要晴干。

附记：这是流传在江南蚕农中的一首传统歌谣。明代冯梦龙著《醒世恒言》第十八卷"施润泽滩阙遇友"中曾引用，至今仍流传。

原载：《中国歌谣集成·江苏卷》（第 52 页）

蚕娘娘拍手笑

演唱者 张蕴玉　采录者 张伟

采访时间及地点　1987 年 7 月 3 日　吴江县震泽乡

清明一粒谷，

养蚕娘子朝里哭；

清明开鹊口，

蚕娘娘拍手笑。

附记：江南蚕农每年焐蚕种在清明后，谷雨前。如果清明时节桑叶只长得如谷粒大小，则歉收，桑叶供不上蚕吃。如果桑叶长得像喜鹊嘴张开来，则预示收成好。

原载:《中国歌谣集成·江苏卷》(第 53 页)

四月里来养蚕忙(山歌)

演唱者 陈根娣　采录者 朱海容

采访时间及地点　1979 年 5 月 22 日　无锡县东亭乡

蚕吃桑叶沙沙响，

四月里来养蚕忙，

穿绸哪知养蚕苦(呀)，

我梳得头来脚上脏。

一只蚕匾圆溜溜，

十只蚕匾十层楼，

三眠蚕起吃大叶，

养蚕娘子日夜愁。

背箩采桑桑叶歉，

侍候蚕宝宝勿能眠，

刮掉蚕娘一身肉，

结着半簇薄皮茧。

原载:《中国歌谣集成·江苏卷》(第 53 页)

解开怀来焐蚕花（山歌）

演唱者 冯美之　采录者 沈君德

采访时间及地点　1988年8月　金坛县五叶乡

正月晕晕二月天，
三月清明在眼前，
吃了清明一杯酒，
解开怀来焐花蚕。

焐了三五天蚕不出，
再焐三五天见小蚕，

梳头打扮去采桑，
转眼花蚕要头眠。

东北角上乌云黑沉沉，
风又大来雨又紧，
落湿我花鞋勿要紧，
饿煞花蚕好伤心。

原载：《中国歌谣集成·江苏卷》（第53页）

朝采桑，晚采桑（山歌）

演唱者 潘秀庚　采录者 芮金川

采访时间及地点　1988年6月　溧阳县西芮村

朝采桑，晚采桑，
太阳底下不采桑，
采运贮喂保新鲜，
秋茧高产有保障。

养早秋，顾晚秋，
采叶要想两个秋，
早秋不吃晚秋叶，
产量一秋高一秋。

株株采，条条采，
分批从下往上采，
早秋采净下部叶，
留好嫩叶晚秋采。

桑丰收，茧丰收，
采养结合保丰收，
条梢留叶六七片，
来年春叶又丰收。

原载：《中国歌谣集成·江苏卷》（第53-54页）

青青嫩桑蚕爱吃

演唱者 马时浩　采录者 孔祥毅

采访时间及地点　1987 年 12 月　高淳县漆桥乡

春二三月暖洋洋，
打开怀来孵蚕秧，
孵出蚕来要吃桑，
打发小妹去采桑。
去采桑来去采桑，
拿出圆坛巧梳妆，
前头翘的龙抬头，
后头又翘龙摆尾。
两鬓又梳凤展翅，
当中又梳家鱼塘，
上身穿的竹布褂，
下身又围百褶裙。

左手桑篮拿在手，
右手桑钩扛肩膀，
采桑篮来采桑钩，
蹦蹦跳跳出门堂。
爬一山来过一岭，
过山过岭去采桑，
前山黄桑蚕不吃，
远看后山有嫩桑。
青青的嫩桑蚕爱吃，
高高兴兴采满筐，
嘎吱嘎吱回家去，
蚕儿吃得霍霍响。

原载:《中国歌谣集成·江苏卷》(第 54 页)

四月里来好风光（采桑号子）

演唱者 张方兰　采录者 余士林

采访时间及地点　1987 年 8 月 19 日　建湖县芦沟乡

领:四月里来好风光哎，大麦翘头蚕上床哎，

众:满园桑叶肥又嫩，养蚕姑娘采桑忙，

领:大家来呀，

众:（嗨嗨呵！）

领:采新桑呀，

众:（嗨嗨呵！）

领：大家齐来采新桑哎！

众：（嗨嗨呵！）

（以下删去衬词）

一个姐妹一双手，
十个姐妹手十双，
采了一篮又一篮，
装满一筐又一筐，
一篮篮，一筐筐，
篮篮新桑筐里装。

一筐桑叶一筐茧，
茧里睡着蚕姑娘，
蚕姑娘吐尽口中<u>丝</u>，

愿为人间做衣裳！
一筐桑，一筐茧，
箩装担挑运茧忙。

圆圆的桑叶圆圆的茧，
挑在肩上喜洋洋，
人人都说水乡好，
谁人不爱鱼米乡！
挑起来，晃起来，
欢声笑语飞进庄。

原载:《中国歌谣集成·江苏卷》(第 54-55 页)

采桑歌

讲唱者 潘秀庚　记录者 芮金川

朝采桑，晚采桑，
太阳底下不采桑，
采运贮喂保新鲜，
秋茧高产有保障。

养早秋，顾晚秋，
采叶要想两季秋，
早秋不吃晚秋叶，
产量一秋高一秋。

株株采，条条采，
分批从下往上采，
早秋采净下部叶，
留好嫩叶晚秋采。

桑丰收，茧丰收，
采养结合保丰收，
条梢留叶六七片，
来年春叶又丰收。

原载:《常州歌谣谚语集》(第 7-8 页)

采桑女

演唱者 王福妹　搜集者 孙鹏

采访时间及地点　1987 年　江都县昭关乡

新造河塘栽满桑，
柳桑栽得行对行，
上边栽的千棵柳，
下边栽的万棵桑。
十八岁大姐养蚕子，
梳妆打扮去采桑，
黄芽梳子拿在手，
打下青丝一托长。
前边梳的盘龙髻，
后边梳的插花行，
髻梳好来花插好，
脸擦杭粉喷喷香。
手提竹篮到桑园，
竹篮挂在桑树上；
桑叶子采了三五把，
前头走来看桑郎，
一头走来一头喊，
口口声声叫姑娘：

"你家养蚕抽丝卖，
我家栽桑要完粮，
今日如若许配我，
尽你采来尽你装；
今日如若不准口，
踩你篮子倒你桑！"
姑娘一听开了口：
"小哥哥你说话太荒唐！
哪是媒来哪是保？
哪是我的象牙床？
哪是我的鸳鸯枕？
哪里可以戏鸳鸯？"
叫声姑娘听衷肠：
"天是媒来地做保，
桑树脚下是牙床，
膀子一弯鸳鸯枕，
八幅罗裙戏鸳鸯。"

原载:《扬州歌谣谚语集》(第 58-59 页)

桑叶青来桑叶黄

口述者 顾其颖　搜集者 周殿文

桑叶青来桑叶黄，
奴在园中采蚕桑；

蚕作茧来蛾配对，

小阿奴奴何时何日配成双。

原载:《南通民间歌谣选》(第 117 页)

采桑歌

桑园田里一棵桑，

丫子绕绕遮四方。

长根长叶高又高，

采桑娘子在苏杭。

附记：江南农村植桑养蚕，流传的歌谣很多。《中国民间歌曲集成·江苏卷》(591 页)，选有铁流记录的这首常熟山歌，这是采桑歌的变异，有曲谱。明代冯梦龙著《醒世恒言》第十八卷"施润泽滩阙遇友"中引的是"做天莫做四月天，蚕要温和麦要寒。秧要日头麻要雨，采桑娘子要晴干"。

原载:《中国·白茆山歌集》(第 39 页)

大采桑

演唱者 宁阿金 采录者 张伦

采访时间 1987 年 7 月

桑园田里一棵桑，

丫子绕绕遮四方，

长根长叶高又高，

采桑娘子在苏杭。

四月里来去采桑，

桑园田中碰着吾情郎，

吾情郎亦吭台凳叫恁嫩郎君坐，

亦吭不茶汤敬郎君。

四月里来去采桑，

桑园田中碰着吾情郎，

吾膝馒头曲曲弯弯叫恁郎君坐，

吾胸前头两奶当茶汤。

四月里来去采桑，

桑园田中碰着吾情郎，

吾情郎哥哥亦吭预备白席预备床，

亦吭不被头盖身上。

四月里来去采桑，

桑园田中碰着吾情郎，

吾桑园烂泥要嵌背痛，

吾桑梗悠悠就是一张小凉床。

娘骂囡小贱人，
恁贱人勿打勿骂勿成人，
恁昨日采桑人等饭，
恁今朝采桑为啥饭等人？

囡妮大巧计生，
吾叫声恁两句姆妈娘，
昨日采桑树低叶密人等饭，
今朝采桑树高叶稀饭等人。

娘骂囡小贱人，
恁贱人勿打勿骂勿成人，
恁头上丈二青丝弄得纷纷乱，
恁条绿纱裙起得个皱麻团。

囡妮大巧计生，
吾叫声恁两句姆妈娘，
吾头上丈二青丝采桑界勒桑摘乱，
绿纱裙勿汰勿浆起得个绉麻团。

娘骂囡小贱人，
恁贱人勿打勿骂勿成人，
恁为啥官路上勿走到私路上跑，
恁私路上总是去约私情。

囡妮大巧计生，
吾叫声恁两句姆妈娘，
官塘大路来往客商多多有，
私路上勿走要断人行。

娘骂囡小贱人，
恁贱人勿打勿骂勿成人，
恁为啥马桶浪勿上到坑缸浪，
坑缸浪总是去约私情。

囡妮大巧计生，
吾叫声恁两句姆妈娘，
吾马桶才旧箍爆断，
吾尿急慌忙去上仔坑。

娘骂囡小贱人，
恁贱人勿打勿骂勿成人，
吾看恁额角头方方眉毛乱，
吾看恁胸前头两奶一定有情郎。

囡妮大巧计生，
吾叫声恁两句姆妈娘，
吾额角头方方容颜好，
吾胸前头两奶照娘生。

附记：这是流传在江、浙、沪一带的长歌《鲍六姐》（又称《采桑女》）选段。在吴江等地老歌手唱的全篇《鲍六姐》有一千多行，内容情节是：采桑女鲍六姐与蔑工张小弟患难相交，桑园结好。经母亲盘问，六姐坚决要嫁张小弟，反对媒妁之姻，不嫁富绅之子沈三官。后鲍六姐身怀有孕，张小弟去杭州买药打胎，生下小儿忍痛抛下河中，漂流至沈家后门，被沈三官知晓，上门问罪，将张小弟和鲍六姐扭送官府，县官严加审问，鲍六姐与张小弟据理以争，县官心被打动，把沈三官贿赂官府的酒、羊、洋钿，送给鲍六姐，让她和张小弟成亲，沈三官终于败讼。

原载：《中国·白茆山歌集》（第 248-249 页）

采桑郎

演唱者 李福男 采录者 温雪康

远看青山一棵桑，
桑枝绕绕盖太仓，
根盘转转常熟县，
采桑娘子出沙岗。

出沙岗仔下沙岗，
桑剪桑篮挂勒桑树浪；
桑树浪仔桑树浪，
吾饿煞仔花蚕呀勿放郎。

勿放郎仔勿放郎，
又吮帐子又吮床；
脱条绿纱裙下来做瞒天帐，
瞒天帐里一对白鸳鸯。

白鸳鸯结起一集集，
郎往东来姐往西。
白颈老鸦当头呱呱叫，
回家转去有是非。

有是非仔有是非，
娘勒笃嫌嫂，

还嫂嫌迟；
昨日大嫂搭二嫂出去采桑为啥
能早转！
今朝小姑娘出去采桑日横西？

日横西仔日横西，
昨日大嫂搭二嫂出去采，
桑树低叶猛大叶板桑真好采，
今朝小姑娘出去采桑，
树高叶稀鸡脚桑难采仔转回迟。

娘骂仔恁囡妮：
小妖精仔小妖精，
恁俚转瞒娘饶仔嫩，
后转瞒娘抽恁筋来剥嫩皮！

囡骂仔恁娘：
老豁沿仔老豁沿，
恁前三十年偷汉搭郎眠，
如今芥菜叶黄吮人要，
顶倒撑船艄在前。

原载:《中国·白茆山歌集》(第249—250页)

109

六姐采桑（选段）

演唱者 蒋连生　搜集者 陈众亮 徐文初

新打格只桑篮是篾青，
张小弟拣好格只桑篮送给六姐
姑娘表表心，
那六姐姑娘拿仔格只新桑篮，
要到娘房里梳头打扮换衣襟。

新打格只桑篮是蔑青，
六姐姑娘到娘房里梳头打扮
换衣襟，
顺手挂(拿)了黄杨板木梳济(左)
手捏了青丝细发梳了九曲三弯八
角一个盘龙髻，
一只金钗插勒翘出两边分。

新打格只桑篮是蔑青，
姑娘勒娘房里梳头打扮换衣襟，
红头绳扎把心里转嘘，
那一对么珠花插勒两边分。

新打只桑篮是篾青，
姑娘勒娘房里梳头打扮换衣襟，
红头绳腰丫心里转嘘，
那耳朵勒金钗两边分。

新打只桑篮是篾青，
姑娘拿面青铜镜子来照奴身，
照得奴奴头发好像东北角上(音
"浪")堆出格块黑乌云，
额角方方像观音。

新打只桑篮是蔑青，
姑娘勒(在)娘房里拿面青铜镜子
来照奴身，
照得奴奴两只眼睛象煞山峡勒里
格个回往水，
眉毛弯弯好像二月二杨柳绿铿铿。

新打只桑篮是篾青，
姑娘勒娘房里拿面青铜镜子来照
如身，
照得奴奴两只耳朵好像金漆盘里
格对肉馄饨，
鼻头高高像坟墩。

新打只桑篮是篾青，
姑娘勒娘房里梳头打扮换襟於，
胭脂花粉一拍多是俏嘘，
那小口樱桃来红嘴唇。

新打只桑篮是篾青，
姑娘勒娘房里梳头打扮换衣襟，
悟大红肚兜胸前戴嘘，
那白银格链条来环头颈。

新打只桑篮是篾青，
姑娘勒娘房里梳头打扮换衣襟，
着肉汗衫是身上着嘘，
那锻镶挂肩来压背心。

新打只桑篮是篾青，
姑娘勒娘房里梳头打扮换衣襟，
佰大红裤子身上着嘘，
那外头么要着细花百裥绿纱裙。

新打只桑篮是篾青，
姑娘勒娘房里梳头打扮换衣襟，
语白竹布袜头脚上着嘘，
鞋子末要着细花满档花。

语六姐姑娘打扮好仔摇摇额额要
出房门，
那姆妈娘跑来要看衣襟，
该头姑娘今朝一身打扮来能样
好嘘，
那胜脱(胜过)山东穆桂英。

佰六姐摇摇额额出房门，
那姆妈娘跑来要看衣襟，
该头姑娘一身打扮来能样好，
要防格孟姜女来胜三分。

姑娘打扮好仔摇摇额额出房门，
姆妈娘跑来要看衣襟，
该头姑娘一身打扮来能样好，
那好像煞南天门个活观音。

姑娘一身打扮好仔摇摇额额
出房门，
该头姆妈娘跑来要看衣襟，
该头姑娘一身打扮来能介好，
世界厅上搭挪实介人品少少能。

六姐姑娘拿仔格只桑篮要出墙门，
要到墙头外头桑园地上去采桑葚，
那八十岁公公看见么姑娘要眯眯
笑嘘，
勿要(消)怪毛头后生看见要骨
头轻。

六姐移步塘上行，
塘上么才(都)有踏车娘，
踏车娘嘴里勒阵阵讲，
小姑娘一身打扮来能(这样)
有样。

六姐移步塘上行，
嘘登勒(在)头塘浪(上)走路
看春景，
那今年交春能个早嘘，
百草勒回芽叶放青。

春三要看春三景，
春三景致来闹盈盈，
格只癞头么衔泥刚出洞嘘，
格条毒蛇勒洞里打翻身。

春三要看春三景，
那春三景致来闹盈盈，
那格只春鸟躲勒椿树浪，
那画眉登勒笼里叫好声音。

春三要看春三景，
那春三景来闹盈盈，
那蝴蝶飞花是有成双对嘘，

那个蜜蜂么嬉笑咬花芯。

春三要看春三景，
那春三景致来闹盈盈，
三月里格朵桃花开来是能样好学，
一年要看倒挂杨柳绿锃锃。

春三要看春三景，
那春三景致来闹盈盈，
倷一面要看豆麦老造(东西)绿
锃锃，
那格朵莱花落地像黄金。

春三要看春三景，
那春三景致来闹盈盈，
豌豆花开来九莲灯，
那格朵大豆花开来黑良心。

春三要看春三景，
那春三景致闹盈盈，
倷春三景致吭心看，
今朝要采桑顶要紧。

发开两腿走动身，
那三步勒改作两步行，
逢山勿看格个樵柴夫嘘，
那逢水勿看格个钓鱼人。

选自《上海民间文艺季刊》1989 年第 1 期第 224-228 页。

原载:《苏州歌谣谚语》(第 316-321 页)

养蚕歌

演唱者 金召 采录者 李月琴

采访时间及地点 1987 年 6 月 徐汇区永嘉新村居委会 流行地区 绍兴 上海

蚕宝宝，一条条，
养蚕阿姑起一早。
摘桑叶，喂宝宝，
蚕房冷暖注意到，
勿过热，勿过冷，
万分当心养宝宝。

过一月，宝宝老，
上山做茧真不少，
阿姑抽丝织成绸，
阿爷上街去卖掉。
农民靠勤俭，
一家老小得温饱。

原载:《中国歌谣集成·上海卷》(第 67 页)

养蚕娘子格外忙

小麦青青大麦黄，

养蚕娘子格外忙，

才把蚕儿送到山上去，

又要在田中插新秧。

插青秧，想爷娘：

"爷娘！爷娘！

为何不生我在高楼上？

却生我在田中晒太阳！

"晒太阳，不算苦，

高楼上的小姐也靠我；

没有爷娘没有我，

她们身上哪有丝罗套？

她们哪里哪有珍珠数？"

选自《上海歌谣》第 4 集第 43 页，中国作家协会上海分会 1958 年编印。

原载：《中国歌谣集成·上海卷》（第 68 页）

采桑歌

演唱者 潘微仙　　**记录者** 潘微仙

采访时间及地点　1987 年 9 月　虹口区唐山路街道

晴采桑，雨采桑，

田边陌上家家忙，

今年养蚕十分熟，

蚕姑却着麻衣裳。

原载：《中国歌谣集成·上海卷》（第 69 页）

采桑叶

演唱者 顾河妹　采录者 彭纪明

采访时间及地点　1986 年 11 月 20 日　金山县枫围乡

一个姑娘打扮去采桑，
青桑地搭识一位小情郎，
情郎陪姐今朝来得恁凑巧，
可惜上无帐子下无床。

奴有帐子奴有床，
脱掉八幅头罗裙当顶青纱帐，
花单管裤子当只床，
回家转去爹娘盘问啥抵当?

郎悠悠来姐悠悠，
两人悠悠凑一头，
姐头上丈二青丝甩在你郎肩胛，
好比粮船上哥哥出镇去买包头。

郎悠悠来姐悠悠，
两家头悠悠凑一头，
姐是一寸格舌头伸在你郎嘴里，
好比细细肉花热炒头。

郎悠悠来姐悠悠，
两家头悠悠凑一头，
姐胸前头两奶拖在郎手里，
好比粮船上哥哥出镇要买热馒头。

郎悠悠来姐悠悠，
两家头悠悠凑一头，
郎顾仔东，姐顾仔西，

郎顾仔东好比北京城买卖经商客，
姐顾仔西好比那只斗败格鸡。

姐女采桑采得叶头齐，
蚕房里喂蚕叶头细，
娘说道：昨日头嫂嫂采桑早就归，
姑娘采桑为啥今朝到现在才回转?

姑娘嘴快伶伶与娘争：
昨日头嫂嫂采桑粗手粗脚连枝攀，
姑娘今朝采桑细拣轻摘一张张，
格佬耽搁辰光迟回转。

姑娘啊姑娘，
侬不要嘴快伶伶与娘争，
侬还有几样瞒不过我阿妈娘，
侬头上丈二青丝给郎搭乱，
侬嘴唇上馋唾勿曾干!

姑娘嘴快伶伶答还娘：
我头上丈二青丝到青桑叶地拨桑
树丫枝来钩乱，
嘴唇上馋唾到西河滩吃水未曾干。

姑娘姑娘侬不要嘴快伶伶搭娘争，
侬还有几样瞒不过我阿妈娘，
你胸前头两奶拨郎捏坏，
侬单管裤子溻仔烂泥浆。

姑娘嘴快伶伶答还娘，

我胸前头两奶到青桑叶地采桑拨桑

树丫枝来轧坏，

花单管裤子是跌到地上溻仔烂泥浆。

烂泥浆，烂泥浆，

姑娘争娘不过哭一场，

走到南村头去问外婆娘：

外婆娘啊外婆娘，

侬几岁上攀亲养我阿妈娘？

阿妈娘几岁上攀亲养我女外孙？

外婆娘一听笑盈盈：

挨侬顺头说拨侬外孙听：

我十八岁攀亲养侬阿妈娘，

侬阿妈娘十七岁养侬女外孙。

十七十八正当样，

阿妈娘侬勿要埋怨我小姑娘。

原载:《中国歌谣集成·上海卷》(第 439—440 页)

养蚕歌

演唱者 金召　整理者 李月琴

采访时间及地点 1987 年 6 月　流行地区　绍兴、上海

蚕宝宝，一条条，

养蚕阿姑起一早，

摘桑叶，喂宝宝，

蚕房冷暖注意到。

勿过热，勿过冷，

万分当心养宝宝，

过一月，宝宝老，

上山作茧真不少。

阿姑抽成丝，织成绸，

过天阿爷上街去卖掉。

农民靠勤俭，一家老小得温饱。

原载:《中国民间文学集成·上海卷徐汇区歌谣谚语分卷》(第 2 页)

采桑（采茶调）

演唱者　山王俱乐部成员　　采录者　鲁受青

采访时间及地点　1955 年 2 月　肥东县复兴乡山王村

三月里来天气长，
手提桑篮去采桑。
过了一岗又一岗，
抬头得见一园桑。
来到桑园人站定，
墙高人矮怎采桑？
伸手抓起墙头草，
跃起身来跳上墙。
正在采来正在忙，
园里来了闹桑郎。
叫声妹妹小丫头，

采桑来到这时候。
头上青丝翻毛鸡，
身上黄泥铜钱厚。
路又远来桑又稀，
妹子采到日歪细。
头上青丝风吹乱，
大意跌进泥塘里。
哥帮妹妹来采桑，
妹理青丝掸衣裳。
采桑采满要回家，
归林小鸟要成双。

原载：《中国歌谣集成·安徽卷》（第 118 页）

月亮起山一盏灯

采录者　张学文

采访时间及地点　1959 年　绩溪农村

月亮起山（哎）一盏灯（啊），
夜色深沉（哎）月更明，
二八蚕娘没（哎）睡觉，
除沙饲蚕（哎）忙不停。
手扶蚕匾（哎）甜在（哎）心（啊），
眼望雏蚕（哎）越发勤，

快结茧儿抽（哎）了丝，
制绸织衣（哎）簇簇新。
爹娘来把（哎）言语（哎）夸（啊），
说声姑娘（哎）真是行，
奴要留下绸（哎）几匹，
随同嫁妆（哎）送情人。

原载：《中国歌谣集成·安徽卷》（第 118 页）

采桑歌

采录者　洪俊红

采访时间及地点　1959 年　绩溪农村

三月天气暖洋洋（啊嗬，嗨），

暖洋洋（啊嗬，嗨），

姑嫂双双去（呀）采桑噢

（哎，哎子呀），

去呀采桑噢。

（以下衬词省略）

桑园一片绿汪汪，

满园桑叶嫩又壮。

掏出桑钩采桑忙，

一把一把篮里装。

好桑育蚕蚕儿壮，

好蚕结茧丝儿长。

你满篮来我满筐，

姑嫂二人比高强。

原载：《中国歌谣集成·安徽卷》（第 118—119 页）

采桑会郎

采录者　柯灵泉

采访时间　2007 年　流行区域　歙县

三月天气暖洋洋，

桃红柳绿好风光。

姑娘二八正妙年，

梳妆打扮去采桑。

前头梳个盘龙髻，

后面梳个菜花桩，

左右梳了双龙会，

金簪银簪插两旁，

口上胭脂一点红，

面上搽了白粉香。

身上穿了红绫袄，

百幅罗裙覆短装；

白银膝裤分左右，

小脚金莲三寸长。

前堂踏到后堂去，

拿只桑萝去采桑。

二八姑娘采桑去，

出门遇着有情郎。

东边情郎筑水田，

西边姑娘正采桑。

桑萝挂在桑树上，

挽挽手儿做鸳鸯。

姑娘情郎早相爱，

母亲不允未成双。

情郎家贫无聘礼，
眼看姑娘嫁远方；
天赐良机今日合，
多年相思一旦偿。
事毕起身并肩坐，
喜忧交集泪汪汪。
叫声情哥不要急，
小妹矢志心属郎！
姑娘采桑转回家，
两颊隐隐溢霞光。
却见母亲门前挡，
两眼打量问开腔。
昨日回家日头亮，
今日为何日头黄？
昨日采桑路途短，
今日采桑路途长。

头上青丝为何乱，
风吹青丝散茫茫。
面上花粉为何污？
汗流花粉退了妆。
黄泥为何沾背上？
一跤跌倒在泥塘。
为何裙边带血花？
上前掀裙要验伤。
姑娘脸色红漾漾，
心头一横叫亲娘；
此身已为情郎献，
要打要骂儿担当！
今生只把情郎爱，
自许终身自主张；
母亲若是不成全，
拼将一命报情郎！

原载:《徽州民谣》(第 26—27 页)

姑嫂采桑

采访者 章宏俊 采摘自《绩溪县志》

三月天气暖洋洋，
姑嫂双双去采桑。
桑园一片绿汪汪，
满树桑叶嫩又壮。
掏出桑钩采桑忙，

一把一把往里装。
好桑供蚕蚕滚壮，
好蚕结茧茧丝长。
你满篮来我满筐，
姑嫂两人比高强。

原载:《徽州民谣》(第 108—109 页)

养蚕

采集者　绩溪县文化馆

采摘自　1998年版《绩溪县志》　流行区域　绩溪

月亮起山一盏灯，
夜色深沉月更明；
二八蚕姑心满意，
除沙（蚕粪）上叶忙不停。
手扶蚕匾喜在心，
眼望蚕多肉滚滚。

快快结茧快抽丝，
织绸做衣簇簇新。
爹娘来把姑娘夸，
说声女儿真是行，
将来留下绸几匹，
当作嫁资送新人。

原载:《徽州民谣》（第 109 页）

郎栽果木妹栽桑

搜集者　王兆乾

采访地点　安庆

油菜开花遍地香，
郎栽果木妹栽桑；
果木成林结硕果，
桑儿长大养蚕娘，
养蚕娘，
织罗织锦作衣裳。

原载:《安徽民间歌谣选》（第 69-70 页）

蚕农生活

赞田蚕

讲唱者 朱贤宝 朱雪浩 采录整理者 徐春雷

采访时间及地点 1994 年 12 月 百桃乡桐村和濮院新华村演唱现场

宝香一支透天河，
银烛辉煌两灯火，
高堂双双厅堂坐，
新人奉敬盘箍路。
赐福天官厅堂坐，
正乙玄坛骑黑虎，
东厨司命灶山坐，
柴经烧来米又多。
蚕花五圣蚕房坐，
春看花蚕长息多，
蚕种勿包也勿捂，
乌娘引出几升罗。
头眠二眠匆匆过，
九日三眠捉出火，
大眠扩座落地铺，
吃叶好像阵头过。

龙蚕透体上山簇，
结出茧子鸭蛋大，
丝车摆了几十部，
卖丝银子无其数。
田公地母两边坐，
田头地面来帮助，
车水种田省工夫，
每亩要收三石多。
种些芋艿大发棵，
一棵翻了两漫筜，
合盘南瓜栲栳大，
单扇门里拿勿过。
肉猪养来牯牛大，
母猪养来尽转窝，
山羊养来像白马，
湖羊养来像骆驼。

120

公鸡养来九斤多，

母鸡生蛋勿肯孵，

鸡蛋生来鸭蛋大，

打开一个几碗多。

田蚕赞来差不多，

新人要进洞房坐，

夫妻恩爱敬父母，

一家和睦多福禄。

附记：赞田蚕俗称"盘米囤"。旧时，屠甸梧桐一带蚕农家办婚事时，新人迎进门拜过堂之后，阿公阿婆端坐厅堂中央，由乐人或喜娘指引新人围绕两位长者盘旋，边盘边唱此歌，意在祝福田蚕茂盛。

原载：《桐乡蚕歌》（第 22—23 页）

三月清明过

口述者　陶觉先　整理者　晨浩

三月清明过，

霎眼谷雨到，

看蚕娘娘嘻嘻笑，

红米饭，还嫌糙，

笋烧咸鱼白米饭，

外加猪油烧。

男人家想讨好，

红酒里面白糖泡。

甜蜜蜜，辣爆爆，

三杯混汤嘴里倒，

吃得头重脚轻走路晃啊晃。

迷迷糊糊我把蚕种上烘灶，

青炭加得蛮蛮高，

一个瞌睏，

啊呀呀，不得了，

眼前蚕种烘得乌焦焦。

男人家又是骂来又是拷，

我只有哭哭啼啼娘家走一遭。

爷回话，老子勿管账，

你去问妈妈要。

还好！还好！

娘回话，

丫头丫头你来得正凑巧，

家里还多三张种，

拿去勿要在啦火里烧。

包一包，塞在腰，

走到田埂浪厢哈哈笑，

骂一声"翘辫子"，

打我一顿勿怨你，

今夜枕头横头一定要你讨个饶。

原载：《湖州风俗志》（第 21 页）

121

拔蚕花

讲唱者 褚林凤（喜娘） 采录整理者 徐春雷

采访时间及地点 2009年2月 河山肖庄歌手家中

拔朵蚕花装个巧，　　　　　　阿妈带花朝里走，
巧巧一朵金花好，　　　　　　年纪活到九十九，
巧巧两朵银花好，　　　　　　发财发财，元宝搭台，
留下一朵蚕花好。　　　　　　发福发福，打船造屋。

附记：旧时，蚕农家女儿出嫁，临上轿前，要从女儿头上拔下一朵花，并由母亲将这朵花放到自家灶山上，俗称"拔蚕花"。其寓意是：不让娘家的蚕花喜气被带走。拔花时由喜娘吟唱此歌。

原载：《桐乡蚕歌》（第16页）

拔蚕花

讲唱者 法应龙（神歌艺人） 采录整理者 徐春雷

采访时间及地点 1988年3月 屠甸

新人走近大门前，　　　　　　新人来到大门前，
亲邻看客分两边，　　　　　　红烛双双吐金莲，
左右一对银灯架，　　　　　　一灯拨做三灯旺，
蚕花灯火亮闪闪。　　　　　　一倍蚕花万倍宽。

附记：旧时蚕农婚嫁，新娘接来时，要将预先放在大门口的红烛灯火拨一拨，俗称"拔蚕花"。此时，喜娘吟唱此歌，讨个蚕花越拨越旺的好口采。

原载：《桐乡蚕歌》（第17页）

蚕花竹

讲唱者 陆富良　采录整理者 徐春雷

采访时间及地点　1990 年 12 月　梧桐采录者家中

蚕花竹长又长，
新郎新娘配鸳鸯。
蚕花竹枝叶茂，
新郎新娘头碰头。
蚕花竹捆得平，
新人生活似蜜甜。

蚕花竹坚又挺，
新郎新娘亲又亲。
蚕花竹节节高，
一年生下胖宝宝。
蚕花竹种得深，
多根多务多子孙。

附记：旧时，蚕农家女儿出嫁时，要陪嫁一对带根的竹子（有的用甘蔗或桑苗代替）到夫家种上，预祝新娘将来养蚕收成像竹子一样节节高，故称"蚕花竹"。取竹时喜娘吟唱此歌。

原载：《桐乡蚕歌》（第 20 页）

蚕花鸡

讲唱者 陆富良　采录整理者 徐春雷

采访时间及地点　1990 年 12 月　梧桐

蚕花鸡一对配成双，
夫妻双双进洞房。
蚕花鸡冠红又红，
夫妻恩爱乐融融。
蚕花鸡嘴尖又尖，

夫勤妻俭土变金。
蚕花鸡，黄又黄，
养格龙蚕粗又壮，
龙蚕吐丝结龙茧，
龙茧回春飞凤凰。

附记：旧时蚕农家女儿出嫁时，要陪嫁一雄一雌两只鸡，俗称"蚕花鸡"。这对鸡既象征新婚夫妻相亲相爱，也预祝新娘将来能养出龙蚕，蚕蛹化蝶似凤，配对后多产卵多生小蚕。取鸡时喜娘吟唱此歌。

原载：《桐乡蚕歌》（第 21 页）

经蚕肚肠

讲唱者 褚林凤（喜娘） 采录整理者 徐春雷 蒋灵云

采访时间及地点 1989 年 11 月 河山乡文化站

一、扫蚕花（喜娘拿起畚箕扫帚，边扫边唱）

新娘娘喂罗罗（猪），

喂个罗罗黄牛大。

新娘娘喂咩咩（羊），

喂个咩咩白马大。

新娘娘喂咯咯（鸡），

咯咯鸡，大种鸡，

拾起蛋来一畚箕。

新娘娘喂嘎嘎（鸭），

嘎嘎尾巴扁，

茧子采来碰屋顶。

晦晦气气扫出去（向外扫），

金银财宝扫进来（向里扫）。

一扫金，二扫银，

三扫聚宝盆，

四扫四季要发财。

（喜娘向里掼扫帚）

扫帚掼到北边，

茧子碰牢屋脊。

（喜娘和新娘合提栲栳）

新娘娘来，

同新相公上一肩。

发财发财，永远发财！

发福发福，买田造屋！

二、起经（喜娘引领新娘围着椅子边绕丝线边吟唱）

第一转长命百岁（劳）好，

第二转成双富贵（劳）好，

第三转连中三元（劳）好，

第四转四季发财（劳）好，

第五转五子登科（劳）好，

第六转六路进财香（劳）好，

第七转七世保团圆（劳）好，

第八转八仙祝寿（劳）好，

第九转九子九孙（劳）好，

第十转十享满福（劳）好。

蚕肚肠要经得匀，

年年蚕花廿四分。

三、再经（续上）

再发（次）多经转，

谢谢东家阿爹，

头蚕二蚕三蚕四蚕，

张张蚕种超百斤。

再发（次）多经转，

谢谢亲亲眷眷邻邻舍舍，

张张蚕种超百斤。

再发（次）多经转，

谢谢厨房师傅手段高，

做出肉圆像核桃，

切出肉丝像金条。

再发（次）多经转，

新相公技术真叫高，

手段绝顶好，

新相公运道好，

讨个新娘架形好。

四、收肠（喜娘引领新娘，边从椅背上卸下丝线、绕在筷子上，边吟唱）

收起格条金肚肠，

收起格条银肚肠，

绕起格条蚕肚肠。

新娘娘技术真叫高，

手段绝顶好，

手捏鹅毛掸龙蚕，

手捧青叶喂龙蚕。

头眠眠来崭崭齐，

二眠眠来齐崭崭，

出火过去做大眠，

大眠过后要结茧。

新娘娘技术真叫高，

手段绝顶好，

拿起叶来喂宝宝。

喂个宝宝几何大？

像只湖鳅大。

做个茧子几何大？

做个茧子鸭蛋大。

当家爹爹技术真叫高，手段绝顶好，几部丝车两行生（摆），居中央里留条小弄堂。新娘娘脚力绝顶好，做个细丝像金条，做个粗丝像银条。

新娘娘技术真叫高，连夜打起红袱包。粗丝要向杭州装，细丝要往上海摇。卖得几千银子入荷包，包包好，伉伉好，买田造屋步步高。

附记：旧时，河山一带新娘婚后第二天，须参加一次经蚕肚肠仪式。于厢屋中，以四椅围圈，围中置一栲栳，内放面条、蚕种、秤杆等（面条意长寿；蚕种意蚕花茂盛；秤意称心如意）。由喜娘持染红丝绵打成的线，引领新娘绕椅盘转，边转边将红绵线绕于椅背之上，边绕边吟唱此歌，意在祈祝新娘将来养蚕缫丝一切顺利。此歌曾作为民间舞蹈唱词收入 1995 年 12 月出版的《嘉兴市民舞集成》。

原载:《桐乡蚕歌》(第 24-27 页)

织锦条

讲唱者 陈阿美　采录整理者 徐春雷

采访时间及地点　1989 年 10 月　梧桐镇东兴街

一百零八颗茧子织锦条，织出锦条锁夫腰，锁在身上金光耀，阎王小鬼见了盘（藏）来盘去逃。

附记：旧时，蚕乡男子结婚后，妻子为求丈夫平安，常用 108 颗蚕茧缫出的蚕丝，为丈夫织一根丝腰带（俗称锦条）。据传，这根腰带系在身上可以辟邪。

原载:《桐乡蚕歌》(第 28 页)

上梁歌

讲唱者　沈应龙（神歌艺人）　采录整理者　徐春雷

采访时间及地点　1988年3月　屠甸

正月梅花似黄金，
东君起造高楼厅，
上得宝梁福星照，
福星高照万代兴。

二月杏花白如银，
魁星踢斗到门庭，
张仙送下麒麟子，
三鼎甲里中头名。

三月桃花红喷喷，
三阳高照春满园，
黄金有价情无价，
一家和气值千金。

四月蔷薇叶正青，
东君要交蚕花运，
筐筐宝宝赛龙蚕，
蚕花茂盛廿四分。

五月石榴花正兴，
采落茧子忙种田，
全年风调又雨顺，
每亩四石好收成。

六月荷花透水鲜，
买卖经商生意兴，
全仗招财来指路，
一本万利财源滚。

七月开花是凤仙，
福星广照画堂前，
一举成名登科日，
蟾宫折桂步步升。

八月桂花香阵阵，
挑选吉日择良辰，
上得宝梁积得福，
父慈子孝合家亲。

九月菊花开得艳，
宝梁高架照福星，
南极仙翁来庆贺，
百岁延年福寿绵。

十月芙蓉润小春，
鲁班仙师来照应，
千秋万代长生乐，
人人衣紫佐朝廷。

十一月里大雪飞，
郎才女貌双双配，
早盼面圆登科日，
只等金榜来提名。

十二月花开是水仙，
东君厅内齐欢庆，
廿四节气风雨顺，
年年岁岁享太平。

原载：《桐乡蚕歌》（第31-32页）

看灯看到养蚕娘

讲唱者 张金林（三跳艺人） 采录整理者 徐春雷

采访时间及地点 1979 年 11 月 曲艺会

元宵佳节闹洋洋， 看灯看到种田郎，
百样花灯挂满堂， 干柴白米燥砻糠，
东西南北人潮涌， 看灯看到养蚕娘，
男女老少看灯忙。 龙蚕结苗细丝长。

原载：《桐乡蚕歌》（第 33 页）

十个姑娘嫁新郎

讲唱者 朱美玲 采录整理者 徐春雷

采访时间及地点 1964 年 6 月 民兴乡陈家村竹园里

小喜鹤，做新房， 缫丝织绸做衣裳。
十个姑娘嫁新郎。 六姐嫁给染坊郎，
大姐嫁给木排郎， 染出花绸好漂亮。
撑叠木排造楼房。 七姐嫁给豆腐郎，
二姐嫁给漆匠郎， 豆腐甘水洗衣裳。
金漆马桶红漆床。 八姐嫁给竹排郎，
三姐嫁给肉店郎， 撑叠竹排晒衣裳。
猪油炒菜油旺旺。 九姐嫁给胭脂郎，
四姐嫁给渔船郎， 胭脂花粉由你妆。
长脚弯转烧鲜汤。 十姐嫁给种田郎，
五姐嫁给织绸郎， 干柴白米燥砻糠。

原载：《桐乡蚕歌》（第 34 页）

十字歌

讲唱者 吴桂荣（神歌艺人） 采录整理者 徐春雷

采访时间及地点　2009 年 2 月　屠甸镇荣星村歌手家中

东君今日待灵神，　　　　　蚕花茂盛廿四分。

赞唱十字保东君。　　　　　木字旁边加双月，

大字上面加一画，　　　　　棚里六畜兴层层。

天来保佑主东君。　　　　　大字下面加一点，

天字出头夫妻好，　　　　　太平二字在当门。

一家和睦万事顺。　　　　　木字上面加两点，

了字半腰加一画，　　　　　白米满仓层接层。

代代相传子孙兴。　　　　　人字上面加两点，

口字中央加个十，　　　　　火烛抛入海洋心。

田里年年好收成。　　　　　门字当中加木字，

天字下面加虫字，　　　　　闲是闲非不进门。

附记：此歌为神歌艺人赞过蚕神之后，在"开赦"（娱人节目）时吟唱。由其兄吴桂洲传授。

原载：《桐乡蚕歌》（第 35 页）

十二月花名

讲唱者 庄中廷 采录整理者 徐春雷

采访时间及地点　1988 年 10 月　文化馆

正月梅花把春报，　　　　　稻干河泥挑得早，

过年时节放鞭炮，　　　　　要想蚕花廿四分，

来来去去做客人，　　　　　桑园地里多削草。

手里拿只草纸包。　　　　　三月桃花红树梢，

二月杏花白苗苗，　　　　　吃素念佛自身好，

合伙摇只开稍船，
杭州灵隐把香烧。
四月蔷薇开得早，
谷雨前后看宝宝，
头眠二眼眠得齐，
大眠上山豁虎跳。
五月石榴花似火烧，
采了茧子把丝缫，
粗丝细丝卖好价，
收进洋钿和元宝。
六月荷花水上供，
老蝉晒得知知叫，
河边水车轮轮转，
木龙吸水浇青苗。
七月鸡冠开得巧，
七月十五棍纯包，
请请阿太斋斋灶，
祖宗神仙都吃饱。
八月桂花金耀耀，

地里桑叶长势好，
桂月花蚕看几张，
好剥丝绵翻棉袄。
九月菊花迎霜笑，
重阳佳节去登高，
捋枯叶来刈茅草，
要为湖羊备冬料。
十月芙蓉十月朝，
秋收冬藏忙糟糟，
豆麦油菜要下种，
立冬田里没立稻。
十一月水仙刚开苞，
西北风刮得呼呼叫，
牵碧磨粉伴工做，
冬至馍馍咸菜包。
十二月里雪花飘，
收租讨债接得牢，
有钱人过年杀猪羊，
没钱人躲债四处逃。

附记：旧时，过年作客所送茶食礼包大多用草纸包装，故名。

原载：《桐乡蚕歌》（第 36-37 页）

蚕谜

一物生来有点怪，
自己死了自己埋。
不要亲友来吊孝，

不要儿女买棺材。
一物生来姐妹多，
既无弟来也无哥。

一生吃睡熬辛苦，　　　　　　　转世才能配丈夫。

附记：这是两则蚕宝宝谜语，也是童谣，为民间艺人沈浩然提供

原载：《桐乡蚕歌》(第 38 页)

腌种

讲唱者 李德荣（神歌艺人）　采录整理者 徐春雷

采访时间及地点　1988 年 3 月　屠甸

腊月十二蚕生日，	十二日子时来腌起，
家家腌种不偷闲，	腊月廿四卯时收，
有的人家石灰洒，	收落蚕种掸落盐，
有的人家松盐腌。	轻轻放在埭里面。
还有人家天腌种，	提来一桶春雨水，
高高挂在屋廊檐，	百花汤里端介端。
通风透气防鼠剥，	切忌外面日头晒，
不怕日晒不怕寒。	半阴半凉自然干。

原载：《桐乡蚕歌》(第 7 页)

收蚁

讲唱者 李德荣　采录整理者 徐春雷

采访时间及地点　1994 年 12 月　白桃演唱会上

谷雨收蚕正当时，	蚕架蚕匾备周齐，
家家布子裹棉衣，	手持鹅毛轻轻掸，
三天三夜不离身，	温和天气来收蚁。
焐出乌娘千万计。	小小宝宝似蚂蚁，
蚕室蚕房并蚕具，	嘴嫩体弱步难移，

要采新鲜嫩桑叶，

快刀切叶细如丝。

收蚁之后寸不移，

盆中炭火不断熄，

准时送叶用心计，

夜里安眠不脱衣。

原载:《桐乡蚕歌》(第8页)

采茧

讲唱者 朱高生〔神歌艺人〕 采录整理者 徐春雷

采访时间及地点 1994年12月 白桃演唱会上

清明一过谷雨临，

家家想要蚕花兴，

兄弟合力石成玉，

父子同心土变金。

头眠眠得齐整整，

二眠眠得匀称称，

大眠捉是几百斤，

并无一个来落沉。

芦帘山棚来搭成，

宝宝上山白似银。

三朝一过赛雪墩，

落山采茧硬丁丁。

细茧个个鸭蛋形，

大茧犹如白天灯，

合家采茧忙不停，

筐筐要采廿四分。

原载:《桐乡蚕歌》(第9页)

生种

采录者 徐春雷

若要看蚕先生种，

时刻不停用心计。

采落种茧三五日，

蛾子钻出怕风寒。

别风勿怕怕西南，

西南只怕老头蚕。

隐得过，遮得瞒，

哪怕刮起大西南。

西北生种无价宝，

南风生种要遮瞒。

蚕种来生好，

挂在正东间。

尤恐诱虫来侵损，

蟑螂老鼠剥花蚕。

烟熏火辣都要忌，

听我数说莫偷闲。

附记：节选《马鸣王化龙蚕》部分。

原载：《桐乡蚕歌》（第109页）（徐春雷：《试论蚕歌对养蚕生产的认识价值》）

龙蚕娘

讲唱者 张舜财 采录者 吴贵连

龙蚕娘原本住天庭，

天庭上面多清净。

黄帝手里下凡尘，

世代相传到如今。

千龙蚕，万龙蚕，

一年四季保平安。

今年蚕岁轮到东南西北方，

就向东南西北方掸龙蚕。

先掸龙蚕廿八分，

后掸龙蚕好收成。

头眠眠得齐崭崭，

二眠眠得崭崭齐。

出火过去大眠到，

大眠放叶三昼来。

三昼时里旺吃叶，

吃叶好比龙喝水。

当家老板运气好，

买叶买在贱头上。

三钱银子来开价，

后来买得两钱外。

毛竹扁担两头尖，

格支格支挑到府门前。

大眠吃到七昼时，

七昼时里要上山。

搭起山棚像高山，

扎起帚头像凉伞。

大茧做来像鹅蛋，

小茧做来像鸭蛋。

大一箪，小一箪，

摘了几蔀数不清。

东家老板喜开心，

即刻请人动丝车。

七十二部丝车两路排，

当中出路拿茶汤。

做丝伙计手巧精，

车车要脱百两另。

红袄包，绿揪包，　　　　　　丝行里头排头家，

包了无数大袄包。　　　　　　银子卖了几千外。

东家老板运气好，　　　　　　东家老板想要放，

卖丝卖在贵头上。　　　　　　东家娘娘想要藏；

五两银子来开价，　　　　　　不要放来也不要藏，

后来卖得几百外。　　　　　　到杭州城里去开爿大钱庄！

原载:《浙江省民间文学集成·湖州市歌谣谚语卷》(第 36-38 页)

包公夸桑枝

讲唱者 肖克全　采录者 莫金荣

采访时间及地点　1987 年　安吉县西亩乡

太阳出来照长沙，　　　　　　包公一听回言答：

照到长沙百万家。　　　　　　我主万岁听根芽，

正宫娘娘生太子，　　　　　　你家桑枝不为贵，

文武百官插金花。　　　　　　我把桑枝夸一夸。

只有包公不爱俏，　　　　　　人吃桑果甜如蜜，

摘根桑枝头上插，　　　　　　蚕吃桑叶抽长纱，

万岁一见忙问他：　　　　　　万岁龙袍要它做，

朕叫一声包卿家，　　　　　　寻常百姓难少它。

金花银花你不戴，　　　　　　万岁一听笑哈哈，

你戴桑枝丑孤家。　　　　　　小小桑枝赛金花。

原载:《浙江省民间文学集成·湖州市歌谣谚语卷》(第 305 页)

撒蚕花

演唱者　李德荣　采录者　徐春雷

采访时间及地点　1988年3月8日　桐乡县文化馆

新人来到大门前，

诸亲百眷分两边，

取出银锣与宝瓶，

蚕花铜钿撒四面。

蚕花铜钿撒上南，

添个官官中状元。

蚕花铜钿撒落北，

田头地横路路熟。

蚕花铜钿撒过东，

一年四季福寿洪。

蚕花铜钿撒过西，

生意兴隆多有利。

东西南北撒得匀，

今年要交蚕花运。

蚕花茂盛廿四分，

茧子堆来碰屋顶。

附记：桐乡百桃一带旧俗，新娘接至新郎家门口时由喜娘唱此歌，新郎家须向四周撒一些钱币，称"撒蚕花铜钿"，意在祝福蚕茧收成好。

原载：《浙江省民间文学集成·嘉兴市歌谣谚语卷》（第31页）

接蚕花

演唱者　沈应龙　采录者　徐春雷

采访时间及地点　1988年3月5日　桐乡县屠甸茶店

四角全被张端正，

二位对面笑盈盈，

东君接得蚕花去，

看出龙蚕廿四分。

大红全被四角齐，

夫妻对口笑嘻嘻，

双手接得蚕花去，

一被蚕花收万倍。

附记：旧俗，建新房上梁时，木匠在梁上向下抛撒糕点边抛边唱。房主手扯被单在下面接抛物，俗称"接蚕花"。

原载：《浙江省民间文学集成·嘉兴市歌谣谚语卷》（第32页）

接蚕花盆

讲唱者 朱雪浩（民间艺人） 采录整理者 徐春雷

采访时间及地点 2009 年 2 月 屠甸镇艺人家中

新人来到大门前，	新人坐在大门前，
诸亲百眷分两边，	蚕花双双插罗盆，
一碗糖茶送新人，	手捧银罗接蚕花，
吃在嘴里甜在心。	百罗蚕花万万千。

附记：旧时，桐乡屠甸乡间蚕农家婚嫁，新娘接至门前，先要给新人吃糖茶。接着用一只果盆，里面盛些米，插两支点着的红蜡烛。然后由新郎新娘两人捧住面盆走进大门，交给婆婆，放在公婆房间里，俗称"接蚕花盆"。此时由乐人或喜娘唱此歌，意在祝愿蚕花茂盛。

原载:《桐乡蚕歌》(第 19 页)

蚕花书

演唱者 冯茂章 采录者 沈明祥

采访时间及地点 1980 年 10 月 海盐县长川坝乡

门前桑叶大得快，	东南风天公最好，
千家万户尽想看。	收花蚕早晨到夜。
忙搁起摇车布机，	三脚植中央摆起。
落蚕户就糊蚕箪，	冲火缸就用桑柴。
收蚕收到好日脚，	用火人家忙碌碌，
不怕阴阳小疙瘩。	夜里不用坐起化。
捂蚕子须要小心，	用火看蚕果然快，
钻得来齐齐扎扎。	九日三眠不觉着。
连忙去煨足斑糠，	最怕的天公落雨，
蚕出透不可过夜。	见桑叶采来过夜。

困出火齐齐全全，
捉得出全靠菩萨。
日茫茫西南风起，
空心蚕最怕吹坏。
看蚕娘忙忙碌碌，
蚕植上齐齐扎扎。
东北风吹起连夜雨，
花蚕齐巧眠起啦。
看蚕生活不容易，
提心吊胆过日脚。
立夏日西南风起，
连三朝雾露吓煞。
都说道桑叶要贵，
一担叶换担米价。
看花蛋并无商量，
全靠得天地菩萨。
有运气有说有笑，
无运气打算不着。
困大眠东南风起，
一斤捉五斤余外。
常年规矩家家有，
买鱼买肉请菩萨。
五更金鸡叫嘎嘎，
夫妻商量细安排。
到叶行抬头观看，
坐起啦都是买客。
主人说七百连佣，
卖客人争要八百。
三四个人坐啦一道，

就打听别处去买。
端正好洋钿钞票，
圈棚船寻介一只。
连夜开船不耽搁，
摇船都是后生家。
摇一橹来挪一挪，
一路打听问叶价。
闻知着停船上岸，
叶行情日日涨价。
朱介桥话道相巧，
早晨头五百发客。
周王庙话道相巧，
也有话袁化平价。
大河港叶船来去，
碳径头船都挤坏。
海宁城东都采尽，
城西叶采得光塌塌。
买来买去无处买，
长安坝上不停塌。
一班纤背到许村，
投叶行就寻卖客。
主人说七百连佣，
卖客念只要六百。
春河坝连夜就落，
到屋里东方发白。
叶船到连忙上岸，
吃酒饭就打哈哈。
叶贱年成无人要，
叶贵年成无处买。

三朝开体无落脚，
匾头清静好齐扎。
看蚕身撩脚丝起，
看体子铺铺踏踏，
买芦帘蚕炭火盆，
忙端正山棚就搭。
少对手忙忙碌碌，
捉栲子双手乱抓，
大家蚕灶厅上到，
小伙蚕羊棚调排。
前厅后垛都上到，
上得屋里无空垛。
蟞山火盆就生着，
吃了早饭蟞到夜。
黄昏头蟞到明天，
连蟞了二日二夜。
开山棚门窗掇落，
山头上茧子雪白。
客人到欢天喜地，
孙姑娘望望奶奶，
一家门哈哈大笑，
采茧子空头白嚼，
都说今年蛾头短，
沿村去央做丝客。
湖州丝车两边排，
话道平车用不着。

手头勤再无疙瘩。
打结头轻轻脱脱，
搭上去果然手快。
踏班正三寸半把，
踏罗经要踏一石。
踏布经四个半把，
无底面通手好卖。
细丝经足无其数，
粗丝经来做绢着。
上年搁着涨了价，
今年摆到开春卖。
卖丝银锭锭蛮大，
兑铜钿个个托白。
看花蚕一朝发财，
就买田地置四界。
做官好读书辛苦，
看文章起早落夜。
开店好讨债惹厌，
做商客算盘打煞。
种田总要六个月，
日脚拖长赶勿着。
只有花蚕果然快，
见了如同变戏法。
廿八日花蚕成茧，
做成丝谢谢菩萨。

原载：《浙江省民间文学集成·嘉兴市歌谣谚语卷》（第 47—52 页）

懒蚕娘

抄录者　沈一超

采访地点　抄自王店镇志材料

清明过时谷雨到，　　　　　乌娘头烘得窸窸燥。

看蚕娘娘懒惰嫂，　　　　　男人回来打仔七遭，

买仔胡桃买黑枣，　　　　　逃到娘家，碰到阿嫂。

青鲨鱼，当菜咬，　　　　　阿嫂叫侬夫妻两人好好交，

白米饭，笋汤淘，　　　　　做两个糯米团子斋斋灶，

一惚困到鸟儿叫，　　　　　明年看蚕乖仔好。

原载:《浙江省民间文学集成·嘉兴市歌谣谚语卷》(第53页)

蚕妇谣

口述者　冯金荣　　记录者　屠安平

小麦青青大麦黄，　　　　　蚕宝宝呀快点大，

家家户户养蚕忙。　　　　　头眠二眠三四眠，

五更出畈去摘桑，　　　　　结茧缫丝做衣裳。

夜里起来添叶三四趟。

原载:《浙江省民间文学集成·绍兴市歌谣卷》(第20页)

接蚕花

演唱者　冯茂璋　　记录者　钱建中

流传地　海盐县

蚕花兴，兴蚕花，　　　　　每亩要添五石宽。

养大猪，种兴田。　　　　　添官官，中状元，

蚕豆小麦都成熟，　　　　　添姑娘，戴凤冠。

皇帝伯伯是亲眷，　　　　　　　柳园咿浪园。

门前竖旗杆，

原载：《中国民间歌曲集成·浙江卷》（第542-543页）

包公夸桑

演唱者 王正柄　采录者 刘联芳

采访时间及地点　1987年8月7日　丹阳市荆林乡

春光灿烂耀中华，　　　　　　别看小小一桑树，
万岁家里乐开花；　　　　　　江山社稷不离它；
正宫娘娘生太子，　　　　　　皇宫虽有天下花，
文武百官齐插花，　　　　　　没有桑树太可怕。
唯有包黑来得晚，　　　　　　万岁一听有道理，
折根桑枝头上插；　　　　　　宫里栽桑圣旨下。
两班文武暗暗笑，　　　　　　包公点头又摆手，
万岁生气不说话。　　　　　　老包肚里还有话；
包黑一见来了气，　　　　　　民植桑树宫也栽，
竖起眉毛眼睁大；　　　　　　王朝马汉逐日查。
你们都说桑不好，　　　　　　别怪老包铁面青，
我把桑树夸一夸。　　　　　　皇法来保虎头铡。
桑皮做纸文官用，　　　　　　包公这边话说完，
桑木枪柄武官拿；　　　　　　百官脸上白煞煞。
人吃桑果甜如蜜，　　　　　　去花散朝回家转，
蚕吃桑叶丝成绸。　　　　　　传令衙役快备马；
天子穿着黄龙袍，　　　　　　买来桑苗府里插，
哪知桑树帮忙大；　　　　　　县县府府忙栽桑。
民无桑树民难富，　　　　　　桑苗一夜涨了价，
国无桑树国库垮。　　　　　　小苗要价二钱八；

140

王朝忙把桑价报，　　　　　草木的冤情他也查；

包黑一听笑哈哈。　　　　　不是包公找事做，

包公一贯断民案，　　　　　桑树用场实在大。

原载：《中国歌谣集成·江苏卷》（第 554—555 页）

要养花蚕先种桑

演唱者　高根泉　记录者　罗荣昌

莳秧要唱莳秧歌，　　　　　要唱山歌先按方，

两脚弯弯泥里拖，　　　　　要养大猪先籴糠，

背朝天来面朝水，　　　　　要做好酒先发酵，

手捏仙草莳六棵。　　　　　要养花蚕先种桑。

原载：《无锡民间歌谣谚语精选》（第 18 页）

养蚕山歌

采录者　朱洪才

谷雨三朝蚕白头，　　　　　今年蚕花出得齐，

姐妹要把蚕花收，　　　　　不知桑叶价如何？

新来蚕子绿油油，

放勒蚕娘胸前头。　　　　　才收蚕花心担忧，

　　　　　　　　　　　　　天旱叶小没奈何，

三头两日蚕子出，　　　　　蚕出白发丝价高，

鹅毛掸东姐姐收，　　　　　眼望花蚕做眠头。

姐养蚕花郎种田，

田熟蚕多喜丰收。　　　　　姐勒窗下做眠头，

　　　　　　　　　　　　　郎勒外头垄田头，

东南风吹快如梭，　　　　　开口轻轻问蚕妹，

姐在房中蚕花收，　　　　　不知花蚕几眠头。

姐养花蚕心里愁，
朝朝夜夜勿梳头，
四月里养蚕多辛苦，
花鞋脱勒踏板头。

姐养花蚕忙勿休，
梳妆打扮丢脑后，
夜里住在蚕房里，
郎君寒暖自担忧。

姐养花蚕勿歇手，
叶少蚕多叶怕偷，
郎看桑叶在田头，
姐姐养蚕少帮手。

李花白，菜花黄，
村村巷巷养蚕忙，
小麦田中抽穗起，
忙了花蚕丢了郎。

养蚕多，采花忙，
哪有工夫找我郎，
红粉勿擦花勿戴，
无心穿着巧梳妆。

头勿梳，花勿戴，
养了蚕花丢落郎，
等得几日茧出售，
重新打扮待我郎。

原载：《无锡民间歌谣谚语精选》（第 19—21 页）

养蚕阿婶日夜愁

传唱者 张云才等　记录者 鲍汉祖

一只蚕匾圆溜溜，
十只蚕匾十层楼，
大眠三朝吃大叶，
养蚕阿婶日夜愁。

四月里来养蚕忙，
蚕吭牙齿要吃三间房，
穿绸哪知养蚕苦，
哪顾得梳头脚上脏。

原载：《无锡民间歌谣谚语精选》（第 21 页）

蚕花娘娘进门来

演唱者 厉根春　记录者 邹义昌 曹静娟

蚕花娘娘进门来，　　　添气又添财，

头眠二眠眠下来，
三眠三叶守蚕柏，
大眠开叶忙碌碌，
摇龙上山等钱来。

桑叶吃到剩条筋，
茧子结来像铜铃，
草龙黄如金，
茧子白如银，
东打听，西打听，
打听茧价啥行情？
无锡有爿丁隆兴，
后台老板外国人，
小当家是宁波人，
当秤先生南泉人，

账房先生无锡人，
拿起黄杨算盘算一算，
三万零九分，
走到家里笑盈盈，
今年总算交好运，
请请路头斋财神，
乡邻亲眷都有份，
烧酒蜜淋琼，
四干四炒四冷盘，
白切肉，酿面筋，
鲜鲜黄鱼杜园笋，
百宝饭，炒蹄筋，
个个吃得蛮称心，
发财全靠手勤劲，
饿煞懒人猢狲精。

原载：《无锡民间歌谣谚语精选》（第22—23页）

养蚕歌

讲唱者、记录者 冯美美

正月晕晕二月天，
三月清明在眼前，
吃了清明一杯酒，
解开怀了焐花蚕；
焐了三五天蚕不出，
再焐三五天见小蚕，

梳头打扮去采桑，
转眼花蚕要头眠。
东北角上乌云黑沉沉，
风又大来雨又紧，
落湿我花鞋勿要紧，
饿煞花蚕好伤心。

原载：《常州歌谣谚语集》（第7页）

玩狮子喊彩——桑蚕

流传地 溧水县

正宫娘娘生太子，
一望长安百万家，
文武百官插金花，
摘朵桑枝头上插。

万岁一看高声驾，
驾声包拯小冤家，
金花银花你不戴，
啥事桑枝头上插？

包拯一听把话答：
叫声万岁老皇家，

你说金花银花贵，
我把桑枝夸一夸。

树结桑果甜又蜜，
香吃桑叶又纺纱，
万岁纱帽要纱做，
蟒袍玉带少不了它！
万岁听说无话答，
三杯美酒谢包拯，
外把官来加！

原载：《南京歌谣谚语》（第194页）

包拯插桑枝

流传地 江宁县

月亮越出一盆花，
照到朝中百万家，
皇帝娘娘生太子，
文武百官插金花，
只有包拯不爱要，
他拿桑技头上插。
万岁一听心发狠，
骂声包拯小冤家，
金花银花你不戴，

你拿桑枝头上插。
包拯一听把话答，
我把桑棱夸几夸。
人吃桑果甜如蜜，
蚕吃桑叶吐黄纱，
做官少不掉乌纱帽，
龙袍玉带少不了它，
万岁一听无话答，
三杯御酒敬包家。

原载：《南京歌谣谚语》（第234—235页）

蚕花歌

演唱者 沈岳舟　**记录者** 沈岳舟

采访时间及地点　1986 年 10 月　金山县枫围乡枫南村

蚕花菩萨到门来，
黄金元宝滚进来，
蚕花菩萨不是今年有，
不是去年有，
大宋朝流落到现在，
十二月十二蚕生日，
有的相信盐水浸，
有的相信清灰浸，
浸得蚕纸绿茵茵，
清水里漂一漂，
太阳里照一照，
藏到来年正月新。

三月里，正清明，
清明过去谷雨天，
谷雨三朝蚕出世，
鸡毛幼蚕软绵绵口，
蚕宝宝养出千千万，
万万千快刀切叶金丝片，
两日两夜管头眠，
三日三夜管二眠。

楝树花开管三眠，

蔷薇花开捉大眠，
去年大眠捉了两三担，
今年大眠捉了十外担。

大眠开叶五昼时，
顷刻丝头韧牵牵，
东面叫个大老倌，
西面叫个二老倌。

上山要用西山竹，
搭起山棚接连连，
七十岁公公端花盘，
八十岁公公上花蚕。

隔仔三天开棚，
只见茧子白绵绵，
叫了十个婶婶采茧子，
十个叔叔卖茧子。
卖了三十六只大元宝，
七十二只小元宝，

大元宝藏窖箱，
小元宝出外做营生，
行行生意赚元宝。

原载：《中国歌谣集成·上海卷》(第 67-68 页)

145

养蚕人是破衣裳

流传地　安徽省怀宁

养蚕人，忙又忙，
又纺纱，又采桑，
饿着肚子做，
睡觉无时光。
结了茧，挑进行，
价钱随人讲，

卖了几个钱，
轮不到籴米买油盐，
早给主逼精光。
不养蚕的穿罗纺，
养蚕人是破衣裳！

原载:《安徽歌谣》(第 261 页)

146

呼蚕花

演唱者 郑凤娥　采录者 郑雄

采访时间及地点　1987 年 5 月　湖州市区和孚镇

猫也来，狗也来，
蚕花宝宝跟伢同介来。
天上落下蚕花来，
水上泛起鱼花来。
蚕花——啊来，
鱼花——啊来，
蚕花落拉伢蚕笪内，
鱼花落拉伢鱼塘内。

地皮底下泛起银子来，
大元宝搭伢门角落里滚进来，
小元宝搭伢户槛缝里轧进来。
放得三十六爿麒麟当，
轻船去，重船来，
廿四个朝奉收账来，
哒啪！铜钿银子上阁栅。

附记：吃过年夜饭，儿童们兴高采烈，提着马头灯、室灯、鳌鱼灯、兔子灯等，点燃灯里的红烛，在村前屋后头地角，闪闪烁烁，来回奔逐嬉戏。嘴里唱着此类谣曲，闹到黄昏静，以祈来年蚕花丰收，俗称"呼蚕花"。这是湖州地区久已传承的风俗。

原载：《中国歌谣集成·浙江卷》（第 147 页）

呼蚕花

演唱者 孟宝姑　采录者 车建冲

采访时间及地点　1987 年 11 月　德清县士林乡查亩头村

喔，吱㕭㕭，
咩咩吗吗。
蚕花落伢筲里来，
白米落伢田里来，
搭个蚕花娘子一道来。
落伢囤里千万斤，

落伢蚕花廿四分。
东一村，西一村，
烧香念佛看戏文；
东也宁，西也宁，
风调雨顺享太平。

原载:《中国歌谣集成·浙江卷》（第 147 页）

祈茧谣

口述者 吕茶妹　采录者 傅奕照

采访时间及地点　1987 年　云石乡格塘坞村

生蚕做硬茧，
生铁榔槌敲勿扁。
个个做个坳子茧，
上勿怕天雷忽闪，
下勿怕蛇虫百脚。
饲蚕娘子辛苦，
茧要做得根固；

饲蚕娘子少件袄，
茧要做得好；
饲蚕娘子隔壁一个甏，
茧要做得硬；
饲蚕娘子隔壁一个樽，
茧要做得光。

附记: 诸暨蚕俗，老蚕上山时，饲蚕娘子手撒老蚕，口念此谣。

原载:《中国歌谣集成·浙江卷》（第 151 页）

扫蚕花

讲唱者 朱春荣 记录者 徐春雷

采访时间及地点 1987 年 7 月 桐乡县羔羊乡朱家角

手捏扫帚唱上门，
蚕花越扫越茂盛。

一扫扫到摇车边，
摇出纱来细绸绸。

二扫扫到猪棚头，
养只猪来像牯牛。

三扫扫到羊棚头，
养只羊，像白马。

四扫扫到灶脚边，
白米饭，香喷喷。

五扫扫到蚕房门，
蚕花要采廿四分。

附记：此歌为旧时民间艺人上门乞讨时所唱。唱者手持一把稻柴扎成的扫帚，在门头边扫边唱，祝福主人蚕花茂盛。

原载：《中国民间文学集成·浙江省嘉兴市桐乡县故事、歌谣、谚语卷》（第 515 页）

赞蚕花

讲唱者 倪惠通 记录者 徐春雷

采访时间及地点 1988 年 11 月 桐乡县河山乡文化馆

青龙到，蚕花好，
去年来了到今朝，
看看黄蟒龙蚕到，
二十四分稳牢牢。
当家娘娘看蚕好，
茧子采来像山高；
十六部丝车两行排，

脚踏丝车鹦鹉叫。
去年唤个张大娘，
今年唤个李大嫂；
大娘大嫂手段高，
做出丝来像银条。
当家娘娘为人好，
滚进几千大元宝，

上白绵兜剥两绡，　　　　　　送送外面个放蛇佬。

附记：旧时春季养蚕前夕，桐乡农家有携带黄蟒蛇的民间艺人（俗称放蛇佬），演唱此歌上门乞讨。蚕农迷信黄蟒蛇为青龙，认为青龙到龙蚕即到，龙蚕到则蚕花好，故对此种乞讨，非常乐意施舍，且均施绵兜，故此举亦称"唱绵兜"。

原载：《中国民间文学集成·浙江省嘉兴市桐乡县故事、歌谣、谚语卷》（第 516 页）

唱绵兜

讲唱者 马福娥　记录者 郑善方

采访时间及地点　1988 年　桐乡县同福乡联中村

一家过去两家来，　　　　　看出龙蚕哈哈笑，
家家人家大发财。　　　　　二十四分稳牢牢。
南面来个放蛇佬，　　　　　脚踏云梯步步高，
家家人家都走到。　　　　　茧子堆到屋脊牢。
大娘娘，大阿嫂，　　　　　上白绵兜剥两绡，
做人好来为人好。　　　　　送送我个放蛇佬。

原载：《中国民间文学集成·浙江省嘉兴市桐乡县故事、歌谣、谚语卷》（第 517 页）

蚕经肚肠

讲唱者 庄阿三　记录者 徐春雷 杨连松

采访时间及地点　1986 年 1 月　桐乡县河山乡敬老院

第一转长命百岁，　　　　　第五转五子登科，
第二转成双富贵，　　　　　第六转六路进财香，
第三转连中三元，　　　　　第七转七世保团圆，
第四转四季发财，　　　　　第八转八仙祝寿，

第九转九子九孙，　　　　　　蚕肚肠经得匀，

第十转十享满福，　　　　　　年年蚕花廿四分。

附记：桐乡河山乡一带，旧时新娘婚后第二天，须参加一次"蚕经肚肠"仪式：于厢屋中，以四椅围成圈。圈中置一栲栳，内放面条、蚕种、秤杆（面条，意长寿；蚕种，意蚕花茂盛；秤，意称心如意），由喜娘持染红丝绵打成绵线带领新娘绕椅盘转，边转边将红绵线绕于椅背之上，边绕边唱此歌，意在祝福新媳妇将来养蚕缫丝吉利。

原载：《中国民间文学集成·浙江省嘉兴市桐乡县故事、歌谣、谚语卷》（第518页）

讨蚕花

讲唱者　张金兰　记录者　徐春雷

采访时间及地点　1988年12月　河山肖庄俞家湾

手扯绵兜讨蚕花，　　　　　　养只猪，像牯牛，

亲人阴灵来保佑。　　　　　　养只羊，像白马。

手捏鹅毛掸龙蚕，　　　　　　出门碰着摇钱树，

筐筐龙蚕廿四分。　　　　　　进门碰着聚宝盆。

手捏黄秧种青苗，　　　　　　脚踏云梯步步高，

爿爿田里三石挑。　　　　　　回步捧进大元宝。

附记：过去桐乡河山一带农村，人死后有讨蚕花的风俗。死者入殓时，其晚辈（如儿子、外甥、侄子、孙子等）夫妻双双，随带四肖绵兜，来到棺木旁边，取三肖二人扯长，蒙于死者身上。留下的一肖称"蚕花绵兜"，带回给小孩翻用，据说可避邪。在扯蒙绵兜时，由死者一平辈（须是女性）在一旁念唱此歌，称"讨蚕花"。此俗意在祈求死者保佑后辈生活安乐，养蚕顺利，流传至推行火葬才停止。

原载：《中国民间文学集成·浙江省嘉兴市桐乡县故事、歌谣、谚语卷》（第519页）

马鸣王送龙蚕

讲唱者 吕祖良（皮影艺人） 采录整理者 徐春雷

采访时间及地点 1988年4月 留良艺人家中

马鸣王菩萨下凡来，
到侬府上看好蚕，
马鸣王出生啥所在，
东阳义乌小姑村。
爹爹名叫陈百万，
娘亲刘氏为诰命，
夫人所生三个女，
眉清目秀貌非凡。
大姐二姐配夫官，
三姐翠仙未成亲，
爹爹外出陷贼营，
三姐拈香许愿心：
谁能救回老父亲，
翠仙与他配姻缘。
白马作法腾云起，
救回主人陈百万。
三姐应愿配夫君，
百万闻知怒气生，
一箭射死后园马，
剥下马皮挂厅前。
突然天空狂风起，
马皮飞来裹翠仙，
马皮裹走女婵娟，
落在桑园化蚕身。
玉帝闻知传旨意，

敕封马鸣王为蚕神，
蚕神下凡来保佑，
家家蚕花廿四分。
正月过去二月来，
三月清明在眼前，
清明夜里吃个齐心酒，
谷雨前后要看蚕。
红绸包袱包蚕种，
轻轻捂在被里面，
隔脱三日看一看，
张张蚕种绿茵茵。
左手拿起桃花纸，
右手鹅毛轻轻掸，
快刀切叶金丝片，
引出乌娘万万千。
看蚕娘娘用心计，
日夜守在蚕房边，
三日三夜眠头眠，
两日两夜眠二眠。
头眠眠得齐崭崭，
二眠眠得崭崭齐，
梓树开花捉出火，
楝树开花捉大眠。
大眠捉得筐头多，
桑叶有点紧吼吼，

当家爹爹有主意，
连夜开出几只买叶船。
一只开到石门去，
一只开到庄部堰，
昨日叶价三块六，
今朝贱脱一大半。
难为一摊老酒钿，
船里装得满堆堆，
拔起篙子就开船，
连夜摇到桥洞边。
毛竹扁担两头尖，
一挑挑到蚕房边，
宝宝吃了树头鲜，
声音好比大雨天。
龙蚕看到五昼时，
个个通到小脚边，
搭起山棚拉起簇，
要将宝宝捉上山。
八十公公掇蚕匾，
七岁官官掇考盘，
山棚地铺都上满，
还有几堘小伙蚕，

上来上去没处上，
只好上在灶脚边。
白玉龙蚕盘接盘，
巧手弯弯上龙蚕，
隔脱三日看一看，
满棚洁白像雪天。
大的茧子像鸭蛋，
小的茧子像汤圆，
去年采得廿分半，
今年采得廿四分。
雪白茧子斗来奋，
丝车排到大门边，
东边好像鹦哥叫，
西边好像凤凰鸣。
缫丝娘娘好手段，
敲落丝车就开船，
粗丝要往杭州送，
细丝要往湖州载。
银子卖了几百两，
眉开眼笑回家转，
今年蚕花收成好，
全靠马鸣王送龙蚕。

附记：旧时，蚕乡流传这样的风俗。清明前后，养蚕前夕，村上人要请皮影戏艺人演出皮影戏，俗称"演蚕花戏"。戏演到最后，必须唱一曲《马鸣王》，预祝蚕花廿四分。接着，皮影艺人即将皮影银幕桃花纸扯下，送给蚕农。据说，用这种纸糊蚕匾，可以迎来蚕花喜气。

原载：《桐乡蚕歌》（第 47—49 页）

送蚕花

讲唱者 沈雪坤（农民） 采录整理者 徐春雷

采访时间及地点 1988 年 12 月 河山敬老院

蚕花开来象绣球，

一根枝条开四朵，

当家接得蚕花去，

一朵蚕花万朵收。

附记：旧时，清明节前后，有民间艺人将朵朵彩色纸花送至蚕农家，并吟唱此民谣，预祝蚕茧丰收，俗称"送蚕花"。蚕农往往赠予大米或清明圆子。

原载：《桐乡蚕歌》（第 39 页）

望山头

讲唱者 朱惠金 采录整理者 徐春雷

采访时间及地点 1964 年 5 月采 民兴乡陈家村竹园里

枇杷梅子灰鸭蛋，

蹄子鳜鲞装一篮，

软糕包子长寿面，

去望山头挑一担。

附记：蚕乡习俗，女儿出嫁后，第一年养蚕时节，父母须带着时新礼物去女婿家探望，俗称"望山头"，亦称"望蚕讯"。歌中所唱正是这些礼物。

原载：《桐乡蚕歌》（第 44 页）

望蚕讯

讲唱者 陈泰声　采录整理者 徐春雷

采访时间及地点　1986 年 9 月　屠甸

秧凳笠帽拔秧伞，　　　　　　黄鱼鲜肉鳓鲞篮，

枇杷梨子灰鸭蛋，　　　　　　软糕包子挑一担。

附记：秧凳、笠帽、拔秧伞三物均种田拔秧所用农具，理应在女儿出嫁时作为陪嫁品送至夫家。但因蚕乡禁忌多，秧凳音似"殃钝"，秧伞音似"养散"，听起来不吉利，故只好在望蚕讯时和其他礼品一起送去。

原载:《桐乡蚕歌》(第 45 页)

乡下姑娘问蚕信

讲述者 施天宝　采录者 沈根发

采访时间及地点　2008 年 6 月 15 日　练市镇新华村

乡下姑娘问蚕信，　　　　　　今年蚕花好勿啦，

买介十块软糕手里拎，　　　　头蚕勿称心。

绢线老虎当头插，　　　　　　二蚕当正经，

爬耳朵簪一丈青。　　　　　　再是一个勿当心，

阿爸爷，　　　　　　　　　　倒贴阿爸骂两声。

明年头蚕罢

演唱者 沈雪坤　采录整理者 徐春雷

采访时间及地点　1988 年 12 月　河山敬老院

黄鱼软膏肉，　　　　　　　　吃了还想要，

梅子加枇杷。　　　　　　　　明年头蚕罢。

原载:《桐乡蚕歌》(第 46 页)

蚕猫图

讲唱者 李德荣（神歌艺人） 采录整理者 徐春雷

采访时间及地点 1988 年 12 月 9 日 百桃艺人家中

蚕猫图，蚕猫图，
图上蚕猫似老虎。
两只眼睛铜铃大，
目光闪闪凶相露。
耳朵笃起像布梭，
前后左右八方顾。
根根胡须似银针，
铜牙铁齿赛钢锉。

四只脚爪能上树，
尾巴翘起金鞭竖。
白脚快犹三村过，
金丝绒毛满身铺。
蚕猫勿叫最避鼠，
老鼠见了直打哆。
买我一张蚕猫图，
蚕花茂盛全家福。

附记：旧时，蚕农为防老鼠伤蚕，养蚕时常从庙会上买来纸剪或纸绘的猫，贴在香房里，用以镇鼠，也有买泥塑猫的。

原载：《桐乡蚕歌》（第 50 页）

十支香烛

讲唱者 沈海根（三跳艺人） 采录整理者 徐春雷

采访时间及地点 1984 年 1 月 芝村

一支香烛一帖经，
两根灯草结同心，
锡铸蜡台两边摆，
八仙桌上放光明。
二支香烛敬观音，
二月十九降生辰，
大慈大悲善心发，
救苦救难渡众生。

三支香烛敬孝心，
三姑许马救父亲，
主人返家生怒气，
杀死白马要赖婚。
四支香烛起风云，
马皮裹走陈翠仙，
三姑尸骨桑园葬，
一身白肉化蚕身。

五支香烛敬天庭，
腊月十二正凌晨，
玉帝御笔来敕点，
马鸣王菩萨封蚕神。

六支香烛四月天，
蚕娘收蚁敬蚕神，
贴身窝种三四夜，
孵出乌娘万万千。

七支香烛闹盈盈，
三眠出火敬蚕神，
一斤出火分一筐，
筐筐育出龙蚕身。

八支香烛敬八仙，
宝宝大眠敬蚕神，
日长夜大长得快，
断食脱皮通体明。

九支香烛升九天，
龙蚕上山敬蚕神，
前厅后厅都上满，
柴龙铺到灶脚边。

十支香烛唱完全，
落山采茧谢蚕神，
颗颗茧子似鸭蛋，
蚕花茂盛廿四分。

附记：旧时，每年清明节期间，崇福芝村和洲泉、双庙一带，有在水上迎蚕神的风俗，俗称"龙蚕会"或"蚕花胜会"。迎会时，蚕农要在船上跳《拜香凳》舞，并演唱此歌，祈求蚕神保佑蚕花丰收。

原载：《桐乡蚕歌》（第51-52页）

地母排场看蚕花

讲唱者 庄聚源（神歌艺人）　**采录整理者** 徐春雷
采访时间及地点 1987年7月　乌镇文化站

田公地母做人家，
种田看蚕一团花，
田公早晚勤耕种，
地母织布又浆纱。

四月天气热巴巴，
地母排场看蚕花，

拿出蚕种贴身焐，
焐出乌娘密麻麻。

头眠二眠眠得好，
三眠出火齐刷刷，
蚕花茂盛多胜意，
采下茧子白花花。

田公就把行灶搭，　　　　　　细丝做是千百两，

地母忙着落丝车，　　　　　　田公地母乐哈哈。

原载:《桐乡蚕歌》(第53页)

习俗歌

讲唱者　庄中廷　采录整理者　徐春雷

采访时间及地点　1988年10月　文化馆

正月新年踢毽子，　　　　　　七月十五包饺子，

二月踏青放鹞子，　　　　　　八月中秋吃鸭子，

三月清明做团子，　　　　　　九月看日造房子，

四月养蚕采茧子，　　　　　　十月央媒对帖子，

五月端午裹粽子，　　　　　　十一月里借轿子，

六月乘凉扇扇子，　　　　　　十二月里讨娘子。

原载:《桐乡蚕歌》(第54页)

扫蚕花地

讲唱者　杨莜天　采录者　徐亚乐

一

三月天气暖洋洋，　　　　　　鸟儿出得密密麻麻。

家家焐种搭蚕房，　　　　　　手拿秤杆来挑种，

蚕房搭在高厅上，　　　　　　轻轻鹅毛掸龙蚕。

帘纸窗糊得泛红光。　　　　　龙蚕落筐忙扎火，

蚕花娘娘两边立，　　　　　　下面扎火暖洋洋。

聚宝盆一只贴中央。　　　　　快刀切叶铜丝绕。

蚕子焐在蚕筐内，　　　　　　轻轻拿叶喂龙蚕。

158

三日三夜头眠郎，
两日两夜二眠郎。
菜籽剎花蚕出火，
楝树花开做大眠。
上年大眠做勿出，
今年羌羌要做几百两。
大眠开桑一昼时，
吩咐龙蚕要过默。
蚕凳跳板密密麻，
龙蚕摆着下地棚。
采桑摘叶忙忙碌，
大担小担转家乡。
拿起叶箯徐龙蚕，
抛叶掸叶徐龙蚕。
大眠放叶四昼时，
丝头袅袅上山棚。
高搭山棚齐胸盘，
蚕毛稻草插得斩斩齐。
龙蚕捉在金盘内，
吩咐龙蚕去上山。
南厅上去三眼子，
北厅上去四眠蚕。
东厅上去多丝种，
西厅上去玉龙蚕。
东家娘娘私房蚕花呒上处，
上伊穿堂两过路。
龙蚕上山忙扎火，

四厅扎火暖洋洋。
龙蚕上山三周时，
推开山棚看分明。
大的"帽顶"半斤重，
小的"帽顶"近四两。
上年蚕子落勿出，
今年羌羌要秤几百两。
东家老板真客气，
挽起篮子走街坊。
买鱼买肉买荤腥，
东南西北唤丝娘。
三十六部丝车两埭装，
当中出条小弄堂。
小小弄堂做啥用，
东家娘娘送茶汤。
脚踏丝车啊咕响，
绕绕丝头掼在响叶上，
做丝娘娘手段高，
车车敲脱一百两。
粗丝卖到杭州府，
细丝卖到广东省。
卖丝洋钿呒法数，
扯了大木造房廊。
姐姐造了绣花楼，
侪侪造了读书房。
高田买到杭州府，
低田买到太湖上！

二

扫地扫到羊棚头，　　　　　　明年保偌三十六。

养只羊来像马夅。　　　　　　高高蚕花接了去，

扫地扫到猪棚头，　　　　　　亲亲眷眷都要好。

养只猪猡像黄牛。　　　　　　今年扫好蚕花地，

今年蚕花扫得好，　　　　　　代代子孙节节高！

　　附记：《扫蚕花地》是清末至民国时期，广泛流传于湖嘉蚕区的主要乡俗活动之一。春节与清明前后（后者居多），蚕农要请艺人到家来"扫蚕花地"。一般在农家中堂屋或蚕房表演，也在"抬马鸣王菩萨"的庙会上表演。表演者多为女性。身着红袄红裙，头戴"蚕花"（蚕妇簪戴的一种彩色纸花或绢花），发髻插鹅毛（掸蚕蚁工具），左手托铺有红绸、缀满蚕花的小蚕匾，右手执手柄上饰有"蚕花"的道具式"扫帚"，在小锣小鼓伴奏下登场，边歌边舞。其帚上下左右虚拟扫状。意在祛除晦气和诸孽障，以保蚕茧丰收。在场地较宽敞处，场中置一方凳，歌舞至适当时机，将左手之小蚕匾放在方凳上，并继续歌舞。此小蚕匾上，还放着鹅毛、秤杆、折扇等物。其中第二段，紧接上一首，歌舞继之。说明"扫蚕花地"还将兼及保佑六畜兴旺。

原载：《浙江省民间文学集成·湖州市歌谣谚语卷》（第 268-272 页）

扫蚕花地

讲唱者 董金荣　采录者 徐亚乐 叶中杰

花蚕宝宝令个出身？　　　　　元帅为你配婚姻，

神神灵灵传到今：　　　　　　宝马为你带回程。

元帅出征失女儿，　　　　　　千金宝马都已死，

银丝宝马救千金。　　　　　　生下花蚕宝宝暖众人。

原载：《浙江省民间文学集成·湖州市歌谣谚语卷》（第 273 页）

佯扫地

讲唱者　张仁明　采录者　方吉林

采访时间及地点　1987 年 9 月　安吉县赤坞乡

恰巧恰巧真恰巧，

今年来了我陆阿小。

多年勿来扫，

年成也还好；

今年来扫扫，

年成越加好。

扫得当家菩萨哈哈笑，

灶家菩萨打虎跳，

财神菩萨送元宝。

东家师娘侬讲好勿好？

好好好，还要好。

嚇啦得一扫帚，

扫帚扫到东，

东边有对好青龙。

青龙盘水缸，

黄龙盘谷仓，

乌龙盘酒缸。

盘得缸缸满鬶鬶满，

一年四季吃勿完。

东家师娘侬讲好勿好？

好好好，还要好。

嘟啦得一扫帚，

扫帚扫到南，

东家今年要养蚕。

头眠不算眠，

二眠白洋洋，

三眠吃得刷刷响，

做起苗来石骨硬。

东家师娘侬讲好勿好？

好好好，还要好。

嘟啦得一扫帚，

扫帚扫到西，

西边有双好金鸡。

只吃谷，不吃米。

一日啼三啼。

啼得角子装在稻桶里，

要用钞票皮箱里。

东家师娘侬讲好勿好？

好好好，还要好。

嘟啦得一扫帚，

扫帚扫到北，

东家今年要造屋。

造起前三厅后三厅，

第一厅读书厅，

第二厅绣花厅，

第三厅老板吃酒散散心。

东家师娘侬讲好勿好？

好好好，还要好。

嘟啦得一扫帚，

扫帚扫到猪棚头，

养起猪来大如牛。

头皮像畚斗，

耳朵像蒲扇，

三百斤个头，

四百斤格油。

东家师娘依讲好勿好？

好好好，还要好。

嘟啦一扫帚，

扫帚扫到房里头。

房里头，真考究，

八脚眠床红板凳，

大红棉被放里头，

白铜帐钩分左右，

两只狮子滚绣球，

两头一双绣花枕，

生个宝宝中状元。

　　附记：伴扫地是一种乞讨形式。旧时春节，乞丐手拿小扫帚（一种制作精巧的扫帚道具），演唱伴扫地歌。东家给他的米、年糕或钱，要比一般乞巧优厚。

原载：《浙江省民间文学集成·湖州市歌谣谚语卷》（第 273—276 页）

挂红绿布

讲唱者 司连明　采录者 余仁美

红绿布来千根丝，

亲家买来贺主家，

左边飘来牡丹花，

江南号称富贵家。

一拜天，二拜地，

三拜祖师在上头，

主家给我一只壶，

上有金，下有银，

托是托的聚宝盆，

万两黄金造花厅。

一敬天来二敬地，

三敬东方三喜逢，

四敬南方黄道日，

五敬西方福禄寿三星高照，

六敬北方会八仙，

各路神仙来保护，

保护主家喜上紫金梁。

原载：《浙江省民间文学集成·湖州市歌谣谚语卷》（第 228—229 页）

送丧十二个绵兜

讲唱者 张吾清　采录者 黄墨林

日出东方紫云高，
架起龙门到厅堂。
红漆脚桶掇出来，
烧水拿来抹身上。

先潮面来后潮身，
潮好面来穿衣襟。
半夜过去头鸡叫，
手拿绵兜翻逍遥。

头一个绵兜初起头，
头顶翻到脚后头。
冬天翻了浑身暖，
夏天翻了水风凉。

第二个绵兜凑成双，
长幡宝盖来领路。
金童玉女送过桥，
手拿清香见阎王。

第三个绵兜三鼎甲，
举人秀才有半百。
十八个翰林来送丧，
外加还有文武状元郎。

第四个绵兜翻四角，
去朝官府送朝本，
天下无事保太平，
风调雨顺福满门。

第五个绵兜是白线，
推开黄光见佛面，
推开云障见日头，
推开乌云见青天，
推开浮萍见清水。

第六个绵兜是六邻，
保护亲戚邻舍都太平。

第七个绵兜七名扬，
铁拐李临街开爿团子店，
阳间凡人吃了活千年。

第八个绵兜是八仙，
住在人间天堂三周年。
人人说道呒介事，
倒是成了活神仙。

第九个绵兜是观音，
救苦救难救凡人。
前世勿曾讨了阴阳寿，
来到这世里原得有福有寿投个
惬意人。

第十个绵兜翻和顺，
上桥也有清水铜面盆，
下桥也有棋盘花手中。
桥神土地眯眯笑，
空手呒事走过桥。

第十一个绵兜加一绡，
身长六尺转逍遥。

第十二个绵兜翻完成，
保护那亲子亲孙出门碰着摇钿树，
进门得只聚宝盆！

附记：送丧十二个绵兜，即在死者转逍遥前，由两老妇把十二个绵兜依次从头拉到脚，一边拉一边唱。拉好后即撒上纸钿，边撒边唱（茧"投铜钿"）。入殓前将绵兜连同纸钿一齐收放进棺材，给死者到阴间受用的意思。

原载：《浙江省民间文学集成·湖州市歌谣谚语卷》（第248-250页）

扫蚕花

演唱者 朱春荣 采录者 徐春雷

手捏扫帚唱上门，
蚕花越扫越茂盛。
一扫扫到摇车边，
摇出纱来细稠稠。
二扫扫到猪棚头，
养只猪猡像牯牛。

三扫扫到羊棚头，
养只羊，像白马。
四扫扫到灶脚边，
白米饭，香喷喷，
五扫扫到蚕房门，
蚕花要采廿四分。

附记：此歌为旧时民间艺人上门乞讨时所唱。唱者手持一把稻柴扎成的扫帚，在门口边扫边唱，祝福蚕花茂盛。

原载：《浙江省民间文学集成·嘉兴市歌谣谚语卷》（第30页）

佯扫地

演唱者 陈禹门 采录者 周谷能
采访时间及地点 鄞县

好笑好笑真好笑，
人人叫我陆阿小。

去年没来扫，
老板年成勿大好，

今年来扫扫，
老板年成格外好。

撩起金丝扫，
"瑞"格一把扫。
扫到东，
老板屋里有青龙，
青龙盘米缸，
黄龙盘谷仓。

撩起金丝扫。
"瑞"格一把扫。
扫到南，
老板屋里发大财，
大元宝使箩抬，
小元宝使船载。

撩起金丝扫，
"瑞"格一把扫。
扫到西，
老板屋里有只活金鸡，
金鸡喔喔啼，
凤凰又会飞。

撩起金丝扫，
"瑞"格一把扫。
扫到北，
老板屋里起大屋，
东边造起百花楼，
西边造起万年台。
老板做人慈悲心，
拿出铜钿救穷人。

附记：旧时，有类乞丐于岁末年初手拿"小扫帚"，于主人家门口作扫地状以除主家晦气。作"戏"时以此歌相伴。此类歌，宁波各地广泛流传。

原载：《浙江省民间文学集成·宁波市歌谣谚语卷》（第47—48页）

扫蚕花

讲唱者 董大泉　采录者 车建坤 胡申豪

好笑好笑真好笑，
我名字叫陆阿小，
今天来把蚕花扫。
一扫扫到花车头，
放出花来细纠纠，

织出布来像棉绸。
一卖卖到十字街坊头，
洋钿卖到八块九。
买鱼买肉回家转，
东邻西舍请朋友。

165

一扫到厅堂上，
厅堂上面挂起走马灯，
老爷叫酒豁拳闹盈盈，
两个使女送茶汤，
面孔吃得红春春，
八字胡须翘起像只元宝角，
远远望去像个活财神！

一扫扫到猪棚头，
养只猪猡像黄牛，
一对耳朵像畚萁，
吃荤用猪油，
猪油摆在橱里头；
吃索用麻油，
麻油在灶洞口。

一扫扫到灶脚下，
查来查去查我陆阿小，
屁股打得六百翘。

啥人来讨保？
灶司娘娘来讨保。

一扫扫到凉橱边，
摆出小菜廿三碗，
还少一碗啥格菜？
还少一碗香酥鸡。
嘎嘎来，嘎嘎来呀杀母鸡。
“特拉特拉”斩白鲞。

旧年勿来扫，
今年来扫扫，
青龙介格苗，
黄龙介格稻，
婶婶姆姆来背稻，
叠起稻蓬半天高。
牵砻做米入仓库，
大人小囡哈哈笑。

原载:《中国民间文学集成·浙江省湖州市德清县故事歌谣谚语卷》(第521—523页)

杨扫佬扫蚕花

蹊跷蹊跷真蹊跷，
今年来了杨扫佬，
各州各府都要扫，
家家户户都扫到。

扫过东，看见两对好蛟龙，
金龙盘米房，
银龙盘床铺，
黑龙盘油缸，
白龙盘水缸，
一年四季吃勿光。

扫上南，金银姑娘来看蚕，
掸的蚕三寸长，

做的茧石骨硬。

蚕茧东西两块装，

金姑娘东边下茧丝爽爽响，

银姑娘西边做丝爽爽响。

粗丝要做几千两，

细丝要做几万两。

扫落北，当家人家要造屋，

前三厅，后三厅，

三三得九厅，

二九十八厅。

东边造成绣花厅，

西边念佛阿娘厅，

南边造起倌倌读书厅，

北边造起大小生活厅，

当中造间小客厅，

四喜红，五金魁；六六顺，

七来巧，

吃酒豁拳闹盈盈。

原载：《中国民间文学集成·浙江省湖州市德清县故事歌谣谚语卷》（第 523-524 页）

扫蚕花地

流传地　德清县

蚕花宝宝啥个出身，

开天地到如今。

元帅出征失了女，

银丝宝马救千金。

元帅为你配婚姻，

宝马救你带回程。

千金宝马都已死，

生出了佳人到如今。

附记：这首歌叙述了蚕的来历。传说古时有父女二人，父远征久不归，女许愿有能使父归者，许身为妻。家有马闻言脱缰而去，驮父还。父违约杀马，曝革于庭前，女践马皮，忽风起，马革裹女升腾于树，遂化为蚕。故民间称蚕神为"马头娘"。

原载：《中国民间歌曲集成·浙江卷》（第 545-546 页）

蚕神信仰

蚕花谣

讲唱者　浦炳荣　王仁龙（花鼓艺人）　采录整理者　徐春雷

采访时间及地点　1980 年 9 月　花鼓戏剧团

马鸣王菩萨坐莲台，
到侬府上看好蚕。
马鸣王菩萨生在啥所在，
生在东阳义乌县。
马鸣王菩萨要吃啥素菜，
要吃千张豆腐干。
清明一过谷雨来，
谷雨两边要看蚕。
当家娘娘有主意，
蚕种包好轻轻放在被里面。
隔了三天看一看，
布子上面绿茵茵。
当家娘娘手段好，
鹅毛轻轻掸介掸。
快刀切叶金丝片，
引出乌娘万万千。

头眠眠得崭崭齐，
二眠眠得齐崭崭。
火柿开花捉出火，
楝树开花捉大眠。
大眠捉得真真好，
连夜开出两只买叶船。
一只开到许村去，
一只开到庄婆堰。
昨日价钱三千六，
今朝贱掉一大半。
难为一摊老酒钿，
船里装得满堆堆。
拔出篙子就开船，
顺风顺水摇到桥堍边。
毛竹扁担两头尖，
一肩肩到蚕房边。

当家娘娘有主意，
攀枝桃树鞭介鞭。
喂蚕好比龙风起，
吃叶好比阵头来。
龙蚕看到五昼时，
七八昼时要上山。
前屋后屋都上到，
还有三埭小伙蚕。
上来上去没处上，
只好上在灶脚边。
隔了三天看一看，
好像十二月里落雪天。
大的茧子像鸭蛋，
小的茧子像汤圆。
一家老小大家来，

茧子采了几十担。
三十六部丝车两行摆，
敲落丝车把船开，
粗丝要往杭州送，
细丝要往湖州载。
银子卖了几十两，
眉花眼笑回家转，
当家娘娘要放，
当家爹爹要伉，
当家娘娘存心办嫁妆，
当家爹爹要造楼房。
今年蚕花收成好，
全靠马鸣王菩萨上门来，
恭喜发大财！

附记：此歌亦称《马鸣王》，旧时民间艺人上门乞讨时所唱。演唱时手持马鸣王神像，边敲小锣边唱。流传桐乡留良、同福、青石等地。

原载：《中国民间文学集成·浙江省嘉兴市桐乡县故事、歌谣、谚语卷》（第520—522页）

马鸣王歌

口述者 潘梅珍　**合作者** 姚坤源

湖蚕勿是今年出，
宋朝手里到流到今。
宋朝还有前朝事，
含山马鸣王出含山。
马鸣王菩萨送茧来，
身骑白马上莲台。

马鸣王菩萨吃素来，
勿吃倷长勿吃倷短，
只吃千张豆腐干，
芽麦塌饼软又甜。
一家过去两家来，
家家人家发大财。

清明过去谷雨来，
谷雨前后好掸蚕。
头眠眠得齐罗罗，
二眠眠得崭崭齐，
蔷薇花开眠出火，
楝树花开做大眠。
饲蚕好比龙凤起，
吃叶好比阵雨来。
一昼时过去两昼时来，
三昼时中蚕房要满间。
东家阿爹心欢喜，
连夜开出两只买叶船，
一只开到桐乡去，
一只开到濮院欢。
东家阿爹运气好，
买叶轮到贱头脑，
三个铜钿来开价，
后来卖到五个外，
毛竹扁担两头尖，
郎悠郎悠挑到蚕房前。
四昼时过去五昼时来，
五六昼时要上山。
搭起山棚像高台，
扎起帚头像凉伞。
一昼时过去两昼时来，
三昼时要回山。

东家阿爹撩开棚卷望一望，
茧子做得白茫茫，
大茧做来像鹅蛋，
小茧做来像鸭蛋。
东家阿爹运气好，
茧子采得几百几十担。
上年唤个张大妈，
今年要唤李大娘，
李大娘做丝手段高，
做出丝来分量好。
三十六部丝车两埭装，
当中央里送茶汤，
东面丝车莺歌叫，
西边丝车凤凰响。
红包袱，绿包袱，
包了几百几十包。
东家阿爹运气好，
卖丝轮着贵头脑，
粗丝卖到南家庄，
细丝卖到上海庄。
卖了三十六个大钉包，
七十二个小钉包。
东家娘娘要将钱藏，
东家阿爹要把账放，
亦勿要藏亦勿要放，
上海城里开爿小钱庄。

附记： 清明时节，民间艺人到含山农村，肩挑纸剪的马鸣王菩萨，香烛蜡台，挨家挨户，以击小锣为节奏，颂唱马鸣王歌。

原载：《蚕乡山海经——含山故事民俗集》（第 149-152 页）

马鸣王化龙蚕（长篇蚕歌）

讲唱者 李德荣（神歌艺人）、朱贤宝（神歌艺人）、庄聚源（神歌艺人）、

吴桂州（神歌艺人）　采录整理 徐春雷

采访时间及地点　1987 年 7 月、1988 年 3 月、1994 年 11 月、2007 年 1 月

桐乡百桃、屠甸、乌镇等地

歌头

香烟炉内透云端，	众神把杯欢，
银烛辉煌结彩莲。	左右分宾宽袍坐，
主东君，待神天，	笙箫细乐画堂前。
致意发心间。	歌言今古重重赞，
先请符官登祭桌，	神也欢来佛也欢，
拈香叩请拜神天。	坛前不奉众神仙，
万灵登宝位，	单赞马鸣王菩萨化龙蚕。

求救

婺州府，东阳县，	二姐结良缘。
家住五台南。	单有三姐年纪小，
小姑村中来居住，	未曾出帖配夫君。
家豪富贵有田园。	正遇西番国，
爹爹陈百万，	点将夺山川，
刘氏母亲称。	婺州百姓遇魔难，
一母所生三个女，	四处强人来作乱。
眉清目秀貌端正。	爹爹思想无摆布，
瑞仙姑娘为大姐，	逃灾躲难到江南，
二姐名字称凤仙，	乘舟渡过洞庭川，
三姐姑娘陈翠仙，	逃到杭州心就宽。
和同姐妹合家欢。	一枝庵，就停船，
大姐姐，配夫官，	耽搁有三天。

央中作保寻寓所，
毛家埠口隔山南，
有所茅草屋，
三个直头间，
将将就就来居住，
吃辛吃苦度荒年。
苦度时光三五载，
陈公家财万万千。
陈公富贵喜心欢，
总登账目心不安。
婺州府，东阳县，
账目未清完。
张家借银三百两，
李家共借一千宽；
城西字号店，
不成算利钱；
城东有爿隆兴当，
共借一万有三千。
闻得西番收兵去，
万物皆丰百姓安，
连唤短工开账船，
顺风一路箭离弦
到婺州，讨账完，

耽搁隆兴当。
西番返复又兴兵，
点将开兵夺中原。
破之婺州府，
抢进东阳县，
四处蛮兵来回往，
摇旗呐喊闹翻天。
陈公回到婺州地，
鱼到网内一般然。
院君闻知吃一惊，
夫陷东阳心也酸。
枯香拜，告苍天，
口内说连连：
谁人救得亲夫转，
愿将三姐结良缘。
白马闻知得，
跳出马棚间，
三声吼嘶登程去，
随云知路一般然。
马到军中蹄作法，
踢死番兵万万千。
不管兵多共将官，
救出家主转家园。

赖婚

夫回转，妻也欢，
祷告谢神天。
古说光阴如箭快，
三姐长大在房前。

正遇清明节，
三姐出房门，
打从马棚来行过，
马儿开口吐人言：

“当初许我成亲事，
因何还未结良缘。”
陈公听说怒冲天，
喝骂孽畜太大胆。
人与马，不相连，
怎好配良缘？
陈公骂，勿相干，
带出马棚间。
就将白马来斩杀，
马皮挂在屋檐前。
马皮能作法，
空中打秋千，
三姐出厅来观看，

见了马皮心也呆。
一阵狂风来吹起，
飞来裹住女婵娟。
周身裹定不松宽，
众人一见心也酸。
三姐姐，苦黄连，
命犯恶星缠。
判官执掌勾人簿，
丧门吊客又来缠。
三姐逢绝症，
一命赴黄泉。
请僧超度来殡葬，
葬在南山桑树园。

化蚕

太乙天尊闻知得，
金身火速下凡间。
来到南山桑树园，
要度三姐化龙蚕。
诵灵文，念真言，
妙法广无边。
三声霹雳惊天地，
打开棺木见婵娟。
太乙来作法，
口内念真言，
手把拂尘三五扫，
化作龙蚕万万千。
轻轻引上青桑树，
分头吃叶闹喧天。

树上花蚕万万千，
八脚六刺尾巴团。
三眠子，四眠蚕，
还有头二蚕，
三蚕四蚕都有种，
达末收些是五蚕。
也有花蚕种，
也有白皮蚕，
还有一些多丝种，
上好收成“石小罐”。
树上还有花蚕种，
灰体灰塔叫桑蚕。
金身变化叫龙蚕，
树头吃叶尝鲜鲜。

三日过，就头眠，
脱体换身新。
九日三眠蚕出火，
再迟五日捉大眠，

又吃三五日，
口内有丝绵。
通完小脚勿吃叶，
树上做茧白漫漫。

分蚕

凡人不晓其中意，
未知丝绵新下凡，
观音闻知喜心欢，
一封朝奏九重天。
杭州府，仁和县，
西湖隔山川。
村中有个陈三姐，
一身白肉化龙蚕。
吃尽青桑叶，
口吐好丝绵，
做成茧子如霜雪，
可织绫罗做衣穿。
凡人不晓珍和宝，
无人看养好花蚕。
玉皇见奏喜心欢，
开言就问众神仙：
"谁个去，到凡间，
指点看花蚕。"
太白星君忙起奏：
"小仙当得下凡间。
我到凡间去，
教导众人言。"
玉皇大帝传令旨，

又差通灵太乙仙：
封你蚕王为天子，
落乡下界去分蚕。
太乙二仙就动身，
腾云驾雾到江南。
杭州府，分九县，
处处有花蚕。
嘉兴一府分七县，
湖州八县尽分全。
南到海为界，
北至太湖边。
淞江无有花蚕种，
富阳西首也无蚕。
大朝神圣起首分一半，
二斤出火一筐蚕，
越分越少少花蚕，
分到桐乡心也酸。
分斤半，一筐蚕，
也采廿斤宽。
一两出火一斤茧，
总是收成一样欢。
分到塘北去，
真正少花蚕。

左思右想无摆佈，
一斤出火一筐蚕。
一两出火斤半茧，

一样收成总是宽。
看看相近洞庭川，
分到太湖蚕也完。

传艺

蚕分到，喜心欢，
火速驾金銮。
托梦元妃西陵氏，
皇天赐福到凡间。
民间桑树上，
做茧白漫漫，
做得绫罗织得缎，
万民同乐做衣穿。
要你去教凡间妇，
收回布种看花蚕。
百般分蚕说完全，
太乙驾雾上青天。
皇后娘，记完全，
得梦好心欢。
我皇招选天妃女，
待奴教导众人缘。
昨夜得一梦，
望见二神仙，
天赐龙蚕临凡界，
落乡去教看花蚕。
民间妇女都来学，
听娘娘教导礼当然。
文武百官用心计，
玉皇圣旨就传言。

杭嘉湖，廿四县，
处处落乡传。
民间百姓闻知得，
男男女女喜心欢。
姑娘叫阿嫂，
婶婶也跟来，
皇后娘娘奉圣旨，
替天行道落乡传。
做得绫罗织得缎，
挂红迎接闹喧天。
专等娘娘到此间，
拈香接驾礼当然。
梳之头，澡之面，
耳戴八铢环。
当头插只描金凤，
身上衣衫色色鲜。
罗裙腰束带，
鞋子凤头尖。
上好檀香拿两股，
女人个个尽朝参。
来到乡村登宫院，
再说娘娘起驾便传言。
龙凤车，把身安，
宫娥彩女两旁站。

众女子，喜心欢，
一齐上前参，
千岁千岁千千岁，
三十四拜不需言。
宫娥忙吩咐，
传立两旁边，
一众女子都晓得，
传给后代喜心欢。
皇后娘娘开金口，
众人听我说言端：
皇天赐福降龙蚕，
替天行道落乡传。
桑树上，白漫漫，
就是好丝绵。
丝绵却是龙蚕做，
龙蚕口内出丝绵。
龙蚕吃桑叶，
口吐好丝绵，
织得绫罗做得缎，
男男女女做衣穿。
万国九州无此宝，
吾皇洪福有丝绵。
家家户户用心计，
收回蚕种看花蚕。
回家去，先采茧，
拗落茧黄绵，
轻轻放在蚕丝埭，
勿可拿来茧重茧。
休放烟头里，

犹恐损种蚕。
若要看蚕先生种，
不停时刻用心计。
采落种茧三五日，
蛾子钻出怕风寒。
别风勿怕怕西南，
西南只怕老头蚕。
隐得过，遮得瞒，
哪怕大西南。
西北生种无价宝，
南风生种要遮瞒。
蚕种来生好，
挂在正东间，
尤恐诱虫来侵损，
蟑螂老鼠剥花蚕。
烟熏火辣都要忌，
听我娘娘教导莫偷闲。
女人个个尽来听，
收回蚕种看花蚕。
腌蚕种，腊月天，
家家一般然。
也有人家石灰腌，
也有人家用松盐。
或者咸人种，
或者卤里端。
还有人家天腌种，
勿怕热来勿怕寒。
十二月十二子时来腌起，
腌到腊月廿四卯时前。

收落蚕种掸落盐，
百花汤里端介端。
温和水，端介端，
放在埭中间。
勿可放在日头里，
半阴半晒自然干。
若换石灰种，
石灰水里端。
时辰腌介半个把，
拎出缸盆水内端。
清水漂介三五抄，
竹竿掼起自阴干。
男男女女喜心欢，
大家端正过新年。
时道马衣做一套，
鞋袜帽子簇簇新。

猪羊斩两只，
杀鸡买鱼鲜。
糕饼茶食都端正，
做只元宝像孛篮。
当厅供起年佛马，
画烛通宵上蜡签。
虔诚致意过新年，
四跪八拜拜神天。
磕之头，拜圣贤，
万事靠神天。
保佑阖门无灾祸，
家居六事尽平安。
夏种田禾好，
每亩四石宽。
春看龙蚕多盛意，
每个管头廿分宽。

准备

逍遥吉利靠神佛，
百福百福放一串霸王鞭。
初一开门接之天，
初三接灶拜新年。
正月里，望亲眷，
各处拜新年。
也有赌钱并吃酒，
也有拜佛去求签。
办些年节酒，
吃过正月半。
正月庆之元宵节，

二月农夫尽落田。
算命先生沿村走，
假做起卦骗铜钱。
弹琴算命看流年，
更有摸数又详签。
女妄娘，喜心欢，
查查星宿看。
白虎坐在几月里，
勿要轮着看花蚕。
先生抡介抡，
四月龙德星。

177

白虎坐在九月里，
今年勿比往年间。
今年新交蚕花运，
包票竟写廿分宽。
风和日暖二月天，
莺啼鸟叫百花鲜。
过清明，三月天，
磨粉做团圆。
大户人家裹粽子，
打青园子做几盘。
三牲买一副，
素礼备几盘。
当厅供起蚕花马，
上坟祭祖合家欢。
中等人家也要过，
短肋空腔献圣贤。
打青园子拿两碗，
土地蚕花共一筵。
穷人家，心也酸，
无米又无钱，
勿买鱼来勿买肉，
也无白米做团圆。
买对双红烛，
插在灶山前。
也勿请请蚕花佛，
也勿祭扫祖坟前。
有个不知无个苦，
几家愁闷几家欢。
一样清明几样看，

家家插柳一般然，
清明日，禁忌烟，
列古传到今。
烟勿动来火勿动，
瘟神鬼怪勿来缠。
圆子拿两碗，
包在手巾里。
姑娘叫声贤嫂嫂，
今朝打算看划船。
三岁孩儿跟娘走，
一同要去看划船，
踏青来到菜花田，
家花勿比野花鲜，
抬头看，见划船，
锣鼓闹喧天。
招军吹得能松脆，
飞虎旗号色色鲜。
两橹双出跳，
摇来快如飞。
五色旗号能齐正，
风流浪子打花拳。
出手金枪并短棍，
软脚伶仃醉八仙。
绫罗彩缎结襕杆，
还有一只蚕娘船。
锣勿敲，慢慢行，
舱坐女婵娟。
尽说花蚕收得出，
顶好要算头二眼。

出火防天热，
一斤卖三钱。
大眠捉之五斤半，
老叶行情卖一千。
有人问道花蚕好勿好？
只见看蚕娘娘嘴唇拖到
下巴边。
又听锣鼓闹喧天，
当头来只画龙船。
老龙头，角又尖，
龙须着水端。
龙王太子高高立，
龙头角上插标竿，
龙旗无数面，
绣旗满栏杆。
边拖八桨硃红色，
摇来竟像箭离弦。
船头上缺少夜明珠一粒，
忽然平地上青天。
看得男也欢来女也欢，
眼观红日落西山。
急忙转家园，
领之小官官。
回到家中天已暗，
老公勿见见老婆面。
家家勿上火，
暗里上床眠。
明朝清早抽身起，
开门看看好晴天。

也无霜来又无雪，
又无露水屋檐前。
螺蛳放在灶山边，
十个螺蛳九个蜒。
拿桃枝，看一看，
巧叶无半片。
看来今年叶要贵，
果然一两要三钱。
三日无露水，
真真好晴天。
尽话今年蚕花好，
风景依稀大熟年。
自古看蚕无贱贵，
从来万事靠神天。
今日花开又一年，
桃红柳绿三月天。
游春景，合淘伴，
叫只小航船。
一来要去还香愿，
二来求位小官官。
先到碳石山，
拜拜佛慈仙。
上山拜拜蚕花塔，
要保蚕花廿分宽。
回来又到曹王庙，
曹王老太有灵感。
诚心依佛拜神仙，
要求一个肥头胖耳小倌倌。
来年来，谢神仙，

佛前上幢幡。
拜罢抽身团团看，
泥佛摊子接连牵。
蚕猫买一只，
蚕房里面安。
虽是烧香还心愿，
蚕货家生买两件。
蚕花灯草买一把，
掸蚕鹅毛头一件。
买个叶墩象合盘，
叶刀快口共桑剪。
梅花箖，买一扇，
遮瞒窗洞圈。
还要买刀铁锡纸，
绵纸糊窗亮又穿。
篓箕买两只，
叶篰不需言。
再买几只蚕筛埭，

抽丝浪匾买一台。
棚荆蚕台多准备，
稻柴帚子共蚕帘。
门前桑叶绿隐隐，
男男女女看花蚕。
织纱布，百勿管，
摇车拿拢点。
叫个泥司捉捉漏，
周围墙壁要泥瞒。
天窗出一个，
多少亮穿穿。
家前屋后休动土，
若要动作去求签。
花不采来树不动，
百无禁忌靠神天。
无心庆赏百花园，
家家端正收花蚕。

饲蚕

过清明，谷雨边，
顶要用心计。
看个黄道包封日，
蚕种外面用绵牵。
日间藏被内，
夜间焐身边。
用心焐介三周时，
钻出鸟娘万万千。
快刀切落金丝叶，

鹅毛轻掸埭中间，
周围四转要遮瞒，
恶风吹过要伤蚕。
冲碗浆，糊埭匾，
斑糠煨熟点。
桑柴要用廿四块，
块块量来尺二宽。
棚荆拿一领，
围在蚕台边。

180

火缸排介两三只，
蚕房拉得转团团。
三日三夜赶头眠，
二眠出火一般然。
且说蚕天非等闲，
时光不绝四时般。
不可热，不可寒，
凉爽最为先。
心宽大胆凉喂种，
性急还当火上蚕。
未过先要喂，
日夜接连牵。
来迟去慢常防饿，
饿坏花蚕罪万千。
若有言语轻轻话，
高声出口要冲蚕。
陌生人走到稻场前，
勿采勿理勿冲蚕。
日勿困，夜勿眠，
说话要轻言。
邻舍勿行亲眷断，
骨肉如同陌路人。
男子攀桑叶，
女子喂花蚕。
日间勿去沿村走，
夜间勿敢脱衣眠。
时时只把蚕来喂，
刻刻要防火缸烟。
温温和和好蚕天，

三日三夜赶头眠。
一批叶，个个眠，
那个不心欢。
连忙退出老糵子，
一埭要拆四五匾。
并无粗粗细，
个个一般然。
预先攀桑并采叶，
着力专心看二眠。
送叶还添从古有，
两日两夜就二眠。
蚕棚拦到稻场边，
日头晒颓合家欢。
三餐饭，无早晚，
男女用心计。
女人只把蚕来喂，
男人采叶动桑剪。
连喂两日半，
看看出火蚕。
人人说道桑叶贱，
思量多看几筐蚕。
欣喜今年靠神佛，
蚕要多看百斤宽。
今年勿比往年间，
筐头兴旺台头宽。
看看到，立夏边，
时刻看苍天。
三朝雾露浓得势，
桑叶今年勿值钱。

树上报得好，
叶片像蒲扇。
梗条发杠叶片厚，
看来只好二三钱。
多看花蚕心欢喜，
少看花蚕气得肚皮穿。
不寒不热好蚕天，
尽说家家蚕大眠。
今年好，尽肯眠，
个个一般然。
焦嘴起娘无半个，
并无一个落脚蚕，
青条无一个，
真真一批眠。
尽说花蚕捉得出，
一斤出火五斤宽。
端正要请蚕花佛，
杀鸡买肉闹喧天。
三月十六亮穿穿，
挑担叶来棚上安。
蚕体亮，蚕好看，
桑叶勿值钱。
老叶生日是廿四，
块头云障片多片。
北风吹到夜，
风吹急紧紧。
看来今年叶价贵，
开秤两边稳一千。
吕洞宾难断桑叶价，

买卖心肠两样看。
夫妻商量细筹算，
看来桑叶少两千。
拿银子，共铜钱，
开只买叶船。
来到叶行看介看，
人山人海闹喧天。
卖客稀朗朗，
买客闹喧天。
抬起头来只一看，
十人观见九人呆。
主人开价无增减，
每担桑叶钱一千。
要买何需论价钱，
盘落铜钱就上园。
采得早，树头鲜，
采落就开船。
两橹一桨来得快，
蚕等叶来叶等蚕。
送叶三昼时，
开筐供花蚕。
大家端正蚕要喂，
看看颗子大叶爿。
花蚕照起通一炮，
小脚通完要上蚕。
搭好山棚围好帘，
合家老小捉上山。
先要上，大伙蚕，
上在正厅前。

前厅上之多丝种，
后厅上之石小罐。
穿堂并过路，
上些小伙蚕。
迟早花蚕都上好，

门窗掇落两旁边。
上山看火三周时，
开山采茧白漫漫。
雪里梅花总一般，
胜比梨花共雪山。

采茧

忙开山，就采茧，
采落万斤宽。
收拾芦簾来卷起，
拗光茧子做丝绵。
丝车鹦哥叫，
车上白漫漫，
粗丝做之千来两，
细丝踏之万千宽。
新丝头里勿去卖，
伉到来年三月天。
尽说行情起泛点，
本路庄口到濮院。
有几爿，老店倌，
重来勿曾添。
一两细丝三钱六，
四两光丝卖一千。
也有领票子，
也有发铜钱。
向来元宝银九八，
目前只讲用洋钱。
零碎银子零碎用，

等待银子归库安。
初分天地长根缘，
轩辕皇手内有丝绵。
绣宝盖，共幢幡，
神幔是丝绵。
府县官员旗和伞，
多来尽管做衣穿。
绫罗并缎疋，
男女身上穿。
冬暖夏凉真如宝，
下三府内有丝绵。
万国九州无价宝，
杭嘉湖三府有名声。
君皇朝前喜心欢，
高提御笔就封官。
马鸣王，蚕室仙，
三姑美婵娟。
蚕官蚕室并蚕命，
管蚕娘子喂蚕仙，
监山并采茧，
车头利市仙。

183

汤火童子跟随你，　　　　　　　尽赴香坛喜心欢。

送丝分两众神仙。　　　　　　　东君致意发心间，

百无禁忌公侯圣，　　　　　　　祈保马鸣王菩萨化龙蚕。

歌尾

保东君，每年间，　　　　　　　一瞧冬福寿添。

看养好花蚕。　　　　　　　　　合门人口无灾祸，

一个乌娘一个蚕，　　　　　　　福也增来寿也添。

个个筐头廿分宽。　　　　　　　堂前永保儿孙福，

春看龙蚕好，　　　　　　　　　子孙代代做高官。

夏保禾苗兴，　　　　　　　　　马鸣王菩萨唱完全，

秋免三灾人吉庆，　　　　　　　轻敲侈鼓住歌言。

附记：此歌为旧时蚕农岁末或婚嫁、酬神、谢蚕神时所演唱。1987 年 7 月至 1988 年 3 月从李德荣、朱贤宝、庄聚源等歌手处采得部分内容，1994 年冬又从吴桂洲处采得一些内容，然后参照吴桂洲提供的光绪二十九年手抄本《马鸣王蚕花》整理。

原载：《桐乡蚕歌》（第 55—69 页）

马鸣王蚕花

根据吴桂洲提供的民国九年手抄本整理

宝香数支人炉拈，银烛双双分两边。　　婺州府，东阳县，却是五台南。

主东君，待神天，致意发心间。　　　　家住少姑村，富贵有田园。

符官登宝位，拈香接诸天。　　　　　　陈百万，有名传，富长远，刘氏结良缘。

众朝神，把杯欢，共猜拳，赐福满厅前。

　　　　　　　　　　　　　　　　　　一母所生三位女，眉清目秀女婵娟，

歌言今古道佛祖，神也欢来佛也欢，　　瑞仙凤仙紧相连，三姐姑娘叫翠仙。

坛前勿赞众神仙，单赞马鸣王菩萨化龙蚕。　大姐姐，配夫官，二姐结良缘。

184

三姐年纪小，未成配姻缘。

西番国，养西川，兴兵到，强人落乱搬。

神爹思想无摆布，逃灾避难到江南。

良洲渡过洞庭川，逃到杭州心喜欢。

一枝庵，就停船，耽搁有三天。

央中寻寓处，西湖隔山南。

草房屋，有三间，来居住，苦苦度荒年。

苦度时光三五载，渐渐家私长万年。

陈公腹内细筹算，总登账目细争观。

婺州府，东阳县，账目未清完。

张家三百两，李家一千宽，

字号内，五千宽，隆兴典，一万又三千。

待到西番收兵去，万物家基民业存，

去唤人工开账船，顺风一路到家园。

婺州到，进县前，耽搁隆兴典。

复又兴兵起，开兵套中原。

就破进，东阳县，来围住，呐喊正喧天。

陈公破贼湖州地，围住湖州闹喧天，

陈君闻得作惊然，夫在东阳心也酸。

把香枯，拜神天，救救丈夫官。

有人来相救，三姐配团圆。

惊动了，上苍天，就差遣，骡子下凡间。

就到后槽投白马，及时作法驾云端，

勿怕兵多共将官，踏死番兵人万千。

见陈公，把头颠，百万喜心欢。

豁上高头马，倾刻转家园。

忙下马，进前厅，夫人见，大悦喜心欢。

夫人一一从头说，再把香烛谢上天，

再说白马养后园，三姐长大在房前。

那马儿，在棚间，思想配烟缘。

三姐棚前过，白马吐真神言。

三姐姐，命忧煎，泪连连，怎陪畜牲眠。

百万闻知心大怒，手执铜锤到后园，

连打铜锤共脚尖，打死白马在棚前。

剥马皮，挂厅前。

三姐姐，步金莲，往外行，见是心内寒。

马皮剥落碰着地，飞来裹住女婵娟，

周身裹住勿松宽，众人一见尽惊寒。

三姐姐，命应煎，命犯恶星缠。

判官勾陈簿，表问尽来传。

逢绝症，赴黄泉，忙冥府，葬来桑树边。

太白星君闻知得，将身火速下凡间，

来到南山桑树边，要度三姐化龙蚕。

诵灵文，念真言，妙法广无边。

霹雳三声响，顷刻现婵娟。

忙作法，念真言，就化出，龙蚕万万千。

轻轻引上青桑树，分头吃叶闹喧天，

树上花蚕有万千，八脚六翅尾巴团。

三眠子，四眠蚕，还有头二蚕。

三蚕并四蚕，搭来是五蚕。

花蚕种，白皮蚕，多丝茧，上好石小罐。

树上还有天蚕种，灰体灰搭叫花蚕，

金身变化叫龙蚕，树上吃叶号鲜鲜。

三周时，就头眠，六日二眠蚕。

九日捉出火，十四大眠蚕。

五周时，有丝绵，勿吃叶，做苗白漫漫。

凡人不晓其中意，未晓丝绵做衣穿，

观音闻得喜心欢，一封朝奏九重天。

杭州府，仁和县，西河隔山南。

村中陈三姐，白肉化龙蚕。

吃桑叶，做成茧，吐丝绵，可织绫罗缎。

凡人不晓珍和宝，无人看养好花蚕，

玉皇闻得也心欢，当殿欢然问众仙。

谁人去，到凡间，指点看花蚕。

太白忙起奏，小臣下凡间。

玉皇帝，喜心欢，又差遣，通灵太极仙。

封你蚕王为天子，劳卿下界去分蚕，

二仙领旨喜心欢，腾云驾雾下江南。

杭州府，分七县，处处有花蚕。

嘉兴分七县，湖州尽完全。

南为界，到河边，北面到，相近太湖边。

松江未有花蚕种，富阳西首少花蚕，

起首分二斤一筐蚕，分到桐乡也心欢。

分斤半，一筐蚕，也采廿分宽。

分到塘北去，一样少花蚕。

大朝神，细细牵，无摆布，一斤一筐蚕。

一两出火斤半茧，一样收成总是欢，

看看相近洞庭川，分到湖边才分完。

蚕分到，喜心欢，火速到朝前。

托梦西陵氏，黄天赐福全。

在民间，桑树前，做成苗，可织绫罗缎。

要你教导民间女，收为布种看花蚕，

百样花蚕说完全，各仙驾雾上青天。

娘娘醒，记完全，得梦喜心欢。

五更朝金阙，三呼奏金殿。

太白仙，下凡间，降龙蚕，口内有丝绵。

缫丝织绸绫罗缎，与民同乐做衣穿，

君皇见奏喜心欢，谁人教导养花香。

原娘娘，奏朝前，吾教看花蚕。

吾皇来传旨，令吾教人缘。

忙准奏，把旨传，排蛮驾，落乡技艺传。

民间妇女休回避，听娘娘教导看花蚕，

满朝文武喜心欢，奉行圣旨各省传。

杭嘉湖，念四县，处处落乡间。

百姓闻知得，男女喜心欢。

众家人，一天欢，皇太后，奉旨到乡间。

九里三塘排宫院，挂灯结彩闹喧天，

专等娘娘到此间，拈香接驾礼当然。

梳梳头，澡澡面，耳边挂珠圈。

插只描金凤，衣衫换新鲜。

红菱脚，三寸尖，礼行香，移驾出朝参。

勿说娘娘多周备，再表娘娘起驾出朝参，

龙车凤辇把名安，宫娥彩女两旁边。

前行道，是太监，起驾出宫前。

文官并武将，贺驾出朝前。

前开道，地坊官，落乡间，女子尽来参。

驾住乡村登宫院，娘娘有旨便传宣，

宫娥领旨外边传，太监领进女婵娟。

众住家，喜心欢，一齐上前参，千岁千岁
千千岁。

宫娥就开言，听娘娘，说言端。

你领旨，待立两旁边。

娘娘当下开金口，众人听吾说因缘，
天堂赐福降龙蚕，替天行道到乡间。

林间树，白漫漫，就是好丝绵。

黄天降龙蚕，口吐好丝绵。

吃桑叶，做成苗，吐丝绵，可织绫罗缎。

万国九州无此宝，吾朝洪福有丝绵，
家家户户用心计，收回布种看花蚕。

回家去，先采茧，拗落茧红绵。

放来蚕埂内，不可茧重茧。

若要有，好花蚕，先生种，也要用心计。

采茧以后三五日，蚕蛾出种怕风寒，
各风勿怕怕西南，西南风只怕老头蚕。

围得好，连得瞒，勿怕大西南。

北风无价宝，西风要连瞒。

生香种，用心计，绵虫撵，蟑螂老鼠撵。

烟子大腊齐要忌，谨遵教导莫偷闲，
女人个个把头点，娘娘教导悉记心。

醃香种，腊月天，家家一般然。

也有石灰醃，也有用松盐。

或者是，滷里端。

天醃种，放来屋上檐。

十二月十二子时来醃起，醃到腊月廿四卯
时前，

收落蚕种打落盐，百花果子把汤煎。

清明日，谷雨边，决顶用心计。

天开危风日，蚕种要牵满。

日安被，夜安边，三周时，花蚕万万千。

快刀切落金丝叶，引出乌娘万万千，
周围四转要遮瞒，恶风吹过要伤蚕。

不可热，不可寒，温和最为先。

心宽凉饥种，性急上火蚕。

饲花蚕，接连牵，常防饿，饿坏罪万千。

万语千言轻轻说，高声出口要冲蚕，
生人走到稻场边，勿采勿理勿冲蚕。

看花蚕，非为闲，多少一般然。

花蚕妇女看，怕热怕风寒。

糟蹋蚕，罪万千，大是天，总要爱惜点。

三日头眠蚕眠到，二眠出火一般然，
出火饷叶到大眠，蚕台勿可去遮瞒。

只怕热，勿怕寒，凉少正为先。

饷叶三周时，开体正当前。

五周时，要上蚕，照照看，通到小脚边。

搭好山棚高三尺，竹竿上面放芦簾，
胡帚把笃来接连牵，一批帚子一批蚕。

下把火，上凉山，周围勿遮瞒。

上山三周时，茧子白漫漫。

忙开山，就采茧，做丝绵，可织绫罗缎。

娘娘教导方完毕，万民女子喜心欢，
齐称圣授口中言，二十四拜谢朝参。

忙起马，就登辇，娘娘转宫前。

勿说回宫殿，再谈女婵娟。

姑娘说，嫂嫂言，皇后娘，容貌赛天仙。

勿教吾核长勿教吾拉短，单教吾拉看花蚕。

娘娘跟是丈夫官，尽到南山桑树边。

抬头看，白漫漫，茧子接连牵。

家家采种茧，拗落茧红拿一只，

蚕筐匾，郎郎安，宝叶盖几片。

急忙买张蚕生纸，百花果子把汤煎。

蚕子五色彩新鲜，轻轻挂起正厅前。

夏季里，秋凉天，腊月是大寒，

十二蚕生日，斋佛供神天，

醃蚕种，石灰醃，撒松盐，清水漂晒干。

还有人家天过醃，霜白鹤鹤在廊檐，

花汤过浴不需言，预先高挂正厅前。

送灶君，早打算，赤豆一斗宽，

搭是白糯米，糖多越介甜。

斋是灶，送上天，合家欢，吃得笑
笑连连。

十二月廿八桑生日，挑担肥用壅桑园，

看看相近年夜边，杀鸡宰鸭过新年。

到街坊，买完全，端正做团圆，

寿桃斋是佛，荤鲜献神天。

放炮仗，闹喧天，小官官，聚众人万千。

七八样吃是年夜饭，年宵锣鼓闹喧天，

年初一衣服换新鲜，开门炮仗放得
震连天。

拜年忏，是老年，后生请神拳。

还有敲锣鼓，高兴扯空拳。

小囡大，年兴点，扯百搭，也有打秋千。

有场南打白果，摸盲抢七连连牵，

初一初二接时间，初三接灶五更天。

小弟兄，话拜年，打扮大体面，

马衣并领褂，手里担烟管。

话拜年，客气点，连声说请转。

顿首身身四个揖，请坐吃烟讲勿完，

厨房备办烧完全，也有领个小官官。

小囡大，勿体面，趴来台子边。

只讲要吃鱼，精肉尽拆完。

拿牢是粉皮碗，尽捞干，拖是半饭碗。

吾拉小囡也要吃，也有鱼碗才吃完，

年兴勿可扯长篇，还有落乡算命并关仙。

娘娘拉，要看蚕，总要算算看。

论论白虎星，胆大放心宽，

先生论，话多言，你今年，轮着年夜边。

今年新交蚕花运，包票竟写廿八分，

日暖风和二月天，莺啼鸟叫百花鲜。

过清明，二月天，磨粉做团圆。

大户裹粽子，圆子做两盘。

到街坊，买完全，买三牲，端正献神天。

堂前拜过蚕花佛，家家户户待蚕官。

中等人家倒禁烟，短助空腔献圣贤。

有人家，也心酸，无米又无钱。

勿买鱼和肉，也勿做团圆。

三灯烛，插灶前，也勿去，祭扫祖坟前。

十指生来有长短，几家忧愁几家欢，

一样清明几样看，家家插柳一般然。

清明日，古流传，尽说是禁烟。

烟火也勿动，鬼中不来传。

拿圆子，当小食，娘娘拉，要去看快船。

三岁孩儿随娘走，闲心齐插百花仙，

踏青看到菜花仙，家花勿比野花鲜。

三月春，讲游园，烧香拜神天。

也有杭州去，天竺还香愿。

小弟兄，合淘伴，同开船，有兴闹热点。

娘娘拉要到碳石去，要合几个会摇船，

碳石景致不谈言，门前桑树绿茵茵。

包蚕种，枕头边，转乌绿隐隐。

磨快切叶刀，棚荐拿一扇。

蚕台边，滚一转，糊窗爿，防风挂门帘。

头眠二眠无话失，九日三眠出火蚕，

眠得齐来煞时间，今年多看百斤宽。

主东君，早打算，贱叶买几千。

送叶三周时，顷刻捉大眠。

一斤捉，六斤宽，喜心欢，买肉请神天。

虔诚齐请蚕花佛，家家户户待神官，

唤人相帮捉大眠，开筐过体合家欢。

三周时，要提蚕，一匾开两匾。

出门唤采叶，一担一百钱。

采得早，树头鲜，喜心欢，掐去喂龙蚕。

百无禁忌无冲破，小脚通来要上蚕。

搭好山棚围好簾，欢乐同心尽捉蚕。

先要上，大伙蚕，上来正厅前。

前厅多丝种，后厅石小罐。

后川堂，小伙蚕，都上到，门窗两边安。

凉山把火三周时，开山茧子白漫漫，

刺黎花开一般然，胜比梨花共雪团。

忙开山，就采茧，採是万斤宽。

丝车来排好，行灶尽完全。

做丝娘，好手段，眼睛尖，踏得滴溜圆。

东边踏起鹦哥叫，西边踏起凤凰鸣，

细丝做是千斤宽，粗丝踏是万斤宽。

卖新丝，行情贱，搁置到冬天。

冬里不去卖，开春涨价钱。

京商客，到厅前，买丝绵，银子共洋钱。

价钱东君自己说，要卖顶价宽介点，

初分天地无根源，轩辕皇慢起丝绵。

绣宝盖，共幡连，神幔是丝绵。

龙袍旗和伞，尽讲做衣穿。

织绫罗，并绸缎，做衣穿，万民喜心欢。

万国九州无此宝，杭嘉湖三府有名传，

君皇殿上喜心欢，高提龙笔重封官。

马鸣王，蚕室仙，三姑女婵娟。

蚕官并蚕命，看蚕喂蚕仙。

汤火童，送丝仙，尽封官，吩咐众官员。

北方禁忌灵侯圣，齐来待奉大神仙，

东君致意待神天，祈求马鸣王菩萨有

灵验。

保东君，每年间，看养好花蚕。

四眠多胜意，每筐廿分宽。

龙蚕胜，喜心欢，夏平安，四季福寿全。

堂前保佑儿孙福，衣服金银代代欢，

此本神歌赞完全，炉内装香几支宽。

此神歌，是新编，改旧换新鲜。

老本唐阳韵，时调换新鲜。

用心血，唱完全，梅花调，此殿是新编。

赞得灵神心欢喜，要保东君福寿全。

手提银壶敬神天，宽袍慢坐受香愿。

原载:《桐乡蚕歌》(第 72-80 页)

马鸣王赞

采录者 黄墨林

蚕宝马鸣王正君，

蚕王天子圣天帝。

听赞菩萨马鸣君，

马鸣王菩萨进门来，

身骑白马坐莲台。

请问菩萨归何处，

特来降福又消灾。

菩萨妙法九霄云，

方便慈悲救万民，

观世音上广寒宫，

马鸣王菩萨化蚕身。

看蚕娘子不知蚕宝何处寻，

蚕身出在婺州城。

家住婺州东阳县，

小孤村上有个刘氏女，

每逢初一半月去斋僧。

刘氏生下三个女，

三位女儿貌超群。

大女二女早完婚，

唯有三女不嫁人。

三女取名叫金仙女，

年登十八正青春。

青丝细发蟠龙髻，

聪明伶俐赛观音。

有朝一日身染病，

看看病重在其身。

三餐茶饭全不吃，

一病不起命归阴。

只有亲娘不舍得，

买口棺材葬其身。

葬在花园桑树下，

浑身白肉化蚕身。

上树吃叶无人晓，

树头做茧白如银。

凡人见了白茧子，

是要收来传万村。

男女见茧嘻嘻笑，

上山采茧心欢喜。

摘茧公公多欢心，

请得巧匠就把丝来做。

做丝须用拨温汤，

做得细丝千万两，

至今留下传万村。

自有好人收好种，

万古流传有名扬。

冬天穿了浑身暖，

夏天穿了自然凉。

年年有个清明节，

家家拜谢马鸣王。

原载:《浙江省民间文学集成·湖州市歌谣谚语卷》(第 266-268 页)

马明王（祈蚕歌）

演唱者 沈荣忠　采录者 录平

采访时间及地点　1985 年 1 月　海宁县庆云乡华屋村

马明王菩萨到府来，

到你府上看好蚕。

马明王菩萨出身好，

出世东阳义乌县。

爹爹名叫王伯万，

母亲堂上柳玉莲。

马明王菩萨净吃素，

要得千张豆腐干。

十二月十二蚕生日，

家家打算蚕种腌。

有的人家石灰腌，

有的人家卤池腌。

正月过去二月来，

三月清明在眼前。

清明夜里吃杯齐心酒，

各自用心看早蚕。

大悲阁里转一转，

买朵蚕花糊笪盘。

红绿绵绸包蚕种，

轻轻放在枕头边。

歇了三日看一看，

打开蚕种绿艳艳。

快刀切出金丝片，

引出乌蚁万万千。

三日三夜困头眠，

两日两夜困二眠。

楝树花开困出火，

大眠捉得担头多。

一家老小笑呵呵，

当家大伯有主意。

桑园地里转一转，
旧年老叶勿缺啥。
今年老叶缺二千，
当家娘娘有主意，
连夜开出二只买叶船。
一只开到许村去，
一只开到章埠埝。
望去一片兴桑园，
停脱船来问价钿。
上午贵到三千六，
晚上贱脱一大半。
难为三摊老酒钿，
装得船里满潭潭。
拔起篙子就开船，
顺风顺水摇到石垱边。
你一担来我一肩，
一挑挑到大门前。
当家娘娘有主意，
拿枝长头鞭三鞭。
连吃三餐树头鲜，
个个喉通小脚边。
东山木头西山竹，
搭起山棚接连圈。
八十公公垛毛柴，
七岁倌倌端栲盘。
前厅后垛都上满，
还剩几匾小伙蚕。

上来落去呒处上，
只得上到灶脚边。
歇了三日看一看，
好像十二月里落雪天。
大茧做得像香橼，
细茧做得像汤圆。
去年采得千斤茧，
今年要采万斤茧。
当家娘娘有主意，
今年要唤做丝娘。
去年唤得张家娘，
今年要唤李家娘。
廿四部丝车排两边，
中央出路泡茶汤。
东边踏出鹦哥叫，
西边踏出凤凰声。
敲落丝车称一称，
车车要称二斤半。
敲落丝车勿要卖，
甫到来年菜花黄。
南京客人问得知，
北京客人上门来。
粗丝银子用斛斗，
细丝银子用斗量。
卖丝银子呒处去，
买田买地造高厅。
高田买到南山脚，

低田买到太湖边。   去者保你万年兴。

来者保你千年富，

附记：《马鸣王》是杭嘉湖蚕区广为流传的一首祈蚕歌，既祈求马鸣王保佑蚕花丰收，又兼叙养蚕经过。马鸣王一语，一般认为是古印度梵语"马鸣菩萨"与中国"马头娘"的混合体。关于马鸣王的身世，还有一种唱述是："马鸣王菩萨下凡来，身骑白马坐莲台……爹爹名叫王伯万，母亲堂上柳玉莲，命里算来无儿子，产生三个女裙钗，大姐二姐找夫去，三姐年轻要修仙，一修修到十六岁，十七岁上遭黄泉，三更托梦娘晓得，香火灯烛接连来……"其出身和故事与"马头娘"神话相似。关于本歌结尾部分，演唱者往往自由发挥，桐乡搜集到的结尾处有以下三句，也颇具特色："今年蚕花收成好，全靠马鸣王菩萨上门来，恭喜大发财。"

原载：《中国歌谣集成·浙江卷》（第151-153页）

蚕花歌

演唱者　徐根甫　采录者　黄士清　徐俊其

十二月十二蚕生日，
家家户户腌蚕种，
有的人家石灰腌，
有的人家盐卤腌，
腌得蚕种绿艳艳。

清明过去谷雨来，
谷雨两边掸花蚕，
买刀新纸褙蚕箪，
拔根鸡毛做蚕掸，
引出乌娘万万千。

百花节令大蚕时，
野菜开花捉头眠，
刺藜花开捉二眠，
楝树花开捉出火，
蔷薇花开捉大眠。

小夫妻俩窃窃窃，
"今年眠头做得齐"，
"今年的花蚕看得出"，
"上年的桑叶正好吃"，
"今年看来缺一半！"

连夜开出两只买叶船：
一只开到桐乡县，
一只开到石门湾，
走上岸去问问看，

今朝的桑叶啥价钿?

昨日两块洋钿掮一掮,
今朝一块洋钿掮两掮,
歇隔三日只值一包老烟钿,
来来来,来来来,
你一掮,我一掮。

一掮掮到蚕架边,
蚕娘一看喜心间,
忙用清水洒一遍,
连夜喂足三铺叶,
吃得簟里宝宝韧纤纤。

南山木头北山竹,
平湖芦帘硖石麻,
搭起簇捆像戏台,
东厅要上余杭种,
西厅要上改良种。

八十公公来撒蚕,
七岁孩童端金盘,
上簇好比大节日,
男女老少忙开怀,
上好簇栅不许看。

歇隔三日三夜浪族拥,
至亲好友来望簇头,
前簇望去千堆雪,
后簇望去万朵云,
当中横里望去金银满天星。

采把茧子来看一看,
大的做来像鸭蛋,
小的做来像汤团,
放个嘴里咬咬看,
茧子硬得像石卵。

今年的茧子茧衣厚,
采下的茧子要做丝,
出门去请做丝娘,
张村请到张一娘,
李庄请到李二娘。

廿四部丝车排开场,
当中留条送茶道,
缫丝娘娘本领强,
脚踏车轴吱吱响,
金丝银丝像流泉。

敲下新丝三百车,
放到明年茶开花,
一个客商贩不起,
两个客商方开包,
要买七七四十九只大元宝。

铜钿多来派啥用,
先给宝宝盖只绣花厅。
描龙绣凤学飞针,
绣出凤凰展翅飞,
百鸟朝凤满天音。

铜钿多来派啥用?

再给俺俚造只读书厅,

熟读诗书去赶考,

南场考来南场进,

北场考来北场进。

连中三元得头名,

头名状元封点啥?

封你七省巡按来苏杭,

杀尽那班贪官与污吏,

永保蚕乡百姓得安康。

附记:《蚕花歌》原为郊区新昱地区两个皮影戏剧团上演完整本戏后的一支谢幕曲。当地演出皮影戏一般都在每年春节至清明。因是蚕乡,所以要赞蚕花,祝蚕花丰收。

原载:《浙江省民间文学集成·嘉兴市歌谣谚语卷》(第 40-44 页)

蚕花经

演唱者 田去囡　采录者 顾希佳

采访时间及地点　1985 年 12 月 2 日　海盐县长川坝乡丰山村

华蚕老太能细心,

年年出来讲蚕经,

百年难遇岁朝春,

开新年来换新春。

清明过仔谷雨来,

谷雨三朝掸花蚕。

当家婶婶能黠吼,

引出乌娘蛮齐扎。

三日三夜做头眠,

两日两夜做二眠,

大眠做仔好几担。

当家叔叔细心点,

青桑园里转一转。

旧年老叶正好吃,

今年老叶缺一半。

夫妻两个细商量,

连夜要开买叶船,

一只开到桐乡县,

一只开到石门湾。

吃碗茶来敲管烟,

打听老叶啥价钿?

昨日每洋挑一肩,

今朝还要贱一点,

几担老叶都装到,

拔起篙子就开船。

摇一橹来挪一挪,

一路摇到石渡边,

毛竹扁担两头尖,

肩肩挑到大门前。

当家婶婶细心点,

惩瓣掌头鞭三鞭。

姑嫂两个来扳叶,

一扳扳到蚕植边。

接连喂了三铺叶,

匾里丝头韧牵牵。

东山木头西山竹,

搭起山棚接连牵。

八十公公来上蚕,

七岁官官掇花盘。

前后厅堂都上到,

灶边还有小伙蚕。

停仔三日望望看,

山头浪茧子白漫漫。

大茧做来像汤团,

小茧做来像佛圆。

夫妻两个细商量,

连夜要唤做丝娘。

旧年唤河南张家娘,

今年要唤河北李三娘。

手段又介好,

工钿又介俏。

廿四部丝车排两廊,

当中出条送茶汤。

顺脚踏来凤凰叫,

继脚踏车鹦哥叫。

敲脱丝来挨到来年桃花红来

菜花黄。

南京客人未曾晓得,

北京客人上门来买。

铜钿银子吭啥用,

婚男配女买田庄。

高田买到南山脚,

低田买到太湖浪。

原载:《浙江省民间文学集成·嘉兴市歌谣谚语卷》(第 44-47 页)

唱蚕花

演唱者 盛二又　搜集者 马小华

采访时间及地点　1987 年 7 月　秀溪七星村合和浜

马鸣皇菩萨到门来,

到俪府上看好蚕,

两扇大门堂堂开,

财神元宝滚进来。

正月过去二月来,

三月初七在眼前。

清明过去谷雨来，
谷雨三朝看早蚕。
鸡毛乌娘韧牵牵，
旧年掸是十六钱，
今年掸是十八钱。
蔷薇花开捉出火，
楝树花开上大眠。
旧年大眠捉仔六担多，
今年大眠捉仔七担多。
旧年桑叶勿缺啥，
今年桑叶缺仔一佬局。
公婆俩个困勒啦细商量，
开仔两只买叶船。
东面叫个二婆婆，
西面叫个张二孔，
叶箭傢生背落船。
一只开到硖石去，
一只开到桐乡县。
一到埠头就停船，
走上去，
问声桑叶主人看，
今年桑叶啥价钿？
昨日一千铜钿挑一担，
今朝一千铜钿挑两担。
叽咖，叽咖挑来两只船头，
船艄齐放满。
二又捏起橹来软摇摇，
摇三摇来，颠三颠。
一颠颠到自家踏坨边。

毛竹扁担两横尖，
叽咖，叽咖，挑到大门边。
公婆两个捐桑叶，
我一肩来你一肩，
一捐捐到蚕架边。
嚓嚓梳头韧牵牵，
嚓嚓梳头添烤叶。
东山蒲头西山竹，
搭起山棚结连牵。
六十岁公公上花蚕，
八九岁倌倌捉金盘。
前埭后埭齐上光，
猪棚牛棚上点小花蚕。
歇仔三日三夜看一看，
三搭三棚白满满。
大格茧子象汤牺，
小格苗子象桂园。
公婆两今床头去商量，
叫仔两个做丝娘。
旧年叫了三大娘，
真惬拃，梳头插花绕小脚。
今年叫了五大娘，
真惬祚，做工又介好，
工钿又介巧。
两行两埭丝车排，
当中出起寿婆汤，
顺脚踏起莺哥叫，
继脚踏起凤凰声，
做仔七日八夜九黄昏。

上海，嘉兴丝厂勿成开，
一个客人跑出来，
两个客人就采宝，
六十四只大元宝，
五十四只小元宝，
买田买到太湖边，
墙门头砌来半天高，
场角上黄莽竹篱笆紧悠悠，

弯角水牛养两只。
老太太烧香念佛看戏文，
戏文看来要过瘾。
青皮甘蔗买仔一手巾，
拿归来孙子孙囡分一分，
隔壁邻舍也要分，
归来村里插起一碗状元灯。

原载:《中国民间文学集成·嘉兴市平湖县故事歌谣谚语卷》(第 268—270 页)

唱马鸣王菩萨(蚕仪)

演唱者 王祖良　记录者 何惠芳
流传地　桐乡县

马鸣王菩萨到门来，
到偌府上看好蚕。
马鸣王菩萨啥出身?
出身东阳义乌县。

马鸣王菩萨净吃素，
要吃千张豆腐干。
三月初三正清明，
更加用心看好蚕。

当家娘有主意，
蚕种放在身脚边。
隔得两日看一看，
打开蚕种乐安安。

当家娘娘手段好，

鹅毛轻轻掸介掸。
三日三夜困头眠，
两日两夜落二眠。

楝树开花捉出火，
槭树开花捉大眠。
大眠捉得茧头多，
连夜开只大航船。

一只开到许村去，
一只开到张渡堰。
昨日一只三千六，
今朝变得一大半。

奈何一氅老酒钿，
船里装得满船船。

198

缚起篙子就开船，
直落挺到桥洞边。

毛竹扁担两头尖，
你一肩来我一肩。
当家娘娘有主意，
龙凤桑蚕匾加匾。

喂蚕好比龙凤嘴，
吃叶好比顺头蚕。
龙蚕看到五昼时，

七八昼时要上山。

前屋后屋都上到，
还有三匾小通蚕。
上来上去无处上，
只好上乐灶脚边。

隔个三日三夜看一看，
好像十二月里落雪天。
大的茧子像鸭蛋，
小的茧子像汤圆。

原载:《中国民间歌曲集成·浙江卷》(第 550 页)

蚕花娘娘进门来（杂曲）

演唱者 厉根泰　采录者 邹义昌

采访时间及地点　1987 年 3 月　无锡市扬名乡

蚕花娘娘进门来，
添喜又添财。
头眠二眠眠下来，
三眠三叶守蚕台。
大眠开叶忙碌碌，
摇龙上山等钱来。
桑叶吃到剩条筋，
茧子结来像铜铃。
草龙黄如，
茧子白如银。
东打听，西打听，
打听茧价啥行情？

无锡有爿丁隆兴，
后台老板外国人，
小当家是宁波人，
当秤先生是南泉人。
账房先生是无锡城里人，
拿起黄杨算盘算一算，
三万零九分，
走到家里笑盈盈，
今年总算交小运。
就去请路头斋财神，
乡邻亲眷都有份。
烧酒蜜淋琼，

四干四炒四冷盘。

白切肉，酿面筋，

鲜鲜黄鱼大圆笋。

八宝饭，炒蹄筋，

个个吃得蛮称心，

发财全靠手勤俭，

饿煞懒人猢狲精。

原载:《中国歌谣集成·江苏卷》(第55—56页)

马鸣皇菩萨念蚕经(杂曲·祁调)

演唱者 姚阿妥　采录者 张伟　陈月良等

采访时间及地点　1987年　吴江县震泽镇徐家村

马明皇菩萨到门来，

身骑白马上高山，

马鸣皇菩萨勿吃荤来

便吃素，

宋朝手里到如今。

蚕室今年西南方，

除出东南对龙蚕，

清明过去谷雨到，

谷雨两边堆宝宝。

头眠眠来齐落落，

二眠眠来崭崭齐，

九日三眠蚕出火，

楝树花开捉大眠。

捉好大眠开叶船，

来顺风，去顺风，

一吹吹到河桥洞，

毛竹扁担二头尖，

唧唧挑到蚕房边。

喂蚕好比龙凤起，

吃叶好比阵头雨，

大眠回叶三昼时，

小脚通跑去上山。

东山木头西山竹，

山棚搭得几间屋，

隔仔三日凉山头，

满山茧子白满满。

廿四部丝车两面排，

当中出条送茶汤，

东面传来鹦哥叫，

西面传来凤凰声。

红包袱，绿包袱，

一包包了十七、廿八包。

东家老大要想园

西家老大要想放，

亦勿园来亦勿放，

上海城里开爿大钱庄，

收着蚕花买田地，　　　　　　高田买到寒山脚，

高田买到寒山脚，　　　　　　低田买到大湖边。

低田买到太湖边。

　　附记：养蚕地区每逢清明节，民间艺人用稻草扎一马形，扮作马鸣皇菩萨，身披胄甲，骑在马上，口喊"蚕将军来哉"或手拿马鸣皇像，敲打木鱼、小锣、穿门走户，将剪纸蚕猫送给养蚕人家，为蚕农说唱吉利话。这种说唱形式称"念佛句"，念完后蚕农给米一升左右。

原载：《中国歌谣集成·江苏卷》（第 183-184 页）

缫丝织歌

纱厂娘子

口述者 周玉清　采录者 金建楷

采访时间及地点　1987 年 9 月 17 日　宁波市区白沙幼儿园

鸟叫出门，
鬼叫进门。
吃饭吞，
走路奔。
做得眼睛白起，
还讲侬装死。

吃吃猪狗食，
出出牛马力。
盖盖油渣被，
屯屯凉棚里。
做到年纪老，
勿值一根草。

原载：《中国歌谣集成·浙江卷》（第 244 页）

梭子两头尖

口述者 贺挺　记录者 贺挺

采访时间及地点　1987 年　宁波市区

梭子两头尖，
放落吭铜钿，

插短做娘姨，
度日如度年。

原载：《中国歌谣集成·浙江卷》（第 245 页）

抄身苦

流传地　宁波市区

抄身婆，如恶虎，　　　　　　　言语冲撞抄身婆，

逼得女工难动步，　　　　　　　扯破衣裳撕破裤。

上厕所，出厂门，　　　　　　　家无寸布来缝补，

道道关卡难逃过。　　　　　　　满腹苦水无处诉。

附记：原载 1954 年 1 月浙江人民出版社的《浙江歌谣选集》，后收入《中国歌谣集成》。

原载:《中国歌谣集成·浙江卷》（第 245 页）

缫丝阿姐

口述者 高明雄　采录者 夏介青

采访时间及地点　1987 年　绍兴县柯桥镇汇头村

缫丝阿姐能起早，　　　　　　　汽管嘟嘟叫，

冷饭开水淘，　　　　　　　　　走路分两条，

买根麻花吭钞票。　　　　　　　放工还要搜腰包。

附记:《缫丝阿姐》是杭嘉湖宁绍一带反映旧时纺织厂女工生活状况的歌谣，流传极广，普查中多有采录。

原载:《中国歌谣集成·浙江卷》（第 245 页）

缫丝阿姐（泗州调）

演唱者 曹大珍　采录者 曹先模

采访时间及地点　1987 年　杭州市下城区

缫丝阿姐第一叹，　　　　　　　烧好六谷糊，

月亮高高就起来，　　　　　　　带点萝卜菜，

跌煞绊倒去上班。

打得鲜血流出来!

缫丝阿姐第二叹,

缫丝阿姐第三叹,

进厂好比坐牢监,

太阳落山才放班,

茧子滚水里煮,

浑身筋骨痛,

两手好像抓火炭,

走路像上山,

十指烫得连心痛,

两只角子做一工,

工头的棒儿打你,

只好买捆把儿柴。

原载:《中国歌谣集成·浙江卷》(第245—246页)

湖丝阿姐(小调)

演唱者 沈子林 采录者 沈瑞康

采访时间及地点 1987年4月25日 海宁市沈家埭

月落西山天明了,

姐妹们都去上工。

湖丝阿姐要起早,

害娘亲,先把饭烧。

左手捏把文明伞,

哎哟,哎哟,

右手一只小饭篮,

害娘亲,先把饭烧。

在路上说说谈谈。

哎哟,哎哟,

耳听波罗咣咣叫,

在路上说说谈谈。

来了姐妹一大潮,

提起苦,没得话说了。

大小进了湖丝厂,

哎哟,哎哟

打盆做丝茧子拣,

提起苦,没得话说了。

十二点钟放工吃饭。

哎哟,哎哟,

看看钟头五点过,

十二点钟放工吃饭。

耳听叫了二波罗,

姐妹们都去上工。

上海阿姐本领高,

哎哟,哎哟,

打盆做丝称头挑,

着衣裳也算时髦。

哎哟，哎哟，

着衣裳也算时髦。

杭州有个阿姐卖相好，

管车先生膀子吊，

身不由己呒法逃。

哎哟，哎哟，

身不由己呒法逃。

江北阿姐真苦恼，

天天冷饭开水泡，

下小菜一根油条。

哎哟，哎哟，

下小菜一根油条。

苏州阿姐路上跑，

滑头麻子来盯梢，

骂一声杀头千刀。

哎哟，哎哟，

骂一声杀头千刀！

附记：《湖丝阿姐》流传时间略晚于《缫丝阿姐》，唱述内容也有所不同。

原载：《中国歌谣集成·浙江卷》（第246-247页）

湖丝阿姐

讲唱者　庄中廷　采录整理者　徐春雷

采访时间及地点　1988年10月　文化馆

月落西山天明了，

湖丝阿姐起得早，

喊娘亲先把饭来烧，

嗳唷，嗳唷，

喊娘亲先把饭来烧。

忽听头波罗唠唠叫，

来了姐妹一大淘，

金弟姐你也来了。

看看钟头五点过，

又听叫了二波罗，

姐妹们都去上工，

嗳唷，嗳唷，

姐妹们都去上工。

左手拿把文明伞，

右手提只小饭篮，

在路上说说谈谈，

嗳唷，嗳唷，

在路上说说谈谈。

从小进了湖丝栈，

打盆做丝茧子拣，

十二点钟放工吃饭，

嗳唷，嗳唷，

十二点钟放工吃饭。

江北阿姐真苦恼，
天天冷饭开水泡，
好小菜一根油条。
上海阿姐本领高，
打盆做丝称头挑，
着衣裳真正时髦，
嗳唷，嗳唷，
着衣裳真正时髦。

苏州阿姐路上跑，
滑头麻子来盯梢，
骂一声杀侬千刀，
你看穷爹啥路道，
瞎脱眼睛来胡调，

恨起来打你耳光，
嗳唷，嗳唷，
恨起来打你耳光。

滑头麻子哈哈笑，
叫声阿姐休烦恼，
我有事告你知晓，
嗳唷，嗳唷，
我有事告你知晓。

杭州阿姐卖相好，
管车先生膀子吊，
小房子借在旱桥，
嗳唷，嗳唷，
小房子借在旱桥。

附记：此为过去反映缫丝工人生活的歌。讲唱者用民间四洲调演唱。因旧时湖州缫丝厂较多，人民习惯将缫丝女工称作湖丝阿姐。

原载：《桐乡蚕歌》（第13—15页）

缫丝娘

讲唱者 张金林（三跳艺人） 采录整理者 徐春雷

采访时间及地点 1979年11月 曲艺会上

东南风起自然凉，
村中忙坏缫丝娘，
脚踏丝车团团转，
索帚捞绪丝头长。

几颗茧子一根丝，
粗细心里拿主张，
手脚并用眼睛快，
全凭索帚功夫强。

原载：《桐乡蚕歌》（第12页）

十个瞌睏

讲唱者 张吾清　采录者 黄墨林

头一个瞌睏初起头，
夜饭吃拉喉咙头。
桥尺一响抽身起，
瞌瞌睏睏那介织花绸！

第二个瞌睏凑成双，
瞌睏来哉真难挡；
脚踏桁档全无力，
手捏牵线软郎当。

第三个瞌睏凑成单，
一把拉断上中线；
徒弟照火师傅换，
换到停当一更天。

第四个瞌睏睏里睏，
下挡师傅摆面孔，
梭子一掼朝上看，
慌忙扎乱拉析点。

第五个瞌睏浑淘淘，
走到机前掼一拎，
东一张来西一望，
郎荡打翻绸坏了。

第六个瞌睏师傅叫剪剪掉，
口口声声剪勿掉，
机剪落地叮当响，
口口声声骂爷娘。

第七个瞌睏冷冰冰，
想着三年半徒弟苦伤心，
吭不黄昏半夜多勿困，
鸡叫平亮早起身。

第八个瞌睏四成双，
怨我爹娘送我上机行，
莫道机行里生意行当好，
我情愿剃头削发做和尚。

第九个瞌睏九尺长，
下挡师傅还有勿收场，
开开扇门来勿听见机声响，
只听得谯楼打五更。

收场瞌睏第十个，
眼目清亮搭白口，
吃粥吃饭好比龙喝水，
叫我苦经向谁讲！

附记：湖地几乎有织机处便有织歌，它是吴歌的一个分支。20世纪二三十年代，湖州城四濠八门处处有织歌之声，十分旺相。"双林织歌"相传早在明代便很有名。

织绸既劳累又枯燥，织机声响单调，更使人感到疲乏和厌倦。为了解闷消乏，织工们便边操作边唱山歌，并正好与织机声响的节奏相协调。"本机"由操作的上、下手对唱（机下一人挡梭，机上一人提花）；"拉机"便由织工和在机旁"掉丝"的女工对唱。织歌内容大多是反映青年男女的爱情生活（如《十里亭》《白雀山歌》《刘二姐》等景），也有反映织工艰苦的劳动生活（如《十个政统》等），还有反映当地风物的内容（如《游南山》《游弁山》等）。其曲调多为本地民间流传的吴歌谣曲。

后来织歌又发展到业余对唱，逐渐形成每年清明到端午举行织歌比赛的风俗。在双林镇中心"歌浪桥"畔举行。一般由同业公会出面组织，时间约三天左右。对歌者在"歌浪桥"堍，隔河对唱，男工居多。歌词大多以穷欢女爱、民间风俗、风物传说等为内容，其宗旨以娱乐为主。自机械兴起，织机业落没，织歌对唱等也日渐消隐。原载《湖州风俗志》。

原载：《浙江省民间文学集成·湖州市歌谣谚语卷》（第32—34页）

哭机房（山歌）

讲唱者 刘甦　采录者 朱秋枫

采访时间及地点　1979年10月　湖州市区

一更一哭机房苦，
想起前情泪簌簌，
爹娘早死田产无，
只好挽亲托眷拜师傅。

二更二哭机房苦，
脚踏牵板吭记数，
梭子掼得手骨酸，
肚饥喝口咸菜卤。

三更三哭机房苦，
洞里老虫来欺侮，

偷吃纱浆还不算，
还要咬我机上布。

四更四哭机房苦，
冷风飕飕透窗户，
十指冻得格格抖，
我哪有力气把机扶。

五更五哭机房苦，
年过三十还把光棍做，
绫罗绸缎手中出，
破衣破裳吭人补。

原载：《浙江省民间文学集成·湖州市歌谣谚语卷》（第248页）

湖丝阿姐真苦恼

讲唱者 黄瑞珍　采录者 严树学

月亮弯弯照楼梢，
湖丝阿姐真苦恼！

借手拿把文明扇，
顺手拎只讨饭篮。

原载:《浙江省民间文学集成·湖州市歌谣谚语卷》(第 139 页)

游南山(织歌)

演唱者 张阿土　采录者 沈鑫元
采访时间及地点　1989 年　郊区戴山乡

自从盘古立乾坤，
江南一府湖州城。
十八里溪沿城转，
水乡处处好风景。
说风景来道风景，
话说北门那个村，
姑娘家住下机坊，
村前直落一条塘，
门前有块圆磨石，
姑娘坐定自思量，
远看姑娘像孟姜，
风吹一阵粉花香，
有人问我名和姓，
姓张小名叫三娘。

桃红柳绿三月天，
妹叫情哥去叫船。
白雀山上奴去过，

今朝搭郎游南山。
港湾有只小篷船，
郎哥开口问船家:
今朝载伢到南山，
你要船钱几百文?
船公当下便回言:
潘三勿是陌生人，
慢慢准备可动身。
姑娘听言心中喜，
回到房中换新衣，
湖绸短衫外底肩，
玄色洋绸百褶裙，
青丝细发黑乌云，
旁边插个一丈青，
斜插珠花鬓边垂，
金翠耳环左右分，
袅袅婷婷走出门，
好像蝴蝶舞翩翩。

两人移步下船舱，
船公手把竹篙撑，
一篙撑出橹来摇，
一摇摇出机坊港，
上下机坊像连环，
推艄转去殳家湾，
大通桥南港面过，
前面就是竹行埭。
扳艄一橹进新桥，
米行街上闹吵吵，
三娘抬头观看景，
都是经济陌生人。
一橹摇进北城门，
垃圾场头换粪人，
橹前有个盐公堂，
橹后有个武衙门。

郎哥说话船公听，
骆驼桥头买点心。
船公撑篙桥下停，
潘三快步上岸埠，
三脚两步上大桥，
骆驼桥上好风光，
吕祖虽已飞仙去，
桥上留下卖丹处。
大桥直落到东街，
前面就是天成斋，
细花茶食都买到，
急忙回转下船舱。

骆驼桥下往来船，
川流不息似梭穿，
也有船家去北山，
互相招呼多留神。
甘棠桥下穿船过，
好似长虹挂空中，
长桥上下真热闹，
百步之间连两桥。

行一程来又一程，
一橹摇到四面厅。
地名典故说几桩，
月河漾水似琴声，
潮音桥下不开口，
一路荡荡出南门，
驶出南门驿驷桥，
沈店桥下白浪滔；
渔船滩上来经过，
遥望岘山风景好。
船儿悠荡碧浪湖，
湖水泱泱明如镜，
浮玉塔在湖中耸，
间枝杨柳间枝桃，
艳阳三月春生辉，
赛过西湖六条桥。
英武石相对冲头去，
四贤祠内忠孝臣。

碧浪湖里穿船过，
前面就到张仙亭，

三娘启口船儿停，　　　　　　笑迎客人进山门。

张仙亭里看春景，　　　　　　穿过山门踏步上，

春风飘过菜花香，　　　　　　两人跨进大殿门，

麦浪起伏似波涛。　　　　　　万寿宝寺真雄伟，

返船沿溪山涧间，　　　　　　飞檐画阁雕梁栋。

巍巍南山在眼前，　　　　　　殿前古树生紫烟，

郎哥说话船公听，　　　　　　放生池中鱼游戏，

道场滨里把船停。　　　　　　三尊佛祖垂眉坐，

潘三上岸先带缆，　　　　　　十八罗汉凶煞神。

手携姑娘上岸滩，　　　　　　三娘求拜佛面前，

下百步来好行走，　　　　　　知客和尚备茶点。

上百步来要气喘。　　　　　　看看时间不称晚，

行一程来歇一阵，　　　　　　乘兴爬坡到山巅，

望见半山庙堂门，　　　　　　多宝塔下朝北望，

一脚踏进头山门，　　　　　　菰城美景呈眼前，

四大金刚吓煞人。　　　　　　远眺街楼万千间，

　　　　　　　　　　　　　　姐家约莫在这边。

幸亏米勒肚皮大，

附记：此歌 20 世纪 30 年代在湖州地区流行，特别是市区及近郊，几乎家喻户晓，据传有小唱本，系民间说唱艺人加工过。

原载:《浙江省民间文学集成·湖州市歌谣谚语卷》(第 387-393 页)

梭子两头尖

演唱采录者　贺挺

流传地　宁波市区

梭子两头尖，　　　　　　插短做娘姨，

放落吭铜钿，　　　　　　度日如度年。

原载:《浙江省民间文学集成·宁波市歌谣谚语卷》(第 247 页)

纱厂娘子

演唱者 周玉清　采录者 金建楷 成风

流传地　宁波市区

鸟叫出门，　　　　　　吃吃猪狗食，

鬼叫进门。　　　　　　出出牛马力，

吃饭吞，　　　　　　　盖盖油渣被，

走路奔。　　　　　　　庵庵凉棚里，

做得眼睛白起，　　　　做到年纪老，

还讲侬装死。　　　　　勿值一根草。

原载：《浙江省民间文学集成·宁波市歌谣谚语卷》（第 248 页）

湖丝阿姐

讲唱者 孔黎明　采录者 陈展

日落西山天明了，　　　在路上，说说谈谈。

湖丝阿姐能起早，　　　在路上，说说谈谈。

喊娘亲，先把饭烧，

喊娘亲，先把饭烧。　　大小进了湖丝站，

　　　　　　　　　　　打盆做丝拣子茧到，

忽听头排唠唠叫，　　　十二点钟，放工吃饭，

来了姐妹一大潮，　　　十二点钟，放工吃饭。

姐妹们，你先来了！

姐妹们，你先来了。　　江北阿姐真苦恼，

　　　　　　　　　　　餐餐冷饭开水泡，

左手拿把文明伞，　　　好小菜，裹肉一包；

右手挽只小饭篮，　　　好小菜，裹肉一包。

原载：《浙江省民间文学集成·杭州市歌谣谚语卷》（第 17 页）

月儿一出照东桥

演唱者　金雪珍　采录者　曹先模

月儿一出照东桥，
湖丝阿姐快起早，
冷饭头儿茶泡泡，
霉干菜儿撮一吊。
寒冬腊月薄棉袄，
抖抖索索往厂跑，
进厂先把身上抄，
工头皮鞭，木棍朝你头
上敲。
茧子在滚水里煮，
两手在滚水里捞，
好像剥出的黄鱼头，
十指连心痛难熬。

月儿一出照西桥，
湖丝阿姐放工了，
一步当作三步走，
浑身好像滚油浇。
芋艿头儿水煮煮，
盐花儿蘸蘸把肚饱，
吃了上顿没下顿，
老鼠也饿得吱吱叫，
蚊子好像轰炸机，
臭虫赛过坦克炮，
一块木板当眠床，
稻草堆里来困觉。

原载:《浙江省民间文学集成·杭州市歌谣谚语卷》(第 18 页)

缫丝阿姐叹

讲唱者　曹大珍　采录者　曹先模

缫丝阿姐第一叹，
月亮高高就起来，
烧好六谷糊，
带点萝卜菜，
瞌充懵懂出了门，
跌煞绊倒去上班。

有钱小姐困高楼，
太阳高高才起来，
娘姨来梳妆，
丫头揩皮鞋，
不平不平真不平，
缫丝阿姐受苦难。

缫丝阿姐第二叹，

进厂好比坐牢监，

茧子滚水里煮，

两手好像抓火炭，

十指烫得连心痛，

工头的棒儿打你，

打得鲜血流出来！

有钱小姐日日西湖游，

十六十七就去恋爱谈，

搽孔凤春的粉，

着香港店的衫，

不平不平真不平！

缫丝阿姐受苦难。

缫丝阿姐第三叹，

太阳落山才放班，

浑身筋骨痛，

走路像上山，

两只角子做一工，

只好买捆把儿柴。

有钱小姐山珍海味吃，

十菜八汤满桌摆，

喷香暹罗米，

金边碗，

白玉筷，

不平不平真不平！

缫丝阿姐受苦难！

原载:《浙江省民间文学集成·杭州市歌谣谚语卷》(第19页)

湖丝阿姐(小调)

讲唱者 沈子林　记录整理者 沈瑞康

采访时间及地点　1987年4月25日　沈家埭　流传地　海宁、桐乡一带

月落西山天明了，

湖丝阿姐要起早，

害娘亲，先把饭烧，

哎哟，哎哟，

害娘亲，先把饭烧。

耳听波罗咣咣叫，

来了姐妹一大潮，

提起苦，没得话说了，

哎呦，哎呦，

提起苦没得说了。

看看钟头五点过，

耳听叫了二波罗，

姐妹们都去上工，

哎哟，哎哟，

姐妹们都去上工。

左手捏把文明伞，

右手一只小饭篮，

在路上说说谈谈，

哎呦，哎呦，
在路上说说谈谈。

大小进了湖丝厂，
打盆做丝茧子拣，
十二点钟放工吃饭，
哎哟，哎哟，
十二点钟放工吃饭。

上海阿姐本领高，
打盆做丝称头挑，
着衣裳也算时髦，
哎哟，攻哟，
着衣裳也算时髦。

杭州有个阿姐卖相好，
管车先生膀子吊，

身不由己呒办法，
哎哟，哎哟，
身不由己呒办法。

江北阿姐真苦恼，
天天冷饭开水泡，
下小菜一根油条，
哎哟，哎哟，
下小菜一根油条。

苏州阿姐路上跑，
滑头麻子来盯梢，
骂一声杀头千刀，
侬看那穷爷啥个路道，
恨起来打你个耳光。
哎哟，哎哟，
恨起来打你个耳光！

原载:《中国民间文学集成·浙江省嘉兴市海宁市故事歌谣谚语卷》（第 359-360 页 ）

湖丝阿姐

演唱者 孔黎明　记录者 陈晨

流传地　萧山区

日落西山天明了，
湖丝阿姐能起早，
喊娘亲先把饭烧，
喊娘亲先把饭烧。

忽听头排唠唠叫，
来了姐妹一大潮，
姐妹们你也来了。

左手拿把文明伞，
右手挽只小饭篮，
在路上说说谈谈。

大小进了湖丝站，
打盆做丝茧子绸，
十二点钟放工吃饭。

江北阿姐真苦恼，
餐餐冷饭开水泡，
好小菜裹肉一包。

苏州阿姐路上跑，
浮头麻子来盯梢，
骂一声杀侬千刀。

上海阿姐本领高，
打盆做丝称头挑，
着衣裳真正时髦。

杭州阿姐卖相好，
管车先生混淘淘，
成婚配嫁在草桥。

原载:《中国民间歌曲集成·浙江卷》(第 422 页)

缫丝阿姐三叹

讲述者 沈应春　　**采录者** 沈根发

采访地点　练市镇新丰村

缫丝阿姐第一叹，
月亮高高就起来，
烧好六谷糊，
带点萝卜菜，
瞌睡懵懂出了门，
跌煞绊倒去上班。
有钱人家困高楼，
太阳高高才起来，
娘姨来梳妆，
丫头揩皮鞋，
不平不平真不平，
缫丝阿姐受苦难。

缫丝阿姐第二叹，
进厂好比坐牢监，
茧子滚水里煮，

两手好像抓火炭，
十指烫得连心痛，
工头的棒儿打你，
打得鲜血流出来!
有钱小姐日日西湖游，
十六十七就去恋爱谈，
搽孔凤春的粉，
着香港店的衫，
不平不平真不平，
缫丝阿姐受苦难。

缫丝阿姐第三叹，
太阳落山才放班，
浑身筋骨痛，
走路像上山，
两只角子做一工，

216

只好买捆把儿柴。
有钱小姐山珍海味吃，
十菜八汤满桌摆，
喷香暹罗米，

金边碗，白玉筷，
不平不平真不平，
缫丝阿姐受苦难。

窗前阿姐绣花边（山歌）

演唱者 陆瑞英 **采录者** 刘建生

采访时间及地点 1986 年 常熟市白茆乡

一塘清水三分田，
半亩竹园窗门前，
窗门前阿姐绣花边，
半挑针线半遮面。

顺手穿针蝴蝶飞，
济手引线蜜蜂来。
四周打起馄饨边，
好花对姐笑颜开。

头根线绣出春暖桃花俏，
红花黄芯挂枝梢，
江南春风带细雨，
雨笃花瓣落玛瑙。

二根线绣出夏天荷花开，
白花泱决能脱水来，
两边鸳鸯结伴打对游，
青花田鸡撑起荷叶伞。

三根线绣出秋凉菊花黄，
毛掌黄菊开上墙，
墙檐上桂花落在菊花土，
花上加花格外香。

四根线绣出寒冬蜡梅花开，
丫枝绕绕枯半瓣，
雪花朵朵落在花枝上，
雪打花片清香来。

一塘清水三分田，
半亩竹园窗门前，
窗前阿姐绣花边，
小妹妹窗外衬丝线。

针头戳出春风夏雨来，
丝线穿过秋景冬雪去，
小妹妹呀跟着姐姐学绣花，
四季好花开在姐心里。

附记：绣花边为常熟特有的手工艺品。

原载：《中国歌谣集成·江苏卷》（第 82-83 页）

姐儿房中秀针扎（剪靛花）

演唱者 葛维海　采录者 薛家太

流传地　邳县

姐儿房中绣针扎，

针扎上，绣鲜花，

一年四季插；

打春里，绣杏花，

桃花枝子鬓角插，

芍药牡丹花；

到夏天，绣翠花，

里边紧靠玫瑰花，

风吹看荷花；

到秋天，绣桂花，

金花银花架上爬，

重阳看菊花；

到冬天，绣雪花，

讽讽满天洒，

相衬蜡梅花。

原载:《中国歌谣集成·江苏卷》（第 83 页）

缫丝阿姐面皮黄

口述者 王招却　采录者 马汉民

流传地　苏州市

波罗一叫心发慌，

缫丝阿姐面皮黄，

勿进厂门要饿煞，

进仔厂门活勿长。

原载:《中国歌谣集成·江苏卷》（第 314–315 页）

女工怨

演唱者 沈仁根　记录者 陈炯

第一怨未怨起头，
做仔纱厂勿出头，
赚点铜钱拨勒爹娘用，
还债勿够还零头。

第二怨未怨自身，
自打主意错三分，
三年前总想进仔纱厂
有好日，
想勿着进仔地牢门。

第三怨未怨弄堂，
首捏筒头泪汪汪，
眼看着纱厂呒法想，
条条纱弄全断光。

第四怨未怨热天，
身上衣衫露出肩，
我搭爹娘商量做一件，
爹娘回头弟妹衣衫也
勿牵连。

第五怨未怨上班，
起早摸黑骨头酸，
只想悃悃意意困一夜，

可惜生活做勿完。

第六怨未怨饥饱，
天天冷饭开水淘，
吃饭辰光只好几分钟，
心急慌忙吃勿饱。

第七怨未怨秋凉，
有福阿姐困棉袄，
小妹妹早早走在寒风里，
身上冻得像筛糠。

第八怨未怨领班，
领班工头来和调，
恨得来耳光敲他敲上天，
到外头还要来盯梢。

第九怨未怨夜长，
做仔纱厂呒辰光，
夜夜做到半夜二三更，
头疼发热自身挡。

第十怨未实怨命，
早死一日早太平，
小妹妹晚死一日多吃一日苦，
只愁爹娘呒人敬。

原载：《无锡民间歌谣谚语精选》（第 96-97 页）

湖丝阿姐调

演唱者 魏洪飞　记录者 张行

太阳一出天明了，
湖丝阿姐能起早，
喊娘亲先把饭烧，
哎唷、哎唷，
喊娘亲先把饭来烧。

忽听得头波罗啦啦叫，
来了姐妹一大淘，
金娣姐，你也来了，
哎唷、哎唷，
金娣姐，你也来了。

湖丝阿姐真苦恼，
天天冷饭开水浇，
好小菜一根油条，

哎唷、哎唷，
好小菜一根油条。

左手拿了文明伞，
右手还提小饭篮，
在路上说说谈谈，
哎唷、哎唷，
在路上说说谈谈。

湖丝阿姐真时髦，
滑头麻子来盯梢，
骂一声杀你格千刀，
哎唷、哎唷，
骂一声杀你格千刀。

原载:《无锡民间歌谣谚语精选》(第 98-99 页)

湖丝阿姐歌

口述者 丁子祥　记录者 邵秋涛

湖丝阿姐生得俏，
身上全是茧味道，
手上烂到勿得了，
公子哥儿把头摇。

洋锡罐头手里挽，
里面盛点隔夜饭，
萝卜干，黄米饭，
热水泡泡当顿饭。

原载:《无锡民间歌谣谚语精选》(第 99 页)

十二月绣娘

演唱者 陈爱宝　**采录者** 温雪康

采访时间　1986 年 2 月

正月绣娘自绣房，
绣一对鸳鸯对凤凰；
凤凰头浪金狮子，
鸳鸯头浪雪落盖浓霜。

二月里绣娘自绣房，
绣只白马走长江；
姐妹两个商量语，
做好鞍子马背浪装。

三月里绣娘自绣房，
绣盆桃花在娘房；
姐妹两个商量语，
再绣一个贩桃郎。

四月里绣娘自绣房，
绣盆蚕花在娘房，
姐妹两个商量语，
再绣一个采桑郎。

五月里绣娘自绣房，
绣只花船推下江；
张公撑，李公摇，
后艄把舵直苗苗。

六月里绣娘自绣房，
绣盆荷花在娘房；

姐妹两个商量语，
再绣一个扑扇郎。

七月里绣娘自绣房，
七尺手巾在娘房；
门前三尺绣娘用，
后底四尺垫银箱。

八月里绣娘自绣房，
绣对纱幕在娘房；
姐妹两个商量语，
再绣一对筛酒郎。

十月绣娘自绣房，
绣条龙被在娘房；
姐妹两个商量语，
再绣一条凑成双。

十一月绣娘自绣房，
绣媒人领盘到厅堂；
要绣廿四双花鞋回盘转，
要绣媒人领盘出厅堂。

十二月里绣娘自绣房，
绣媒人领轿到东房；
姐妹两个哀哀哭，
啥年何月再同房。

原载：《中国·白茆山歌集》（第 40-41 页）

十个瞌睡（机房山歌）

演唱者 诸源江　搜集者 杨彦衡

流传地　苏州市

第一个瞌充初起头，
夜饭吃勒喉咙头，
脚踏横挡全无力，
唉声叹气上花楼。

第二个瞌睡凑成双，
要打瞌睡最难当，
眼白洋洋朝天看，
慌忙扎拉拉"摔转"。

第三个瞌睡冷清清，
三年半徒弟苦伤心，
黄昏半夜勿再话，
鸡啼明亮早起身。

第四个瞌睡睡又睡，
下档师父板面孔，
梭子一掼朝上看，
只见上档眼圈红。

第五个瞳睡软浪当，
机房原是苦行当，
人人说道机房好，
机房好比讨饭行。

第六个瞌睡眼睛酸，
一把拉断"牵横线"，
上档招呼下档换，
换得停当三更天。

第七个瞌睡夜静深，
未转星梭半夜中，
东家吃饭呼呼睡，
机房寒冷做夜工。

第八个瞌睡心慌忙，
前世勿修学机房，
一日勿做饿肚皮，
好比讨饭走四方。

第九个瞌睡月星高，
半夜三更窝冷床，
冷床刚巧来窝热，
东邻西舍开门窗。

收场瞌睡第十个，
眼明清亮"答白口"，
吃粥好比龙取水，
通绞转棋老拿手。

原载：《苏州歌谣谚语》（第54—56页）

纱厂女工真正苦

口述者　俞寿生

采访时间及地点　1992年6月20日　南市区西藏南路439弄16号

纱厂女工真正苦，
困到半夜离床铺，
喝点冷粥头勿梳，
拎仔饭盒就赶路。

跑进车间生活做，
一点勿停手发麻，
来回挡车接断纱，
两脚肿得红又粗。

精疲力竭人发酥，
眼皮搭落瞌睡多，
来了拿摩温女恶魔，
手执皮鞭就来抽。

抽得女工实难受，
条条红杠血模糊，
这种日脚哪能过？
我伲工人实在苦。

原载:《中国歌谣集成·上海卷》(第486-487页)

天地不见像奴隶

演唱者　张月英　　采录者　冯朋

采访时间及地点　1987年9月　嘉定县黄渡印刷厂

小妹妹做厂真正苦，
进厂要写卖身契，
十日十夜关在厂门里，
天地不见像奴隶。

小妹妹做厂真悲哀，
腊月抄身解衣衫，
身上冷来心里吓，
要活性命只好来忍耐。

小妹妹做厂泪汪汪，
手酸脚软面皮黄，
身寒发热无钱医，
只得到东昌庙里求仙方。

小妹妹越想越是恨，
早死一日早超生，
下世投个好爷娘，
再勿踏进纱厂门。

原载:《中国歌谣集成·上海卷》(第487页)

往后日子怎样过

春到人间百花开，
百花带来开花弹，
离乡背井到孤岛，
进纱厂，做女工，
暂时解决生活难。

夏到人间热难当，
做工辛苦面皮黄，
一天所得吃不饱，
百物涨，米百元，
老板的心肠真太硬。

秋到人间树叶黄，
西风一起寒难当，
自己肚皮顾不到，
哪里有，剩余钱，
再来添制夹衣裳。

冬到人间霜雪多，
饥饿寒冷实难度，
厂中又把姐妹裁，
没奈何，免不了，
往后日子怎样过？

附记：选自《上海歌谣集之五）第 121 页，上海文艺出版社 1959 年版，后载入《中国歌谣集成》。

原载：《中国歌谣集成·上海卷》（第 487 页）

纱厂女工上班早

口述者 俞寿生

采访时间及地点 1992 年 6 月 20 日 南市区西藏南路 439 弄 16 号

纱厂女工上班早，
拎了饭篮急急跑，
后面光棍来盯梢，
女工心里别别跳。

光棍搭讪阿姐叫，
轧个朋友好不好？

女工听了怒火烧，
骂浓迭尺杀千刀。

侬要无赖我要叫，
叫来巡捕侬倒灶，
调戏妇女关监牢，
迭个辰光侬要喊懊恼。

原载：《中国歌谣集成·上海卷》（第 488 页）

鸡叫做到月亮照

演唱者　王富英　　采录者　黄义学

采访时间及地点　1987 年 10 月 20 日　杨浦区宁国路街道

纱厂工人真苦恼，
天天冷饭开水泡。
柴米油盐都贵了，

工钿只有两三毛。
鸡叫做到月亮照，
不加工钿不得了。

原载：《中国歌谣集成·上海卷》（第 488 页）

跑进纱厂当女工（五更调）

一更一点月正东，
因为贫穷，
咦呀呀得儿喂，
因为贫穷，
跑进纱厂当女工。
不放松，
一天里呀，
要做十二时，
咦呀呀得儿喂，
腰背都酸痛。

二更二点月光辉，
说也可怜，
咦呀呀得儿喂，
说也可怜，
工钱只有几角钱。
百物贵，
这一点呀，
够买啥东西？

咦呀呀得儿喂，
生活苦难言。

三更三点月正中，
机声隆隆，
咦呀呀得儿喂，
机声隆隆，
水汽腾腾头胀痛。
眼蒙眬，
机器旁呀，
尽想打瞌睡，
咦呀呀得儿喂，
又怕见监工。

四更四点月色黄，
骨瘦皮黄，
咦呀呀得儿喂，
骨瘦皮黄，
睡觉很少做工长。

真凄凉，

三顿饭呀，

急如鬼抢羹，

咦呀呀得儿喂，

身体哪能强？

五更五点月在西，

说不完全，

咦呀呀得儿喂，

说不完全，

女工的苦难说完。

谁来理？

功各位呀，

设法自救济，

咦呀呀得儿喂，

此事最为先！

附记：选自《上海歌谣集之五》第18页，上海文艺出版社1959年版，后载入《中国歌谣集成》。

原载：《中国歌谣集成·上海卷》（第488—489页）

所得不够肚皮饱

汽笛催起，霜天未晓，

风吹单衣受不了，

带饭出门，急忙奔跑，

耽怕进厂要迟到。

破晓上工，天黑未了，

所得不够肚皮饱，

年年贫穷，岁岁苦劳，

愁里青春转眼老。

附记：这首歌谣流传于1925年前后。后收入《上海工运史料》1986年第1期。

原载：《中国歌谣集成·上海卷》（第489页）

车间好像是监牢

演唱者 李三妹　采录者 倪秀娟

采访时间及地点　1987年6月　卢湾区吉安路街道志成居委会

洋纺阿姐真苦恼，

上班经常听鸡叫，

六进六出再加点，

鸡叫要做到鬼叫。

冷粥冷饭开水泡，
面孔吃得黄漂漂，
车间好像是监牢，
工头常要罚钞票。

有了毛病无钱看，
拿摩温还要打骂，
生了小人开除掉，
想想实在真苦恼。

工头常要恐吓讲：
要一百只狗难找，

要一百个人老便当
放工还要全身抄。

有铜钿的乘乘车，
呒没铜钿靠脚跑，
碰到流氓来盯梢，
吓得性命剩半条。

为了全家要活命，
只能含泪做落去，
忍气吞声做牛马，
认为自己命不好。

原载:《中国歌谣集成·上海卷》（第489—490页）

纱厂工人叹苦经

演唱者　周喜妹　采录者　黄权

采访时间及地点　1987年10月15日　杨浦区宁国路街道

唱只叹苦经，
最苦是伲做工人，
厂规多得呒道理，
让我细细说分明。

男女进厂门，
先要来搜身，
吃饭呒定心，
撒尿撒污限时辰。

断头接不清，
忙来手不停，

看见断头罚工不留情，
做厂最苦命。

勿做纱工难活命，
外面柴米贵煞人，
工人要想加工资，
老板勿答应。

纱布卖出银子赚进门，
赚进铜钿老板、工头分，
工人得勿到半毫分，
老板、工头真勿是人。

原载:《中国歌谣集成·上海卷》（第490页）

火烧女工叹（鸣春调）

一更里来月初升，
我们穷人真伤心，
只因穷得无饭吃，
跑进丝厂当女工。

二更里来月光辉，
女工的苦啊苦难言，
早起夜落做煞快，
工钱呀只有几角钱。

三更里来月正中，
忽然间一天火鲜红，

楼上楼下都烧通，
住楼的女工争逃命。

四更里来月渐沉，
可恨那楼上少窗门，
扶梯也只一两只，
大半的女工都送命。

五更里来月全西，
火烧啊女工真可怜，
焦头断脚烂心肺，
做工啊送命惨不惨？

附记：1924 年 3 月，上海祥经丝厂发生火灾，厂房楼上，只有一两只狭小的梯子，加之闸北的自来水放水很小，当场烧死女工 200 多人。选自《上海歌谣集之五》第 26 页，上海文艺出版社 1959 年版，后载入《中国歌谣集成》。

原载：《中国歌谣集成·上海卷》（第 490-491 页）

洋纱工人歌

演唱者 黄玲媛　采录者 沈金根

采访时间及地点　1987 年　宝山区庙行乡

勿曾开口心里真难过，
叫声诸位兄弟搭姐妹，
我伲是好人，
呒没犯啥罪，
为啥叫伲来吃亏？
唉哟哟，为啥叫伲来吃亏！

登勒乡下日脚真难过，
拼死拼活总归肚皮饿，
呒没法子想，
跑来寻工做。
啥人晓得苦处迭能多，
唉哟哟，啥人晓得苦处迭能多！

十二个钟头做工不得空，

做得来腰酸骨头痛，

眼睛肿得红彤彤，

不敢打瞌睏。

为的是拿摩温邪气凶，

唉哟哟，为的是拿摩温邪气凶。

一眼眼勿好就要吃排头，

要打要骂还把工钱扣。

有理无处讲，

有话难开口。

只好背后头里眼泪流，

唉哟哟，只好背后头里眼泪流。

拿的工钿越来越减少，

买柴买米不够苦开销。

二房东要房钱讨，

拿摩温要竹杠敲，

呒没铜钿勿得了，

唉哟哟，呒没铜钿勿得了！

太太平平尚且过勿去，

生仔毛病更加勿来事，

工钿拿勿着，

吃药吃勿起，

只好拨勒写字间里停生意，

唉哟哟，只好拨勒写字间里停

生意。

格能的日脚真正过勿了，

要想活命拳头要捏牢，

大家一条心，

苦尽幸福到，

吃着困觉不会喊苦恼，

唉哟哟，吃着困觉不会喊苦恼。

原载：《中国歌谣集成·上海卷》（第 491-492 页）

洋纱阿姐

演唱者 唐才英　采录者 唐永保 周明琴

采访时间及地点　1987 年 3 月　川沙县杨思镇杨新居委会

头一月明怨起头，

我做洋纱勿出头，

前三年勿做洋纱恁惬意，

做了洋纱苦黄连。

第二月明月自升，

只怪我自己错三分，

寻的铜细交给爹娘用，

爹娘回头勿够用。

第三月明怨弄堂，

走进弄堂泪汪汪，

湖丝阿姐真苦恼

演唱者 刘金娥　采录者 宋招姊

采访时间及地点　1987 年 8 月　卢湾区瑞金二路街道巨鹿居委会

苦恼苦恼真苦恼，

湖丝阿姐要起早，

一听波螺响，

心里别别跳，

急急忙忙赶上班，

大饼油条胡乱塞。

左手捏把文明伞，

右手挽只小饭篮，

果肉一包好小菜，

冷饭开水来淘淘。

苦恼苦恼真苦恼，

湖丝阿姐真苦恼。

原载：《中国歌谣集成·上海卷》（第 494 页）

我伲为啥实梗苦

口述者 俞寿生（本人记录）

采访时间及地点　1992 年 10 月　南市区西藏南路 439 弄 16 号

湖丝阿姐真苦恼，

天亮就往厂里跑，

缫丝缫得手起泡，

十指连心痛难熬。

拿摩温，像虎豹，

拿促姐妹骂啥敲，

我伲为啥实梗苦？

想想实在活不了。

原载：《中国歌谣集成·上海卷》（第 494 页）

含仔眼泪回家门

演唱者 黄菊芬　采录者 张伟农

采访时间及地点　1987 年 5 月　黄浦区浦东潍坊六村 621 号

十二月里天气冷冰冰，

湖丝阿姐最伤心，

拉头遍回声就动身，

二遍回声到厂门，

"刹啦啦"开起自来门，
两边立好外国人。
派着有工哈哈笑，
派勿着工双脚跳，
一跳跳到账房间，
账房先生还要趁火打劫烂
胡调：
"呒没派工难做人，

对侬小妹蛮同情。
我有三样金、三样银，
三百洋细茶礼银，
倘若侬肯答应我，
明朝搭侬外国吹打结成亲。"
勿敢骂，勿敢顶，
只好含仔眼泪回家门。

原载：《中国歌谣集成·上海卷》（第494-495页）

纱厂女工曲

才见东方放白光，
披衣束带急离床，
回头细看孩儿面，
儿啊母做工人儿面黄。

刚泡茶汤奉公公，
厂中汽笛响隆隆，
蓬头散发无心理，
抢着圆篮赶上工。

低头急急出家门，
心惊红日子已高升，
今天怕又赶不及，
厂门关得紧腾腾。

幸喜牢门还未关，
急忙走进调丝间，
腾腾热气皮焦痛，
不是为钱谁肯来？

调丝调到十二点，
拿来冷饭可充饥，
低头想到丈夫苦，
此刻拖车汗不离。

沸水中间手不停，
过了下午到黄昏，
放工已在六点外，
厂前街上黑沉沉。

同伴叹气声连声，
心中有事不听闻，
急忙跨进家门口，
听得孩儿哭母声。

孩儿你莫叫娘抱，
娘身酸痛不能熬，
爸爸拉车归来么，
带回白米娘好烧。

灯儿昏暗月儿高，

丈夫为何还不归？

忍饥挨饿把车拖，

身受辛苦我心悲。

汽车杀人像虎狼，

吾夫定已遭灾殃；

或被巡捕捉了去，

硬说违章罚大洋。

门前张望泪汪汪，

丈夫究竟在何方？

公公盼望儿啼哭，

丈夫啊！你再不回来，

这一家夜饭怎商量？

附记：选自《上海歌谣集之五》第 23 页，上海文艺出版社 1959 年版，后载入《中国歌谣集成》。

原载：《中国歌谣集成·上海卷》（第 495 页）

纺纱歌

演唱者 李洪才

采访时间及地点 1983 年 7 月　崇明县建设公社

小小锭子两头尖，

纺纱纺了几十年。

起早摸黑勿停息，

称称只有一斤棉。

细是细来头号纱，

只能赚到两吊钱。

粮食可买一升半，

薄粥喝喝熬一天。

原载：《中国歌谣集成·上海卷》（第 514 页）

纺纱歌

演唱者 杨保南　采录者 张辛

采访时间及地点 1986 年 12 月　松江县五里塘乡夏家村

一根条子白寥寥，

左手捏起右手摇，

前半世摇来嫁过去，

后半世摇来买香烧。

原载：《中国歌谣集成·上海卷》（第 515 页）

织布女

演唱者　黄俊　采录者　谈柏千

采访时间及地点　1987年　普陀区长风新村街道

织布织布，
布机叽叽咕咕。
织布织布，
织女辛辛苦苦。

织出几丈白布，
换得几升粗谷，
勉强饱了肚子，
出门穿的破裤。

原载:《中国歌谣集成·上海卷》(第515页)

黄婆婆

黄婆婆，黄婆婆，
教我纱，教我布，
两只筒子两匹布。

黄婆婆，黄婆婆，
教我纱，教我布，
纺纱织布一乃罗。

附记:黄婆婆，即黄道婆，也称黄婆、黄母，名佚。生活在宋末元初，中国古代棉纺织技术革新家。松江府乌泥泾(今上海县龙华乡东湾村)人，相传幼时家贫，沦为童养媳。因不堪忍受公婆虐待，流落至崖州(今海南省三亚市)30余年，元元贞年间(1295—1297)返回故里。回乡后向乡民推广植棉，传授在崖州学到的整套棉纺织技术，并改革弹棉、纺车等工具。所产之布，驰名南北，有"松郡棉布衣被天下"之称，上海遂于明清时成为全国棉纺织业中心。黄卒后，乡民为之举行公祭，建墓立碑，修造祠堂，供奉塑像。她的墓地于1956年，1985年曾被两度重修，现为市级文物保护单位。选自《上海县志》第1275页，上海人民出版社1993年版，后载入《中国歌谣集成》。

原载:《中国歌谣集成·上海卷》(第699页)

黄婆婆

演唱者 陆人骥　采录者 俞成伟

采访时间及地点　1987年9月　卢湾区瑞金二路街道茂南居委会

黄婆婆，黄婆婆，
教我纱，教我布，
两只筒子两匹布。

黄婆婆，黄婆婆，
吃是吃，做是做，
一天能织三个布。

原载:《中国歌谣集成·上海卷》(第699页)

黄婆婆

演唱者 徐大妹　采录者 李自勉

采访时间及地点　1987年4月　闵行区碧江路街道汽轮二村

黄婆婆，
黄婆婆，
教我纺，

教我织，
两天好织三个朝笋布。

原载:《中国歌谣集成·上海卷》(第699页)

捞湖丝小调

演唱者 王五大　搜集者 诸震

采访时间及地点　1987年　虹口区欧阳街道

月落西山天朦亮，
湖丝阿姐起床忙，
喊娘亲你先把泡饭烧。
嗳唷喔唷！
喊娘亲你先把泡饭烧。

忽听气笛啵啵叫，

姐妹来仔一大淘，
金娣银姐都来了。
嗳唷喔唷，
金娣银姐统统都来了。

忽听又叫二啵啰，
姐妹急忙去上工。

236

左手拿顶文明伞，

右手提只小饭篮。

嗳唷喔唷，

一路上姐妹笑颜开。

麦根路转弯到三爿厂新桥，

红头阿三来盯梢。

吓得姐妹们往前逃，

骂一声杀侬格千千刀！

嗳唷喔唷，

骂一声杀侬格千千刀。

湖丝阿姐手灵巧，

打捞蚕丝本领高。

领班看见把膀子吊，

小房子借在大旱桥。

嗳唷喔唷！

小房子借在大旱桥。

原载：《中国民间文学集成·上海卷虹口区歌谣谚语分卷》（第89—90页）

女工苦

演唱者　王静　采录者　王凤香

采访时间　1987年5月

勿曾开口心里真难过，

叫声兄弟姐妹听从头，

我伲工人呒没犯啥罪，

为啥要叫我伲吃苦头？

嗳嗳唷，为啥要叫我伲吃

苦头？

等拉乡下日脚真难过，

拼死拼活总归肚皮饿。

呒没法子跑来找工做，

啥人晓得，格能样子苦！

嗳嗳唷，格能样子苦！

一日要做十几个钟头呒没空，

做得腰酸骨头痛，

眼睛红肿勿敢打瞌睏，

因为那摩温邪气凶。

嗳嗳唷，因为那摩温邪气凶。

工钿越拿越是少，

买米买菜勿够来开销，

穷人有苦无处说，

只好背后眼泪汪汪自家熬。

嗳嗳唷，只好背后眼泪汪汪自

家熬。

太太平平将就过下去，

有了毛病没力气，

工钿拿勿到，吃药吃勿起，

又怕老板停生意，

嗳嗳唷，又怕老板停生意。

这种日脚实在无法熬，

想要活命拳头要捏牢，　　　　吃穿睡觉勿会再苦恼。

大家齐心争个好世道，　　　　嗳嗳唷，吃穿睡觉勿会再苦恼。

原载:《中国民间文学集成·上海卷黄浦区歌谣谚语分卷》(第178-179页)

十二月里天

演唱者 黄菊芬　采录者 张伟农

采访时间　1987年5月

十二月里天冷冰冰，　　　　账房先生还要趁火打劫烂胡调:

湖丝阿姐最伤心。　　　　　　"呒没派工难做人，

拉头遍回声就动身，　　　　　对侬小妹蛮同情。

二遍回声进厂门，　　　　　　我有三样金、三样银，

刹啦啦开起自来门，　　　　　三百洋钿茶礼银，

两面立好外国人。　　　　　　倘若侬肯答应我，

派着有工哈哈笑，　　　　　　明朝搭侬外国吹打结成亲。"

派勿着工双脚跳，　　　　　　勿敢骂，勿敢顶，

一跳跳到账房间，　　　　　　只好含仔眼泪回转门。

原载:《中国民间文学集成·上海卷黄浦区歌谣谚语分卷》(第182页)

纺纱经

演唱者 张阿大　采录者 韩英

采访时间及地点　1987年5月　嘉定县南　北片

一条条子白耀耀，　　　　香烟层层纱经绕，

左手拿来右手摇，　　　　九层云里造仙桥。

后生做来保家庭，　　　　南无阿弥陀佛。

老时做来买香烧，

原载:《中国民间文学集成·上海卷嘉定县歌谣分卷》(第24页)

轧花做布经

演唱者 金新舍　采录者 张云娟　整理者 赵仁初

采访时间及地点　1987 年 7 月　嘉定县封浜　南翔等地

两山头浪挂轧车，
新装轧车轧棉花，
新做小笑拣棉花，
新上弓弦弹棉花，
新车锭子纺经纱，
廿五只筒子满一车。
张家弄堂经布经得好，
李家弄堂刷布刷得好，

刷布刷啦东南风，
刷布姑娘运道好。
拍拍纵头就上机，
毛竹撑边撑得紧，
黄杨梳子引落线，
公要衣衫婆要裙，
小叔叔要条长袍。

原载:《中国民间文学集成·上海卷嘉定县歌谣分卷》(第 25 页)

织布经

演唱者 王林珍　采录者 沈彩云　整理者 浦文奎

流传地　嘉定县南翔等地

织布要念织布经，
脚踏机来手不停，

宽宽紧紧有收房，
接着南吭一卷经。

原载:《中国民间文学集成·上海卷嘉定县歌谣分卷》(第 26 页)

缫丝娘

演唱者 丁世芬　采录者 望新采编组　整理者 卫家来

采访时间及地点　1986 年 9 月　嘉定县望新 外冈等地

东南风起来暖洋洋，
结识南纱厂里有一个缫丝娘。

手扳叶子腾腾转，
口含丝线眼窥郎。

郎窥姐，姐窥郎，

情哥哥伸手讨衣裳。

今夜哥侬要着衣衫买转来，

龙凤剪刀，黄杨木尺我自有，

红灯高挂我来办，

买针来仔买针来，

买针勿要买扳来针，

买针勿要买软条针，

买针勿要买橄榄针。

买针买线要到苏州城里、

铜匠店隔壁、铁匠店对过、

王家店里格龙凤绣花针。

买好针来穿好线，

穿好花线我来绣。

上绣三针，下绣三针，

针针对缝、缝缝对针，

若是一针勿对，拆脱再拎，

白费功劳枉费心思，

顺肩要绣龙凤鸳鸯，

左肩要绣通宝富联，

四角要绣狮子抱绣球，

当中要绣一枝杨柳隔枝桃。

拨侬亭阁上着仔，

先上苏州，慢上杭州。

杭州城里三层头楼上，

有一位笃脚小娘，

笑出来，蓬出来，

倒拖仔花鞋拖下来，

踏牢情哥脚板头，

扳牢情哥衣衫背心，

问一声侬情哥郎，

格件着肉汗衫哪里一位娇娘绣？

我结识南纱厂里缫丝娘。

原载:《中国民间文学集成·上海卷嘉定县歌谣分卷》(第283—284页)

湖丝阿姐

演唱者 金阿毛 **采录者** 章华

采访时间及地点 1987年5月 嘉定县方泰等地

栀子花开来十六瓣，

谭家桥开起缫丝站，

缫丝阿姐千千万，

手里拎只小饭篮。

原载:《中国民间文学集成·上海卷嘉定县歌谣分卷》(第321页)

蚕桑乐府

沈炳震（1679—1737），字寅驭，号东甫，浙江归安（今湖州）竹墩村人，清代史学家。他少时读书勤勉，知识渊博。连续八次赴乡试落榜，即弃举业，专攻经史、考古。著述甚丰。乾隆初与幼弟沈炳谦同举博学鸿词。他最有价值的著作之一就是对官修的新旧《唐史》的比较研究，书名《新旧唐书合钞》共 260 卷。

《蚕桑乐府》约 2500 字，是乐府歌形式的长篇组诗。他在自序中说："湖之俗，以蚕为业。甲午蚕月，余避嚣梅庄丙舍。比邻育蚕，自始事以观厥成，皆与焉……余偻指得二十事……浅陋固不足道，然真率之意，有古风焉……"诗歌写了护种、下蚕、采桑、饲蚕、捉眠、饷蚕、铺地、山棚、架草、上山、撩火、采茧、择茧、缫丝、剥蛹、作绵、生蛾、布子、相种、赛神等 20 个蚕事过程。言简意赅地记述了湖俗蚕法和蚕农蚕妇的辛勤劳动。诗歌通俗明快，广为流传。清道光后期程岱葊的《西吴蚕略》、同治八年（1869）沈炳震的孙子沈秉成编的《蚕桑辑要》、同治十一年（1872）汪曰桢编的《湖州府志·蚕桑》和《湖蚕述》都辑入了《蚕桑乐府》，对发展湖州及江南蚕桑生产起到了教化与推动的作用。

护种

取旧年所布纸上子，以帕裹之，置熏笼中一宿，谓之打包。继取贴于胸前，暖则活出。

林间春鸟啼布谷，谷雨才过蚕事促。
蚕房纸窗照眼明，当户春光快晴燠。

241

堂前老翁负朝阳，室中新妇罢晓妆。

旋向床头理蚕种，拂拭尘埃手自奉。

东家昨夜已打包，西邻择吉闻今朝。

香罗包裹更重重，束成置之熏笼种。

晏温暖气长融融，阿翁晚睡抱当胸。

非关新妇好安眠，哺儿时复开胸前。

阿翁慎莫辞辛苦，缲丝织绢先奉父。

下蚕

蚕出，率以谷雨为期，故谚云："谷雨不藏虫。"其初生也，以桃叶火炙之。候其蠕蠕而动，戢戢而食，然后以鹅毛刷于筐中，谓之摊乌。

蚕生戢戢初如发，隐约难窥出复没。

历头检取最吉方，铺筐叠架作蚕房。

鹅毛细意刷更净，不教纸上犹留藏。

小姑持称较多少，今年定比去年好。

阿翁护持寒暖宜，天公方便温和早。

挥刀切叶快如风，细作丝条香气浓，

匀铺簇面青茸茸。老翁旁观不复语，

惟见眉间长栩栩，瓦盆有酒还可醑，既醉媻跚起独舞。

采桑

桑之种不一，凡稚桑初种，胥谓之桑秧，种三年方可采矣。然必以家桑接之，不接则为野桑，不中采也。蚕有头蚕二蚕，故亦目叶曰头叶二叶云。二叶须老农善采者，留其条为来岁生叶之地。若头叶，则尽采乃已。蚕时多禁忌，虽比户不相往来，盖风流久矣。

舍南舍北皆栽桑，千株万株绕屋旁。

蚕多叶少行且尽，男塍一稜还苍苍。

明朝欲眠蚕食急，屋里空虚已无叶。

还需更采早作计，莫待更深叹无继。

盈笼采得负荷来，倏忽墙角青成堆。

妇姑饲蚕心手忙，纵横重叠铺之筐。

忽闻堂前儿作闹，叶里悲号正难料。

提灯问儿儿不言，但见紫葚盈阶翻。

饲蚕

　　束槁为砧，剉细叶如缕，而谨饲之，稍饥即谓之断丝肠。二眠后与完叶，过三眠与连枝叶。凡叶患其湿也，又患其燥也，又患其风也，而沙霾而雾也，以此饲蚕，犹有伤冷则僵死，伤热则破囊，乡人名之"烂肚"，如掌故集所云者。

初眠二眠蚕如毛，饲蚕切叶嗟劳劳。

辛勤半月蚕出火，带叶连枝亦已可。

小时食叶叶须干，露中采得当风悬。

大眠饷后叶可湿（出火后又眠曰大眠，此第四眠也），清泉细洒明珠圆。

叶干叶湿各有宜，第一难防侵晓时。

晚来黑云忽四布，明朝定是漫天雾（蚕食雾叶则肠腐，饲蚕所最忌）。

撷蔬芼羹罢晚膳，结伴提灯连夜剪。

我侬辛苦自不免，随人更复老黄犬。

捉眠

　　蚕将眠不勤食，曰红嫩思；又有青嫩思，亦曰揽思。言口中吐丝也。朝见则晚眠矣。自初眠二眠约半月，至三眠为出火，出火后再眠曰大眠。其曰食娘者，言他蚕尽眠，而此犹食叶也。曰娘者，言既眠而起也。又有将熟而先欲作茧者曰缫娘。吴人呼蚕皆曰娘。

朝来新见红嫩思，蚕眠应在小春时。

扫除筐簿教洁净，料理盘餐供晚炊。

已看欲眠还复食，前后参差在一刻，

就中一一劳拣择（蚕眠先后不齐，择其先眠者，另置一筐曰捉眠）。

堆筐层叠密于鳞，此是农家希世珍。

分筐合计逾十分（吴中育蚕以筐计，大约以初下种重八分为一筐，

至出火则得八两），今年蚕花胜比邻。

室中摒挡还未已，小儿索乳啼不止。

小姑作劳一日忙，频呼不应倒空床。

哺儿未毕鸡鸣厢，独自携灯照起娘。

饷蚕

凡蚕眠起，初食曰饷。

卷帷看蚕蚕尽起，求蚕纷纷曲簿里。

青青采得新叶归，缘枝食叶疾于飞。

须臾连筐食更尽，从头添叶宁令饥。

饷蚕初了到门前，偶值邻姑采叶还。

闻道市头叶大贵，只论有叶不论钱。

东家典衣还去买，西家新妇耳无环。

妇来絮语问夫婿，细数侬家蚕叶计。

不愁叶少便欢然，留得银钗长压鬓。

铺地

蚕既以初下种，重八分为一筐，历出火大眠，则蚕欲老，而筐不胜盛。于是扫地用碎石灰糁之借以芦蕟置蚕其上，饲以连枝叶，大约六七周时，便老不复食，欲上山矣。

大眠蚕身长似指，攒头一簇压不起。

农家无簿更无筐，扫地铺蚕势难已。

独怜室中如席大，假饶著蚕无可坐。

妇姑勃豀屋欲破，逼塞相看嗟无奈。

前楹今岁坐学堂，抱书来读邻家郎。

先生据学日高坐，环列弟子分两行。

若使堂空散学徒，那愁无地可平铺。

蚕多屋少无着处，传语先生暂归去。

山棚

室中缘墙架巨木，纵横四五根，上缚花格，竹更铺芦簾，所以架草作茧名曰山棚。

春蚕将老先缚棚，芦簾结束如砥平。

周遭倚墙架巨木，纵横更列花格竹（依屋之广狭，以细竹洁为方孔，孔各尺许，

名曰"花格竹"）。

不留余地通往来，仅教大小依侬屋。

地下铺蚕上作山，棚底抱叶嗟弯环。

朝来蚕食更攒攒，簾空加叶无余闲。

东邻蚕早故多暇，隔篱问讯相慰藉。

侬蚕明早见缭娘，辛苦还挤是今夜。

架草

截禾秆如帚，长尺许，倒植于帘上竹间，所以便蚕作茧也。

去年田好多收稻，有米冬春尚余藁。

平头剪截一例齐，留待今年作蚕草。

山棚竖牢已搭就，次第棚间谋结构。

不疏不密整复斜，不纵不横还交叉。

短长错综如犬牙，离披拉杂何纷挐。

自从蚕长不复闲，前村后村断往还。

邻翁杖头挂青钱，携杖入门笑且言。

君家稻堆如屋高，应有留余待索绹。

我家无田那得此，有价岂复论泉刀。

阿翁相须径相取，何必区区分尔女。

呼儿负送到翁家，蚕忙未暇留翁茶。

上山

缲娘不眠不食，口中吐丝，缲绕至腥节间，莹彻无叶色，乃移置山棚上，名曰上山。

吐丝缲绕蚕儿熟，群呼儿女就地捉。

男儿上山据巨木，蚕盛于盘运陆续。

先周四角后中央，高低分布皆成行。

山头蠹蠹蚕草密，扑缘已见输毫芒。

今年蚕好十倍过，山棚逼仄可奈何。

不愁今日相攒聚，但恐采茧同功多（同功者，两蚕共作一蚕，绪乱而不勘为丝也。棚隘蚕密则同动多矣）。

上蚕未了日在山，门前人语忽嚣喧。

敲钲击鼓声阗阗，阵阵爆竹飞青烟。

儿童诟谇齐争先，出门四望新月悬，

弁山白鲎还当天。

撩火

蚕喜温和，偶天气薄寒，用瓦盆然炭，置山棚下，使暖气上山，名曰撩火，亦曰灼山。

山头作茧声唧唧，棚底瓦盆光烈烈。

积薪投炭当风爇，掀腾暖气如炎热。

抽毫布茧丝不绝。

罗列辉辉万点星，随风飞焰舞流萤。

茅檐打头绝低小，且为汲水高建瓴。

今年叶贵钱不足，絮被典尽更质褥。

三春余寒风破肉，趁暖还来棚下宿。

欠伸睡思未全删，看火春禽叫屋山（看火春、乌其鸣曰上山看火）。

满山如雪昨夜添，蒙松一望尽埋尖。

采茧

上山三日而采茧而落山，一曰回山。大眠后称得六斤为一筐，率收茧一斤为一分，以十分为中平，过则得利，不及则失利。

山棚白茧重布濩，高下纷纷缀无数。

举头一望成雪山，下薄仰窥垂玉树。

光明洁净坚且圆，如珠叠叠相骈联。

漫夸圆客茧同瓷，但愿蚕好还年年。

妇姑儿女齐共采，一饷筐间色皝皝。

大筐小簿无弗盈，堆床叠架环如城。

老翁抱孙间相评，从头一一计重轻。

少焉采尽上权衡，与翁所揣铢两争，

拍手自诧老眼明。

择茧

茧之名类不一，有两茧共成一茧而绪乱者，曰同功茧。茧被污而绪裹，故择弃之者，为推出虫茧；茧垂成而蚕死者，为乌头茧。蚕口有伤而不能为丝者，为绵茧。又有黄茧，粗绪不中织染，乃别缫以为丝缚。

堂前作灶排丝车，室中择茧烦邻家。

同功推出各裁别，绵茧乌头喜尽绝（同功两蚕交错而成，故绪乱推出，茧被污而绪裹故择弃之，皆止堪为绵者。绵茧，茧未成而蚕死；乌头茧既成而蚕不化蛹，故头裹尤茧之不堪者）。

更留黄茧作丝缚，余外一色真如雪。

饲蚕哺儿日夜忙，一觉安眠宁可望。

今朝择茧方静坐，懵腾睡思正初长。

不是邻姑言语妙，那得消闲同一笑。

回头更忆少年时，倏忽风光去若驰。

垂鬌已有娇痴女，偷眼还将白茧取，

剪虎镂花过端午。

缲丝

先取茧暴日中，三日，曰晾茧，然后入锅动丝车，有头蚕丝，二蚕丝，头蚕为上，细而白者谓之合罗，稍粗者谓之串五，又粗者谓之肥光。见宋雷《西吴里语》。

汲水燃薪将煮茧，缲车摇动风雷转。

轰轰一刻千百回，旋风莫及奔车缓。

丝叉打茧水百沸，提起丝头正无既。

从教断却更续来，万绪千头难数计。

插秧车水闹如云，男儿下田屋无人。

小姑添水更加薪，新妇缲丝色胜银。

侬家戏语姑勿嗔，传闻百两近良辰。

丝成织绢白且长，与姑裁作嫁衣裳。

五纹刺绣双鸳鸯，记侬辛苦无相忘。

剥蛹茧

茧中蛹俗谓之蚕，女缲丝未尽之茧曰软茧，剥去蛹而作绵，绵之下者。

缲丝剩茧薄如纸，水面浮沉绪难理。

止堪去蛹剥为绵，留待三冬作絮被。

耘田已了夏日长，妇姑绿阴同追凉。

还将软茧纤作线，织成粗帛裁儿裳。

可怜农家无长物，天寒屋破风弗弗。

卖丝得钱纳官租，大绵平准价私逋。

独嫌软茧质地粗，弃置不要还之吾。

作绵

同功推出皆不中为丝者，皆以之作绵，绵之精者。

缫丝剥蛹事已了，煮茧作绵须及早。

黄梅风雨镇长有，趁此风光正晴昊

（作绵须于晴日，阳雨则绵不速干而缕绝）。

瓦盆盛水满渍绵，竹架弯环比月圆。

掔头带水施架上，洁净如纸当风悬。

门前橹声黄犬咋，隔篱知是买丝客。

今年蚕好丝倍多，侬丝待价不轻掷。

况复高田麦有秋，冬春未动困如邱。

莫愁粮长多科派，还有同功绵可卖。

生蛾

大眠起，先择种蚕，倍与之食，故作茧亦异于他茧，茧成贮筐笞中，越五六日乃破茧而出，是为蛾，两翅栩栩然。

大眠已过蚕铺地，拣取种蚕贮筐笞。

尽教食叶不复靳（种蚕食叶倍多），珍重特与他蚕异。

果然作茧大且厚，白雪作团争无垢。

蠕蠕已知蛹欲化，栩栩又见蛾出口。

雌雄对对自成，长身窈窕疏眉庞。

霏霏翅粉点明钆，孕含但见躯胮肛。

细观物理三太息，同是春蚕何决择。

可怜薄命鼎镬烹，烂额焦头更谁惜。

布子

用桑皮纸，每方广尺许为一幅，引蛾布子其上，乡人谓之蚕种纸。生子后，小儿将蛾引置水盆，旋转而游，祝曰："阿蛾转团团，今年去了来明年。"

> 剡藤一幅洁且光，农家亦复勤收藏。
> 引蛾著纸密生子，纷纷琐碎何可量。
> 眠看粒粒细于粟，咫尺应知千万属。
> 莫言此货称易得，即使丰年胜珠玉。
> 蛾儿生子旋弃捐，翩飞更引群儿颠。
> 盆中盛水语喧阗，绕盆共祝转团团。
> 阿蛾去了来明年，拍手一哄水盆翻。

相种

蚕蛾布子，参差不齐，村妪以相种为业者，就种植斜整疏密，拟其形似，撰为效语，以占吉凶，相欺诳焉。

> 蛾上蚕子铺重重，纵横纷错寻无踪。
> 谁能于此辨疏密，何况从之定吉凶。
> 前村老妪口悬河，家家相种工揣摩。
> 强寻形似相仿佛，约略推求多荒忽。
> 斜行如叶复如花，圆转成钱更成月。
> 就中一幅势如龙，蜿蜒夭乔下碧空。
> 诚哉天造非人工，此图最吉余难同。
> 无端蚕纸成卦繇，世俗荒唐那可究。
> 不闻相马与相士，犹或失之肥与瘦。

赛神

《吴兴掌故集》引《蜀郡图经》曰：九宫仙嫔者，盖本之列仙通记所称马头娘，今佛寺中亦有塑像，妇节而乘马，称马鸣王菩萨，乡人多祀之。

今年把蚕值三姑，叶价贵贱相悬殊

（俗呼蚕神曰蚕姑，其占为：一姑把蚕则叶贱，二姑把蚕则叶贵，三姑把蚕则倏贱倏贵）。

依家幸未食贵叶，唯姑所觊诚难诬。

猪头烂熟粉饵香，新莒茅柴炊黄粱。

高烧桦烛光辉煌，大男小女拜满堂。

酹酒烧钱神喜悦，伛偻送神脯酒撤。

团圞共坐享神余，大肉硬饼堆盘列。

老翁醉饱坐春风，小儿快活舞庭中。

酒瓶已罄盘已空，堂前屏当还匆匆。

狸奴不眠勤捕鼠，胜有鱼头却赉汝。

养蚕行

南村老婆头欲雪，晓傍墙阴采桑叶。

我行其野偶见之，试问春蚕何日结。

老婆敛手复低眉，未足四眠那得知。

自从纸上埽青子，朝夕喂饲如婴儿。

只今上筐十日许，食叶如风响如雨。

夜深人静不敢眠，自绕床头逐饥鼠。

又闻野祟能相侵，典衣买纸烧蚕神。

一家心在阴雨里，只恐叶湿缲难匀。

明朝满簇收银茧，轧轧车声快如剪。

小姑促汤娘剥纸，嬉嬉始觉双眉展。

缲成白雪不敢闲，锦上织成双凤团。

天寒尺寸不敢著，尽与乃翁输县官。

君不见长安儿女嫩如水，十指不动衣罗绮。

我曹辛苦徒尔耳，依旧绩麻冬日里。

附记：姚寅，字雪坡，关西人，居湖州，宋南渡时人。

251

南浔蚕桑乐府

董蠡舟（1768—?），字济甫，号铸范，别号董节病夫。乌程（今浙江湖州）人。清道光年间监生，学者、藏书家。贯通经史，兼工诗、画，著作甚丰。

《南浔蚕桑乐府》成书于道光十一年（1831），乐府歌形式的长篇组诗。他在《自序》中说："蚕事吾湖独盛，一郡之中尤以南浔为甲。然护养之方，早晚之候，与夫器具名物禁忌称谓与郡中不同者……"共写了浴蚕、呼种、贷钱、糊笾、收蚕、采桑、稍叶、饲蚕、捉眠、晌蚕、出薙、铺地、搭山棚、架草、上山、撩火、回山、择茧、缫丝、剥蛹、作绵、澼絮、生种、望蚕信、卖丝、赛神等26项蚕事生产活动，详细叙述了南浔的育蚕技术和养蚕习俗，对发展蚕桑生产有一定的贡献。汪曰桢编的《湖州府志·蚕桑》《南浔镇志》和《湖蚕述》都辑入了这组乐府诗。

浴蚕

隔岁招摇指星纪，农事告登蚕事始。

尽携布种置中庭，一宵露置冰霜里。

取润还须茗汁淹，洒以蜃灰糁以盐。

田家一例锄非种，先事全将丑类歼。

转眼已过百五日，老妇瓶盆罗满室。

粉餈祀灶为祈蚕，蒸来翠釜汤余热。

油薹豆荚花丛丛，摘取一握投汤中。

把汤瀹种令霑渥，更借茅檐薄日烘。

摒挡匆匆日过午，何暇挑青襄白虎。
唤儿换却旧门神，还待布灰画作弩。

护种

深林晓闻布谷语，屋角鸣鸠拂其羽。
微禽解根蚕候临，刚是今朝逢谷雨。
谷雨已过虫难藏，城中户户打包忙。
床头布种亟检理，护来趁此春宵长。
一层只隔香罗帕，胜傍薰笼取余热。
明晨生意定全苏，温磨气借酥胸熨。
袒服频番掩复开，娇儿索乳数投怀。
枕边低唤教郎醒，今夜凭君抱护来。

贷钱

盎中余粟食已罄，笥里寒衣典无剩。
买叶无钱糊口难，何人肯乞监河润。
里中豪右富熏天，千镪万贯流如泉。
钻核障籧鄙且悭，今年广放加一钱。
贷钱一千息一百，尽许阿侬徒手得。
傅别何须合两书，责偿毋许逾三月。
负归儿女亦熙熙，养蚕岂复愁无资。
只期今岁还宜早，料得明年借不辞。
子母偿清丝卖矣，归来依旧囊如洗。
青黄不接可奈何，待吃豪家转斗米。

糊筐

曲植篷筐必先具，备预由来是要务。

野人未熟考工记，善事讵知先利器。

传来矩矱自先民，农家者流夙所遵。

芦帘织成更糊篷，买来侧理银光匀。

暖水手靴和麦面，周围方空黏须遍。

糊成倚向夕阳烘，一色光明如月容。

更凭掺手剪方胜，镂尽一翻新喜红。

先贴中央后四角，胜里香奁招百幅。

要祈园客锡休祥，免向羽流乞符箓。

收蚕

蚕房扫毕窗已糊，吴盐裹去迎狸奴。

良辰急向历头检，城中前日齐摊乌。

炙残桃叶蠕蠕动，毫芒细更输针孔。

纷纭纸上密成团，四寸鹅翎慢撋拢。

刷下先将小楹承，细敷花叶一层层。

蚕娘早欲知多少，敷上还从戥上称。

从此育蚕多禁忌，札闼豫防生客至。

三寸红笺淡墨书，家家遍贴蚕天子。

采桑

一片碧云笼四野，戴鸰声中见桑者。

侬家有地十亩宽，半在陌头半墙下。

郎怜侬是新嫁娘，娇羞尚怯遵微行。

顾语小姑汝予助，同向南塍采桑去。

宿叶未尽蚕未饥，偷闲偶启白板扉。

家家闭户寂如水，拾椹畦边哗稚子。

绿阴阴地闻剪声，林中到处桑梯倚。

须臾夫婿负篰归，堆来满地青玉肥。

只愿吾蚕食叶速，远采不辞劳仆仆。

默思地窄叶无多，饲到上山恐不足。

保得安全过大眠，典却金钗开叶船。

稍叶

家家门外桑阴绕，不患叶稀患地少。

及时唯恐值尤昂，苦语劝郎稍欲早。

我家稍时在冬月，一担不过钱五百。

迨至新年数已悬，蚕月顿增至一千。

未到三眠忽复变，一钱一斤价骤贱。

夫婿闻之咎阿侬，而今欲悔已无从。

侬笑谓郎莫尔尔，吾家所失殊无几。

不见街头作叶人，折阅已过大半矣！

此曹平日子母权，计利析到秋毫巅。

居来奇货不肯鬻，黄金不饱贪夫腹。

去有腰缠返垂橐，乌戍归来唯一哭。

饲蚕

终朝剉斫费摒挡，藳砧束作明月样。

丝丝青叶如牛毛，细意聂切何辞劳。

浃辰之间眠过二，眠起便将完叶饲。

盼到几时才出火，连枝喂食无不可。

只愁雾雨气郁蒸，檐前风庋悬长绳。

小蚕恶湿大宜润，手瀹来泉细喷噀。

调饥未怨朝食迟，生怕蚕饥宁我饥。

蚕饥便恐丝肠断，未敢片时稍稽缓。

一宵四起黎明兴，阿母年迈犹能胜。

回眸一笑呼小妹，铺筐未了垂头睡。

捉眠

懒思欲眠犹未眠，青红揽出丝缠绵。

贮余筐匾勤拂拭，一一移置当窗前。

或食或眠难画一，先后相差无半日。

摘此未遍彼已眠，两手拮据不遑息。

倾耳沙沙声渐小，知是筐中食娘少。

眠头欲静又怯寒，捉罢更将帷帘绕。

深夜捉眠多苦辛，妾容无复桃李春。

三眠四眠蚕易老，镜里红颜岂常好。

饷蚕

眠头捉罢夜未央，蘧蘧一觉投匡床。

筐中枕畔两同梦，良人呼起将三商。

飞莲双鬟久罢栉，今朝偶到妆台旁。

梳头未半娣姒唤，可是筐中有起娘。

女儿女儿新睡起，雪色肌肤倍肥美。

此时饲之勿太亟，稍缓须臾乃饷食。

俄顷叶过惟留茎，到耳一片风雨声。

蚕身日长簇日分，昔时一斤今五斤。

出蓰

大起以后食倍加，须臾只剩枝槎枒。

枝间遗矢更狼籍，积来箔底何纷拏。

滓秽丛残待捐弃，始可再将新叶饲。
更欲移蚕置别筐，一一捃拾谈何易。
唯将罛麗筐上张，网中层叠敷柔桑。
蚕从网下来就食，一网举之诚善策。
枯茎薙出刍狗陈，明日晨炊可代薪。
岂徒爨下供所乏，更得草人土化法。
亭亭如盖桑阴遮，得气全赖壅蚕沙。

铺地

出火五日大眠过，吾家蚕具备未多。
匡匡筐曲盛不足，筹量无计将如何。
打头赖有三间屋，几榻不妨尽庋阁。
扫地平将芦薐铺，暂借坤灵作蚕簇。
仅余卧室在东厢，上罗箱箧下支床。
此际已难居八口，来岁小儿只娶妇。
只愿蚕花收倍丰，不愁明年无处容。
别筑新居高百堵，华堂即是铺蚕所。

搭山棚

大眠饷食蚕多老，料理山棚须及早。
尽将家具庋梁间，惭愧侬家屋较小。
架木倚竹结构牢，去地未及一仞高。
布以芦帘平似砥，草荐三面图周遭。
上蓋帚头下撙火，棚底痀偻往来可。
何须更列花格竹，不致欹倾亦已足。
经营拌费一宵功，切诫儿曹毋欲速。
邻家家富贪安闲，新制双凳厚且坚。

因斯结缚遂草草，棚倒覆火蚕被燃。

我家力不能办此，无恃乃得常无患，

山棚岁岁安如山。

架草

禾稈一握二尺高，缚作帚状绳束腰。

两头刬切平若砥，矗立岂复愁倾摇。

架构山棚已就绪，左右前后排以序。

斜斜整整密于林，犬牙出入相撑拄。

去岁丰收饶稻穰，结来草堵如高崖。

冬春白米已上囤，乘闲先斫蚕忙柴。

不惮劳劳到深夜，闲时肯忙忙得暇。

今朝用去尚未余，卖向邻村博高价。

上山

缫娘不眠亦不食，胝节通明无叶色。

撒向帚头俾作茧，早晚不过一二日。

盘盂一一各分盛，尽唤家人来并力。

俨似回风舞六花，飞空尽向山头掷。

日未过晡事已竣，久劳得逸翻欠伸。

棚边席地聊假寐，蕾腾睡思浓于云。

何事邻人竞奔走，伐鼓扨金疑逐寇。

妇女骇诧儿童藏，共说弁山来白鲎。

闻言瞿然遽惊起，浸阶明月凉如水。

梦想颠倒乃若是，一笑吾乡本无此。

㯿火

棚底辉辉爝火烂，老瓦盆中炽新炭。
更番守视不遑安，自明至昏又达旦。
性爱温和怯寒沍，要得微阳相妪煦。
暖气掀腾举体热，乙乙抽毫丝不绝。
静中似听唧唧声，山头作茧半已成。
去年连旬不开霁，市中炭值顿翔贵。
今年天气独暄和，差喜所用犹无多。
只恐周防稍怠慢，祝融回禄能为患。
东家峩峩好堂宇，可怜一炬成焦土。
树梢禽言如警我，请君灼山须看火。

回山

西邻伤冷蚕则僵，东邻过热蚕破囊。
功败垂成自古有，奇变难防上山后。
山前百遍行徘徊，七宵魂梦常惊猜。
凌晨一眺喜过望，满山雪压光皑皑。
蹋壁大声呼起起，吾家今日回山矣。
茧多还恐器难盛，检点瓶罍及筐篚。
匀圆万颗明珠垂，间以黄碧光陆离。
堆来高与山棚齐，不须如甕夸神奇。
持衡细把分数计，何敢痴心望廿四。
却嗤老媪太贪愚，还祝明年胜今岁。

择茧

呼儿堂前撤山棚，命匠新造丝车成。
速招邻媪共择茧，选来晾趁天晴明。

绵茧黄茧区以别，良苦醇疵细抉择。

今年差幸少乌头，不乏同功与推出。

此类唯供煮作绵，其余一色光莹然。

茧衣蒙戎搓作团，持赠邻媪为佣钱。

留取几枚白胜雪，去蛹藏侬针线帖。

他时携往阿母家，倩人剪作鞋头花。

缫丝

舍南舍北绿树浓，轧轧声彻村西东。

灶燎薪蒸傍炽炭，毂回轴转如旋风。

蟹眼已过汤正沸，赤手招来绪无既。

如衣挈领网在纲，众缕皆从一头曳。

一蚕为忽十忽丝，茧数由来多寡异。

三眼两眼复不同，缫成以此分粗细。

手搴足踏珠汗淋，阿姑悯侬劳不任。

令侬稍息起相代，追凉闲步来深林。

林边偶值邻村妪，为语今年丝好作。

立谈半晌亟趋还，如雪刺梅满归路。

入门相视一笑哗，满头插遍缫丝花。

剥蛹

串五合罗缫罢早，蚕事今年已粗了。

农家那得常优游，薄筐涤净俱藏收。

煮余软茧犹堆积，绪乱质粗缫不得。

稍迟便恐蛹蒸腐，弃置未免同鸡肋。

绽衣纵未纯绵如，捻纸作线原无殊。

剥来蚕女煎作鲊，堆盘还足充庖厨。

投箸令予三叹息，藉尔谋生翻尔食。
漠然未是负心人，世上纷纷怨报德。

作绵

清风泠然日卓午，煮茧香中闻铄釜。
老晴难遇熟梅天，妯娌相将同剥绵。
蛾口居后同功先，竹架弯弯白月圆。
土刲烈烈朱火然，瓦缶渍以泉涓涓。
水中擘出架上悬，当风高挂蓬门前。
洁如素纸薄以坚，笑谓小姑速相助。
先着袴襦奉翁媪，仲冬二七是良期。
双星已近银河渡，好染新红装嫁衣，
与姑将向郎家去。

澼絮

新丝卖却偿加一，新绵准折还租毕。
仅余软茧是粗材，区区犹是侬家物。
春花豆麦方登场，夏至已过齐插秧。
阿侬此际独无事，剥煮功多趁日长。
煮成要借清流激，小竿持至溪头击。
拣取一方凉最多，柳阴浓处来洴澼。
晚来邂逅东家姝，为言夫婿耽摴蒲。
漂成携向博场去，不足供渠一夕输。

生种

种蚕食叶一倍多，作茧别贮留生蛾。
轮囷密致厚且白，持比他茧难同科。

闭置筒中过旬日，栩栩齐看破口出。

庞躯粉翅两眉弯，雌雄相对排成列。

赫蹏裁来一尺长，将蛾引着纸上方。

少焉生子已布满，如芥如粟纷难量。

鸟尽良弓藏不用，一时齐向东流送。

赢得儿童喜欲颠，祝伊去了来明年。

望蚕信

亲串过从情密迩，婚姻不出一乡里。

课晴问雨每相偕，只隔盈盈衣带水。

一自蚕房深闭门，从教彼此绝音尘。

不知蚕信今何似？消息传来苦未真。

算来前日回山始，料应今日缫丝起。

江鱼白白枇杷黄，去问诸姑及伯姊。

沸耳伊轧摇车声，丝灶满室纵复横。

入门一笑不须问，黄上眉间喜气盈。

卖丝

闾阎填咽驵侩忙，一牓大书丝经行。

就中分列京广庄，毕集南粤金陵商。

商多窃揣丝当贵，亟向丝行埭上卖。

一车值不盈三千，牙郎吹手姿狡狯。

相逢南舍足谷翁，亦为贸丝来市中。

向予摇手呼莫莫，留待明年高价鬻。

深感翁言良不诬，其奈霹雳飞县符。

打门胥史豺狼如，不尔何以输官租。

况复私逋递相促，二者兼偿犹不足。

典衣布襦几时赎，袴露两尻趺双蹻。

三旬劳劳睡不熟，那得一丝身上着。

赛神

沍寒骤暖蚕无疴，燥湿有患烦护呵。

蛇鼠不耗叶不贵，蚕姑降福亦已多。

贫家何以酬神惠，牲体蠲洁恭报赛。

挈篮市物向街头，挤把新丝一车卖。

花冠雄鸡大鼋首，佳果肥鱼旧醳酒。

两行红烛三炷香，阿翁前拜童孙后。

孙言昨返自前村，闻村夫子谈蚕神。

神为天驷配嫘祖，或祀菀窊寓氏主。

九宫仙嫔马鸣王，众说纷纭难悉数。

翁云何用知许事，但愿神欢乞神庇。

年年收取十二分，神福散来谋一醉。

开圩明日到处同，捆秧农父多匆匆，

又将叠鼓祈先农。

南浔蚕桑乐府

董恂，字谦甫，号壶山，乌程（湖州）人。他是董蠡舟的从弟，府学生。工诗词，能医，亦通经学。他的长篇乐府组诗《南浔蚕桑乐府》26首，是清道光二十六年（1846）和他从兄董蠡舟26首而作，写了浴种、护种、贷钱、糊箔、收蚕、采桑、稍叶、饲蚕、提眠、饷蚕、出蔟、铺地、搭山棚、架草、上山、撩火、回山、选茧、缫丝、剥蛹、作绵、辟絮、生种、望蚕信、卖丝、酬神等26项蚕事活动。其中有几个题目与从兄董蠡舟略异，内容所反映的侧面也有所不同，但都是南浔蚕桑生产活动的真实写照。《同治湖州府志》《南浔镇志》《湖蚕述》也都予以辑入。

浴种

嘉平二七良日逢，以水浴种当去冬。

今年又到清明夜，浴蚕例与残年同。

门神竞向白板贴，以灰画地如弯弓。

祈禳白虎辟蚕祟，欲趋其吉先祛凶。

妇姑忙忙不得暇，磨米作团虔且恭。

蒸团水香浴布上，采摘花片搀其中。

一年蚕计此初事，能慎厥始斯有终。

深闺努力促针黹，拮据忙月无余功。

护种

东风吹破桑眼青，谷雨已近天气晴。

嘱郎早诣日者室，遴选吉日宜收成。

侬家蚕种已浴过，须令温燠滋初生。

只愁夫婿正年少，心热无乃多熏蒸。

不如阿翁齿衰迈，微和微暖才相应。

老人深夜醒尤易，那须少睡烦叮咛。

况自阿翁护种后，年年花税多丰盈。

他时酬神酒先赏，任翁一醉翁无憎。

贷钱

清明已过将梅夏，村农掤挡无休暇。

储无儋石悬罄如，安得余钱计桑柘。

趁墟走访足谷翁，人先登门气先下。

已惯寅年用卯年，何妨润向监河借。

他日甘心厚利偿，薪炭今时免赊贳。

岂料年来足谷翁，悭贪心计尤狙诈。

较量加一息尚轻，竟使锱铢到叶价。

先期买取奇货居，乾没还将厚利射。

糊篷

乌儿初收门未闭，蚕具安排事非细。

先期一一要检点，善事从来在利器。

已买桑笼更结芦，还教糊篷逢晴霁。

儿夫昨日趁墟回，买得光明纸如缣。

更喜聪明小女娃，剪纸成花作如意。

调就银浆细意糊，但祝今年倍吉利。

去岁东邻作道场，僧家符箓多真谛。

阿侬幸喜收藏来，廿四分收定有冀。

收蚕

下蚕最早推我湖，昨日前日齐摊乌。

历头日脚今又好，收蚕莫把良辰孤。

鹅翎一双早购置，细意更有垂髫姑。

嘱姑开包出布种，蠕蠕戢戢生意苏。

纸上拂拭置筐内，攒如丝发无细粗。

更教持戥较轻重，胥言种最今年敷。

小筐纸糊洁且净，一层细叶青平铺。

操刀束砧忙复忙，何殊慈母将婴雏。

采桑

种桑须种侬屋边，侬行采桑近且便。

提笼早早又暮暮，不须南陌还东阡。

日间饲蚕采犹易，夜行畏露零涓涓。

良人为我购竹篰，薄暮挑取盈窗前。

何待更深复外出，爱侬情重侬亦怜。

所愁蚕多叶复少，不堪无叶偏无钱。

却喜今朝蚕不食，满筐满箔齐三眠。

拔钗付郎去秒叶，天明饷食难稽延。

稍叶

树桑墙下地不多，蚕食不足如叶何？

邻翁明日向乌戍，顾语夫婿无蹉跎。

叶行早晚价不一，秒迟秒早宜猜摩。

266

清明插柳妾曾卜，今年平稳非有他。
但愿初贵后时贱，彼做叶者空婆娑。
当其贵时侬有叶，墙阴屋角枝猗傩。
待至蚕长叶已贱，叶船两两门前过。
百斤亦只值钱百，剪刀声里多欢歌。

饲蚕

蚕饥蚕饱不可过，早起饲蚕何敢惰。
只愁饥后断丝肠，哪顾女啼与儿饿。
辛勤更是小时难，叶湿宜揩大宜剉。
盼到今朝捉大眠，带叶连枝满筐簸。
所恨连朝风雾深，照料稍疏又囊破。
竟昼绵宵那得闲，幸是儿夫肯侬佐。
叶干叶湿要关心，与少与多莫相左。
夜间饲罢且偷闲，和衣暂向床头卧。

捉眠

三眠四眠种各异，欲眠不眠揽丝未。
小姑才向筐薄看，道是今番不须饲。
纷纷多见红嫩思，只在黄昏眠可迟。
纵有食娘也不多，绿枝求叶无三四。
嘱姑慎勿贪戏顽，晚餐端整饮疏食。
大家饭饱腹不饱，捉眠好尽今宵事。
已眠未眠一一分，曲植篷筐忙位置。
手中碌碌犹不闲，早见朝曦小窗至。

267

饲蚕

吾乡育蚕以斤掴，不以城中筐数论。

一斤出火至大眠，称得五斤已无恨。

今岁侬家喜气多，却于此数更有进。

蚕眠已过一昼夜，饲食须教者时趁。

大妇提筐采叶归，小姑提甖汲水润。

密堆层叠筐簟中，一色绿云最轿嫩。

到耳欣闻切切声，才得须臾食已馨。

倾篮倒笼从头添，敢令迟延致饥困。

出薙

叶裁如缕蚕犹小，叶细无余薙亦少。

自从出火过三眠，大叶粗枝似刍藁。

须臾叶过只留枝，倘教检取亦难了。

却将丝网置筐中，一网出之计诚好。

枝空留作爨材供，细沙肥沃宜桑稻。

乡人勤苦弃物无，能供所需便堪宝。

最怜竭蹶一月余，徒说山头如雪皎。

待到丝成绵白时，唯此区区可相保。

铺地

今年大眠十倍捉，蚕具翻嫌置未足。

具少蚕多可奈何，幸得侬家富于屋。

房轩用当箔与筐，扫除困乏僮和仆。

深赖青红儿女多，一握稻柴如寻缚。

各自东西洒扫忙，芦荙平铺即蚕箔。

只教有地可着蚕，遑计此身偏踢促。

况是蚕多食亦多，堆叶还须让屋角。

卧床亦撒挂梁间，倘要安眠待蚕熟。

搭山棚

蚕老须置山上头，搭山缚棚屋四周。

中央巨竹横又纵，上铺芦席如平畴。

高低结束事粗了，忽转笑语谈湖州。

不知花格竹何取，工夫破费真无谋。

岂如侬家最省便，一般作茧无他愁。

上安蚕帚下灼火，也如户牖同绸缪。

只怜量低立难直，终朝棚低行伛偻。

但愿今番得大熟，明年起屋高于楼。

架草

去年田熟多收稻，清白枝枝不枯槁。

先留今年蚕忙柴，幸是藏多不嫌少。

须教平截一样齐，二尺许长乃正好。

每草一握中束之，散其两头计亦巧。

不疏不密置山头，不高不低互相绕。

帘上先教次第排，那容欹侧愁倾倒。

日来寝食竟无闲，架草搭棚事难了。

闻说邻家茧已成，来岁收蚕也宜早。

上山

缰棚初就蚕初熟，已见缫娘满蚕箔。

合家饱食趁朝闲，摒挡今朝蚕上簇。

小儿捉蚕盛向盘，大儿上蚕据山角。

取蚕散布蚕草间，疏疏密密山头矗。

今年蚕好胜往年，却苦山棚限于屋。

上山已罢暂休息，棚底相偕坐瑟缩。

小姑作劳倦不支，看山即向山旁宿。

关心忽忆嫁衣裳，轧轧声惊眠不足。

撩火

山前山后闻乌声，灼山看火作意鸣。

蚕性爱暖要火力，纷纷薪炭盆中盛。

山头茧密白似雪，山下火烈同光明。

茧声唧唧响不绝，只觉暖气周掀腾。

全家聚坐共闲话，门外忽尔喧嚣生。

东家撩火失防检，不幸飞焰延柴荆。

四邻奔救咸叹息，可怜一炬无余赢。

归来举宝更相戒，慎勿贪睡当兢兢。

回山

屈指上山已七日，山头璀璨堆如雪。

层层密压满四围，蚕簇不分只一白。

明珠累累相贯联，不须如甕夸园客。

今朝已届回山期，相呼并力全家集。

男儿取高还取低，妇女采疏复采密。

只愁茧多无处盛，草篰桑篮尽堆积。

去年记得十分收，何幸今年一倍得。

争把权衡度重轻，妇姑儿女齐欢悦。

附记：如甕夸园客，《列仙传》记载：园客者，济阴人也……常种五色香草，积数十年，食其实。一旦，有五色神蛾止香树末。客收而荐之以布，生桑蚕焉。时有好女夜至，自称"我与君作妻"。道蚕状，客与俱蚕。得百头茧，皆如甕。

选茧

乌头推出茧不一，更有同功缫不得。

侬家幸是好蚕花，洁净光明同一色。

东邻西邻茧更多，碧茧黄茧不胜择。

倩侬相助遴选之，却缘晾茧无暇日。

偶遣娇女暂分忙，可笑童心犹似昔。

翻将白茧几许藏，道是明朝逢午节。

镂出新花待绣鞵，剪成飞鹤堪簪髻。

排车作灶事纷纭，坐向深闺不肯出。

缫丝

丝成论车以两计，两眼三眼别粗细。

手撩脚踏尔许忙，爇炭焚薪水百沸。

邻家老翁身手好，一样作丝更光腻。

他家蚕早丝已成，闻说歇车已无继。

当时侬早下聘钱，一车两车肯侬替。

阿姑助理不胜劳，换水添薪最留意。

白茧通教缫合罗，其余只好肥光曳。

更抽黄茧作丝团，奉与阿姑姑所喜。

剥蛹

缫丝煮茧事先竣，良人戽水忙插田。

呼儿洗刷洁蚕具，阿侬今日多空闲。

锅中剩茧软且薄，丝头已断难相联。

其中蚕女犹待剥，莫教臭腐徒弃捐。

趁此长日一事无，相偕去蛹临窗前。

沸汤浮沉煮已熟，薄者瓣絮厚者绵。

地藏王诞日已近，烧香茹素年复年。

他时抱向街头卖，施与和尚为香钱。

作绵

同功推出不中缫，用以作绵白且娇。

更有蛾口好种茧，汲水同向锅中烧。

阴雨怕近入梅候，朝光喜见晴光摇。

相偕妯娌趁早起，劬勤那惜身手劳。

瓦盆渍水洁且净，轻剖重掣十指操。

叠成一绵茧八九，竹竿挂向风中飘。

却怜尽供偿逋用，温暖只让财奴骄。

何曾作絮身上著，严冬不免寒仍号。

澼絮

择茧缫丝事已毕，软茧剥绵薄难叠。

乱头坠绪更纷纷，倘教弃置宁无惜。

幸喜今朝事不忙，茧衣同向湖边澼。

笾底平铺水面浮，绿杨阴里无炎日。

一手持竿击不停，跳珠那顾露衣湿。

却有邻娘作伴来，渡头闲话消岑寂。

道是新丝卖不留，好绵又为私逋质。

赖此粗庸不值钱，至今尚是侬家物。

生种

种蚕食叶倍于众，种蚕作茧大如瓮。

莫辨蛾头短与长，已见蠕蠕茧破缝。

须臾蛾口出纷然，粉翅修眉堪郑重。

272

雌雄相配各成双，躯腹胖肛子已种。

引蛾纸上密密生，纷纭散布无缺空。

似此么么细已甚，衣被翻为世所用。

一年一度转团团，功业何人能与共。

却恨蚕家太负心，佳种生成水滨送。

望蚕信

育蚕无奈忙蚕节，亲朋遂使音尘绝。

道是蚕家禁忌多，不教来往成疏阔。

迩来邻右竞回山，闻得收蚕同一日。

未识收花得几分，摇船亲自探消息。

门外相逢一笑迎，红灯昨夜花曾结。

入门无暇道寒暄，致语先教诘得失。

欢呼只有稚儿慧，翻道客休问盈歉。

试听侬家轧轧声，丝车十部缫还急。

卖丝

初过小满梅正黄，市头丝肆咸开张。

临徊高揭纸一幅，大书京广丝经行。

区区浔地虽褊小，客船大贾来行商。

乡人卖丝别粗细，广庄不合还京庄。

行家得丝转售客，蚕家得钱不入囊。

急寻过付算私债，所负加一钱须偿。

偿时不难借亦易，小民意计工周防。

那知赢余却有限，年年空为他人忙。

张青屿，明代人，生卒年不详。

乐府·读曲歌

婀娜当轩织，明月照高楼。

双手叠绵字，心中为谁抽。

中妇织流黄，双垂玳瑁床。

床前照明月，颠倒看鸳鸯。

徐倬（1624—1713），浙江德清人，字方虎，号蘋村。明末为倪元璐、刘宗周弟子。康熙十二年（1673）进士。官侍读。康熙三十三年（1694）因故被劾归里。以编《全唐诗录》擢礼部侍郎。工诗文。有《蘋村集》。

蚕妇曲

蚕房新妇娇红玉，携笼采桑拗青竹。

绣袜罗裙踏作泥，弱腕并刀切叶齐。

良夜香帱体不着，身在灯前蚕在箔。

戴胜才啼又杜鹃，纸窗风暖正三眠。

意慵肩帧垂杨柳，欲捻青梅懒举手。

镜奁偷展暗咨嗟，眉黄不扫鬓欹斜。

山头茧白翁媪喜，小姑催入缫车里。

千缫万缫多苦辛，寸丝不挂蚕妇身。

低声又约邻家女，明日河头漂絮去。

严我斯（1629—1698），字就思，号存庵。顺治十一年（1654）甲午举人，康熙三年（1664）甲辰状元，授翰林院修撰，充山东主考官，仕至礼部左侍郎。工诗文，著有《尺五堂诗删》。

缫丝曲

田家四月桑叶稀，鹁鸠啼雨乳燕飞。

吴蚕上山茧如雪，丝车索索鸣柴扉。

车上少妇飞蓬首，两月辛勤露双肘。

朝忘沐栉夜无眠，那得新衣缝女手。

须臾府贴下乡村，里正仓皇来打门。

但偿官税苦不足，更向厨中索酒肉。

潘汝龙，字健君，号散畦。浙江归安人。乾隆二年（1737）丁巳恩科进士。

采桑乐府·采桑

东家西家绿荫接，短梯斜倚粉垣立。

上巳过头雨声大，三日犹可四杀我。

朝来拔鬐典银钗，三百青铜刚一个。

桑南一枝桑初嫁，宅南百本先春卖。

糁粉作屇蚕欲死，小娃去作豪家婢。

采桑乐府·剥绵

乡筐满贮粗茧大，渍水擘绵当昼坐。

笾饼作架月半弓，兜罗涌现青虚宫。

冷光漏日云蒙蒙，别有缫余软于纸。

素腕迢迢潎波里，柳花一帘吹不起。

墙上晒绵墙下阴，蚕娘岁岁栖单衾。

沈伯村，名澜，字维涓，法华山人，乌程（湖州）人，雍正十一年（1733）进士，官瑞州知府。生卒年不详。著有《泊村文钞》《西江风雅》《双清草堂诗集》。

乐府

商人积丝不解织，放与农家预定价。

值盘龙凤腾向梭，九月辛勤织一匹。

吴文溥（1740—1801），字博如，号澹川，浙江嘉兴人。贡生，工诗，有韬略。著有《霨林山人诗集》《南野堂笔记》等。

吴兴养蚕曲

吴兴养蚕三月杪，桑间女儿何窈窕。

黄昏饲蚕至清晓，露叶悬风门巷小。

一眠再眠蚕愈多，十株五株叶渐少。

安得妾心化蚕代蚕饥，妾身化叶与蚕饱。

高其垣，字省堂，山阴（今浙江绍兴）人，官福建诏安县知县。

劝蚕歌

我本浙中人，曾作闽中吏。

身自田间来，且说田间事。

江南二三月，床头蚕种发。

家家皆饲蚕，正值清明节。

节当春风香，女儿争采桑。

青青柔桑叶，恰恰连宵忙。

全家夜来苦，但愿蚕丝吐。

二眠至大眠，上山犹闭户。

作茧方告成，堂前缫车鸣。

缫车声辘辘，卖丝钱满橐。

不畏吏催租，沽酒街前酌。

女儿藏余丝，留作嫁时衣。

一月虽辛苦，一岁休愁饥。

浙中利如此，闽中风土似。

城外半膏腴，种桑可千株。

我今买桑树，复购缫丝具。

蚕师愁无人，家乡急觅去。

转瞬春风市上哗，偏栽桑树如栽花。

秋灯门巷鸣机杼，富似湖州百万家。

沈用霖，晚清湖州人，生平不详。

祭马头娘歌

朝丁丁，暮滴滴。

育蚕天气宜晴和，十日雨声不曾寂。

蚕娘眉皱愁蚕饥，蚕眠愁雨叶复稀。

安得看蚕吐丝织成匹，人衣锦绣我百结，同我妇子亦有力。

殷勤具鸡黍，来祭马头娘。

盥手再拜言，小姑相扶将。

愿娘鉴我意，致词达上苍。

不愿风狂雨兼雾，但求点点枝头露。

者番多雨恐害蚕，况有输粮速催赴。

此时春茧未曾登，此日回天大可凭。

拜罢回身重致祝，送神山下鼓登登。

归来径绕桑间路，一抹霞烘远村树，

小姑戏问牵嫂裾，何日酬神庙中去。

徐畿，字宏京，号春郊，清乾嘉屠甸镇南市徐氏望族人。著有《春郊诗集》。

光绪《桐乡县志》卷十五云："所学淹贯百家，尤工于诗。与老友陈右渔互相酬唱，有所作必穷日夜成之，期于无憾而止。"

缫车词

青桑叶老蚕满箔，箔头吐丝声索索。

三日成茧白如银，田家门巷缫车作。

屋檐朝日鸥鸠鸣，心愁茧内蚕蛾生。

轴头打叠丝皓皓，知与谁家作罗缟。

秋风萧萧桑叶飞，老姑身上寒无衣。

附记："蚕歌"确实也是蚕农生活的形象反映，旧时农村，养蚕季节常能看到有艺人挑着箩筐走村串巷，唱着《赞马鸣王》。这些长短不一的蚕歌中，详细描述了蚕桑生产的全过程，表达了蚕农一个月来对养蚕、收蚕、缫丝、换钱的辛勤劳作充满着希望和幻想。是对当时"遍地丝绸客，不是养蚕人"的真实写照。

陈梓（1683—1759），字俯恭，号古铭，浙江余姚人，曾随父兄作寓公于濮院镇。

茧圆歌

录自民国《濮院志》

黄金白金鸽卵圆，小锅炊热汤沸然。

今年生日粉茧大，来岁山头十万颗。

新妇端端拜灶君，灶君有灵凤卷云。

丁宁上启西陵氏，加意寅年福蚕市。

问他分数引语骄，十二楼前廿四桥。

附记：腊月十二俗传为蚕生日，作粉饵祀灶呼曰茧圆，戏为作歌。

原载：《桐乡蚕歌》（第 126 页）

下卷　蚕桑谚语

浙江卷

江苏卷

上海卷

浙江卷

男人家望种田，娘娘家望看蚕。

六十日早稻勿种是懒汉，廿八日龙蚕勿养是懒婆。（嘉兴）

男采桑，女养蚕，四十五天就见钱。（云和）

勤纺线，懒养蚕，四十二日见大钱。

养蚕种地当年发。

种地吃白米，养蚕用白银。

吃饭靠种田，用钱靠养蚕。

蚕是农家宝，一年开销靠。（湖州）

原载:《中国谚语集成·浙江卷》（第754页）

田好吃一年，蚕好用一年。

秧好半年田，蚕好半年宽。

吃看田里，着看匾里。

农家勿养蚕，只好去穿棉。

头蚕罢，二蚕罢，丫头囡儿搭得活白花。

蚕罢买肉吃，田里起身做冬衣。

忙过蚕场，有钱栽秧。

一缸油盐一缸酱，要靠蚕桑出粮饷。（湖州）

上半年蚕养田，下半年田养人。

养得一季蚕，可抵半年粮。

卖粮挑破肩，勿及拎篮茧。

麦靠垄，蚕靠种。

十年早蚕九年好。

清明前，孵蚕卵。

清明前后掸蚕蚁。

清明焐蚕种，谷雨撞头眠。

谷雨三朝蚕白头。

谷雨落眠头，小满出新丝。（湖州）

种桑养蚕，勿愁吃穿。

蓬头赤脚养次蚕，光头滑面吃一年。

蚕茧一熟，粽子裹肉。

谷雨三朝掸花蚕。

夏至三遍田，谷雨二遍蚕。

谷雨上头眠。

蚕熟麦收百无忧，黄鱼白肉把客留。（嘉兴）

一户养蚕十扁篓，全家衣着勿用愁。（丽水）

要有绫罗绸缎，只有种桑养蚕。（台州）

蚕茧虽小，全身是宝。

蚕熟做硬茧，榔头敲勿扁。

清明孵蚕子，立夏见新丝。（绍兴）

原载:《中国谚语集成·浙江卷》（第 755 页）

小满蚕麦熟。

小满三日见新茧。

小满三朝丝上行。

养蚕养到小满上，养蚕娘子要吃糠。

端午枇杷熟，养蚕忙头落。

春蚕勿吃小满叶，夏蚕勿吃小暑叶。

桑果打成团，蚕儿正入眠；桑果发了黑，蚕儿已上蔟。

蚕吭牙齿，要吃三间房子。

小蚕靠人养，大蚕靠风长。

小蚕勿吃露水桑，老蚕勿吃潮桑叶。（湖州）

头蚕勿吃小满叶，二蚕勿吃夏至叶，秋蚕勿吃白露叶。

竹笋秤杆长，暖种勿问娘。

楝树花开捉出火。

梓树花开捉大眠。

一口桑叶一口丝。（嘉兴）

小满勿上山，斩斩喂老鸭。

看蚕看到小满，看蚕娘子要赤裸。（绍兴）

大麦发了黄，家家养蚕忙。

谷上仓，丝上行。（杭州）

小蚕靠火，大蚕靠风。

旺食十分饱，起蚕八成饱。

蚕儿喂叶饱，上山做茧早。

蚕到老熟，叶要吃足。

多吃一张叶，多吐一口丝。（云和）

养蚕吭巧，食少便老。（丽水）

马无夜草吭膘，蚕无夜食勿长。

桑叶嫩，蚕吃尽；桑叶老，蚕吃少。（台州）

原载：《中国谚语集成·浙江卷》（第 756 页）

283

小蚕得病，老蚕送命。

人要七长八短，蚕要趟花成片。

蚕到出火，凉爽去火。

捉出火，甩大眠。

冻煞大眠头，踏断丝车头。

人老一年，蚕熟一时。

麦熟一场尿，蚕熟一昼时。

出火嗷来一片皮，大眠眠起来崭崭齐。（湖州）

春蚕是火养，秋蚕是风养。

养蚕夺高产，消毒防病第一关。

地要朝朝扫洒，蚕要朝朝除沙。

除沙要勤，蚕儿要薄。

养鱼防瘟，养蚕防僵。

头眠僵，二眠光，三眠烂泥荡。

三日三夜赶头眠。

二眠顶重要，宁可勿睡觉。

大眠以前长蚕体，大眠开饷长丝肠。（嘉兴）

宁可响山子，勿可响茧子。

早赶晚赶，四十天做茧。

蚕花上山四十天。

会响火的响山子，勿会响火响茧子。（绍兴）

天气闷热，当心蚕病。（丽水）

眠大眠，考状元；大眠眠出，状元放出。（杭州）

养秋蚕，要四防：一防蝇，二防蚁，三防闷热四防病。（温州）

原载:《中国谚语集成·浙江卷》（第 757 页）

种竹养鱼千倍利，勿及采桑四十天。

桑剪呱呱响，勿是肉来就是鲞。

多种杉树住高楼，多种桑树穿丝绸。

要养肥猪先备糠，要养好蚕先栽桑。

宁叫蚕老叶勿尽，莫叫叶尽蚕勿老。

重养蚕，轻培桑。

蚕农总要上大当。

养蚕勿培桑，等于养猪没有糠。

呒桑呒竹，儿孙要哭。

毁桑造屋，子孙要哭。

种桑三年，采桑一世。

桑树七年能喂蚕。

桑树年年更新，茧产年年上升。

囡儿远处嫁，桑树近处种。

冬寒栽桑，桑勿知寒。（湖州）

养兵先囤粮，养蚕先栽桑。

一亩桑园，十亩良田。

要养蚕，先种桑；种好桑，勿怕荒。

种得一亩桑，可免一家荒。

家有三亩桑，纱票用勿光。

栽上百株桑，有吃又有用。

栽桑厚土扎根牢，桑叶酸土呵呵笑。（台州）

墙边屋角好栽桑，养蚕缫丝做衣裳。（海宁）

若要蚕好，先要叶好。（平湖）

桑好叶好，叶好蚕好。（绍兴）

苗好三分稻，桑好一半蚕。（嘉兴）

养蚕勿栽桑，年年受饥荒。（金华）

原载：《中国谚语集成·浙江卷》（第758页）

腊里种桑，好比梦里搬床。

种桑勿看苗，年年呒成效。

若要桑树败，一熟黄豆一熟麦。

若要桑地败，勿用绿肥光种麦。

勤三年成桑，懒三年剩桩。

若要桑树兴，多挑田泥多浇粪。

千浇万浇，勿及秃拳头桑地上一浇。

桑地上类不墁潭，宁可在粪缸里满。

人靠蔬菜、米饭，桑靠花草、河泥。（湖州）

桑树要捻八月泥。

家勿兴，少心齐，

桑勿兴，少河泥。

若要桑树好，冬垩河泥夏削草。

宁可垦破桑皮，勿可留下生地。

宁可桑树擦破皮，勿可桑根剩块泥。

桑田年前冬耕，桑叶肯增三成。

黄梅草一荒，桑树白光。

十年桑，勿耐一年荒。

儿女从小管，桑树从小扳。

人老单怕呛，桑老单怕蟥。（湖州）

条要青，苗要新。

小桑树种一百，勿如老桑树发一发。

桑园间绿肥，桑树胀破皮。

冬天河泥挑上地，春天桑树胀破皮。

若要桑树好，桑地勿见草。（嘉兴）

腊月栽桑桑勿知。

麦靠苗，桑靠条。（台州）

原载：《中国谚语集成·浙江卷》（第759页）

人怕痨，桑怕蟥。

水稻怕荒，桑树怕蟥。

小暑三天打头蟥，处暑三天打二蟥。

清明一粒谷，蚕桑娘娘要哭；清明雅雀口，看蚕娘娘要拍手。

清明以前一粒谷，买叶的人向叶哭。

清明以前叶开苞，买叶的人向叶笑。

清明白条，桑叶白挑。（湖州）

清明浓蕻头，饿煞大眠头。

仙人难断桑叶价。

贱了桑子贵了茧，贵了桑子贱了茧。

三春有雷响，蚕娘定要僵。

雨打春丁卯，饿煞蚕宝宝。

春分前后晴，桑叶加一成。

三月里雷声，四月里叶价。（湖州）

蟥虫是半个败家精。

一年蟥，三年荒。

头蟥打个眼，二蟥千千万。

头二蟥光光，桑树蒲头翻光。

清明青条，老叶金条。（嘉兴）

口头蟥打洞，二蟥了蓬。（平湖）

有叶无叶，清明廿日。

桑树勿怕采叶狠，只怕采光勿放本。（温州）

摘芽喂蚕，害蚕损桑。

蚕等叶，叶价贵；叶等蚕，叶价贱。

桑叶翠，蚕茧贵。（台州）

原载：《中国谚语集成·浙江卷》（第760页）

287

三月初三晴，桑树挂银瓶；三月初三雨，桑叶整台铺。

三月三起黄风，养蚕小姐一场空。

三月十五滴一点，桑贵于茧；三月十五阴，桑叶一文钱一斤。

三月十六皎皎晴，桑树头上挂银瓶；三月十六暗闷闷，有叶勿开门。

三月十六皎皎晴，桑树头上拣人情。

三月十六见青天，看蚕娘娘要花癫。

三月十六雨，桑叶无人取。

三月十六树头响，一斤桑叶一斤鳌。

三月二十东南风，十个蚕房九个空。（湖州）

二月清明叶等蚕，三月清明蚕等叶。

清明上已晴，桑树挂银瓶；雨打石头斑，桑叶钱家滩；雨打石头流，桑叶娘喂牛；雨打石头偏，桑叶三钱片。

清明晴，桑叶必大剩。

清明热，勿活叶；清明寒，勿活蚕。

清明西北风，养蚕多白空。

谷雨雨勿休，桑叶好饲牛。

四月初四落了神仙雨，早卖新丝籴贱米。

清明杨花隔港飞，出头蚕吪处去买伊；清明杨花着地飞，出头蚕贱得像糊泥。（湖州）

三月三，春雨打石板，桑叶千钿买一篮。

清明肉结冻，桑叶好奉送。

谷雨天气晴，养蚕娘子要上绳。（绍兴）

清明头夜雨，麦烂蚕饿死。（衢州）

原载:《中国谚语集成·浙江卷》（第 761 页）

立夏丁当响，三个铜板买一张。

今朝立夏明朝雨，桑叶掼到牛棚里。

立夏三朝溚溚滴，晚蚕吃勿及。（湖州）

立夏穿棉袄，蚕娘活倒灶。

立夏三朝雾，老叶换豆腐。（嘉兴）

雨打金樱头，桑叶好饲牛。

桑叶逢晚霜，愁煞养蚕郎。（绍兴）

原载：《中国谚语集成·浙江卷》（第 762 页）

蚕是农家宝，一年开销靠。

秧好半年田，蚕好半年宽。

上半年靠蚕，下半年靠田。

蓬头赤脚养季蚕，光头滑面吃一年。

腊里种桑，好比梦里搬床。

桑地上粪不塌潭，宁可在粪缸里满。

千浇万浇，不及光拳头桑地上一浇。

桑地上羊肥，桑树账破皮。

蕴草夹河泥，桑树账破皮。

若要桑树好，桑地勿见草。

宁可垦破桑皮，勿可留块生地。

削地勿要削草，桑拳勿要蹲鸟。

七绊八放。

原载：《中国民间文学集成·浙江省嘉兴市桐乡县故事、歌谣、谚语卷》（第 646 页）

清明雅雀口，看蚕娘娘拍手。

清明浓蕻头，饿煞大眠头。

清明白条，老叶白挑。

立夏三朝雾，老叶换豆腐。

二月清明叶等蚕，三月清明蚕等叶。

289

春分前后晴，桑叶加一成。

老桑发一发，小桑种一百。

仙人难断叶价。

桑叶两面青，翻转无情面。

三月二十西北风，山里树叶都吃空。

清明寒，只讲蚕。

清明热，只讲叶。

谷雨勿收蚕，夏至勿种田。

夏蚕勿吃芒种叶。

小蚕靠火养，大蚕靠风长。

三日三夜拨头眠。

楝树花开捉出火。

梓树花开捉大眠。

蚕到出火，凉爽去火。

捉出火，甩大眠。

出火嗷来一片皮，大眠眠起来崭崭齐。

三月二十东南风，十个蚕房九个空。

端午琵琶熟，养蚕忙头落。

蚕熟一昼时，麦熟一场尿。

麦熟一两日，蚕熟一两刻。

冻煞大头眠，踏断丝车头。

原载:《中国民间文学集成·浙江省嘉兴市桐乡县故事、歌谣、谚语卷》(第 647 页)

养蚕种地当年发。

四十五天见茧白。

养蚕用白银，种地吃白米。

吃饭靠种田，用钱靠蚕桑。

上半年靠养蚕，下半年靠种田。

养得一季蚕，可抵半年粮。

一年两熟蚕，相抵半年粮。

上半年蚕养田，下半年田养人。

忙过蚕场，有钱栽秧。

秧好半年田，蚕好半年宽。

一缸油盐一缸酱，要靠蚕桑出粮饷。

卖粮挑破肩，不及拎篮茧。

蚕是农家宝，一年开销靠。

吃看田里，着看扁里。

蚕罢买肉吃，田里起身做冬衣。

农家不养蚕，只好去穿棉。

蓬头赤脚养季蚕，光头滑面吃一年。

一年三熟，国余家足。

原载:《浙江省民间文学集成·湖州市歌谣谚语卷》(第 457 页)

蚕茧虽小，全身是宝。

男采桑，女养蚕，四十五天就见钱。

蚕花上山四十天。

该种竹养鱼千倍利，不及采桑四十天。

勤纺线，懒养蚕，四十二日见大钱。

九蚕十麦。

八茧蚕忙。

五茧蚕忙。

系清明前后打蚕蚁。

清明焐蚕种，谷雨撞头眠。

十年早蚕九年好。

谷雨勿收蚕，夏至勿种田。

端午枇杷熟，养蚕忙头落。

养蚕要勤起，养娃要勤洗。

该小蚕靠人养，大蚕靠风长。

蚕要朝朝除沙，地要朝朝洒扫。

小蚕得病，老蚕送命。

悠一悠，大一大。

三日三夜拨头眠。

两日两夜拨二眠。

梓树花开捉大眠。

楝树花开捉出火。

原载：《浙江省民间文学集成·湖州市歌谣谚语卷》（第458页）

蚕到出火，凉爽去火。

出火傲来一片皮，大眠眠起来崭崭齐。

捉出火，甩大眠。

人要七长八短，蚕要趟花成片。

麦老一时，香老一刻。

蚕熟一昼时，麦熟一场尿。

人老一年，蚕熟一时。

谷雨三朝蚕白头。

小满三日见新茧。

小满三朝丝上行。

清明孵蚕子，立夏见新丝。

山水不如河水，止水不如流水。

绸缎三分利，床上有棉被，豆腐对半利，困觉盖蓑衣。

抢丝夺麦偷菜子。

皇帝女儿不愁嫁，德清蚕丝不愁卖。

男子十六，扛车捐轴；女子十五，纺纱织布。

男子一手秧，女子一梭布。

迟三年讨老婆，少看十张种。

天勿怕，地勿怕，单怕头蚕罢。

头蚕罢，二蚕罢，丫头囡儿搭得活白花。

原载：《浙江省民间文学集成·湖州市歌谣谚语卷》（第 459 页）

桑叶

小蚕勿吃露水桑，老蚕勿吃潮桑叶。

好蚕勿吃小满叶。

春蚕勿吃小满叶，夏蚕勿吃小暑叶。

马无夜草吭膘，蚕无夜食勿长。

宁叫蚕老叶勿尽，莫叫叶尽蚕勿老。

蚕吭牙齿，要吃三间房子。

多吃一口叶，多长一寸丝。

青叶勿搭嘴。

桑叶两面青，翻转无情面。

仙人难断桑叶价。

蚕等叶，叶价贵；叶等蚕，叶价贱。

春分前后晴，桑叶加一成。

寒食热，只活叶；寒食寒，只活蚕。

有叶无叶，清明廿日。

该清明浓蕻头，饿煞大眠头。

清明一粒谷，看蚕娘娘要哭；清明雀口，看蚕娘娘拍手。

清明热，勿活叶；清明寒，勿活蚕。

清明晴，桑叶必大剩。

原载：《浙江省民间文学集成·湖州市歌谣谚语卷》（第 460 页）

清明上已晴，桑树挂银瓶；雨打石头斑，桑叶钱家滩；雨打石头流，桑叶娘喂牛；雨打石头偏，桑叶三钱片。

清明白条，桑叶白挑。

二月清明叶等蚕，三月清明蚕等叶。

清明杨花隔港飞，出火蚕吭处去买伊；清明杨花着地飞，出火蚕贱得像污泥。

清明午前雨，早蚕熟；午后雨，晚蚕熟；一日雨至夜，早晚蚕俱熟。

清明西北风，养蚕多白空。

谷雨雨稠稠，桑叶好饲牛。

谷雨雨不休，桑叶好饲牛；谷雨树头响，桑叶一斤鲞。

谷雨三日便掸蚕，谷雨十日也不晚。

谷雨二遍蚕，夏至二遍地。

三春有雷响，蚕娘定要僵。

三月里雷声，四月里叶价。

三月初三晴，桑树挂银瓶；三月初三雨，桑叶整台铺。

三月初三起狂风，养蚕小姐一场空。

三月三，云礴礴，背了桑叶回转来。

三月十五晴，桑树底下挂银瓶，三月十五滴一点，桑叶贵于茧；三月十五阴，桑叶一文钱一斤。

三月十五东南风，家家门前养一丛。

——"东南风"一作"乌洞洞"。

三月十六皎皎晴，桑树头上拣人情。

原载:《浙江省民间文学集成·湖州市歌谣谚语卷》(第 461 页)

三月十六见青天，看蚕娘娘耍花癫。

三月十六树头响，一斤桑叶一斤鲞。

三月十六晴，桑树上挂银瓶；三月十六雨，桑叶无人取。

三月十六皎皎晴，桑树头上挂金瓶；三月十六暗闷闷，有叶勿开门。

三月二十东南风，家家人家剩一丛。

三月二十东南风，十个蚕房九个空。

三月二十西北风，地上桑叶都吃空。

三月廿六沿山雾，看蚕娘娘寻头路。

立夏三朝雾，桑叶换豆腐。

立夏东南风，家家门前一丛丛。

今朝立夏明朝雨，桑叶甩到牛棚里。

立夏三朝笃笃滴，晚蚕吃不及。

立夏叮咚响，三个铜板买一张。

桑叶逢晚霜，枯凋害蚕郎。

做天难做四月天，蚕要温和麦要寒，种田哥哥要雨水，养蚕婆婆要晴天。

冻煞大眠头，踏断丝车头。

重养蚕，轻培桑，蚕农总要上大当。

要养好蚕先栽桑，要养肥猪先备糠。

养蚕不培桑，等于养猪没有糠。

蚕农不培桑，来年哭一场。

一亩桑园，三亩庄田。

三月思种桑，六月思筑塘。

桑树年年更新，茧产年年上升。

种得一亩桑，可免一家荒。

原载:《浙江省民间文学集成·湖州市歌谣谚语卷》(第462页)

种桑勿看苗，年年吭成效。

桑树三年能喂蚕。

囡儿远处嫁，桑树近处种。

多种杉材住高楼，多种桑树穿丝绸。

家有三亩桑，不怕年成荒。

兴家有三亩桑，钞票用勿光。

三亩桑田三亩竹，子子孙孙好享福。

千株桑万株桐，一生一世吃勿穷。

栽桑种桐，吃穿勿穷。

腊里种桑，好比梦里搬床。

呒桑呒竹，儿孙要哭。

毁桑造屋，子孙要哭。

老桑发一发，小桑种一百。

若要桑树好，桑地勿见草。

宁可垦破桑皮，勿可留点生地。

桑田年前冬耕，桑叶肯增三成。

蕴草夹河泥，桑树胀破皮。

冬来捻河泥，桑树胀破皮。

若要桑树兴，多挑田泥多浇粪。

若要桑树好，冬壅河泥夏削草。

人靠蔬菜米饭，桑靠花草河泥。

家不兴，心少齐；桑不兴，少河泥。

千浇万浇，不及秃拳头桑地上一浇。

桑地上粪不壒潭，宁可在粪缸里满。

原载:《浙江省民间文学集成·湖州市歌谣谚语卷》(第 463 页)

桑地上羊肥，桑树胀破皮。

若要桑地败，勿用绿肥光种麦。

浓若要桑树败，夏种南瓜冬种麦。

若要桑树败，夹熟黄豆夹熟麦。

水稻怕荒，桑树怕蟥。

人老单怕呛，桑老单怕蟥。

小暑打头蟥，处暑打二蟥。

头蟥蟥小暑，二蟥蟥处暑。

桑蟥到，桑叶俏。

勤三年成桑，懒三年变桩。

种桑三年，采桑一世。

千日田头，一日地头。

桑剪卡卡响，勿是肉来就是香。

桑条从小拗，长大拗不屈。

儿女从小管，桑树从小绊。

贱了桑子贵了茧，贵了桑子贱了茧。

桑果打成团，蚕儿正入眠；桑果发了黑，蚕儿已上簇。

四月南风大麦黄，忙过蚕桑又插秧。

原载:《浙江省民间文学集成·湖州市歌谣谚语卷》(第 464 页)

若要富，农、工、副。

种桑养蚕，勿愁吃穿。

蚕是农家宝，一年开销靠。

蚕好田一年，稻好吃一年。

秧好半年田，蚕好半年铆。

养得一季蚕，可抵半年粮。

上半年靠蚕，下半年靠田。

桑剪呱呱响，勿是肉来就是鲞。

蚕茧一熟，粽子裹肉。

二十天春蚕勿养，天下第一个懒婆娘。

蚕丝小麦豆铲开，叫化子身边有铜铆。

蚕熟麦收百无忧，黄鱼白肉把客留。

小蚕靠火养，大蚕随风长。

谷雨三朝掸花蚕。

三日三夜拨头眠。

天勿怕，地勿怕，单怕头蚕罢。

二眠顶重要，宁可勿困觉。

原载:《浙江省民间文学集成·嘉兴市歌谣谚语卷》（第 419 页）

两日两夜拨二眠。

楝树花开捉出火。

蚕到出火，凉爽去火。

梓树花开捉大眠。

立夏穿棉袄，蚕娘活倒灶。

春蚕勿吃芒种叶。

端午枇杷熟，养蚕忙头落。

蚕熟一时，麦熟一夜。

养鱼防瘟，养蚕防僵。

宁叫蚕老叶不尽，莫叫叶尽蚕不老。

丝车一响，铜钿进账。

桑好半熟蚕。

二月清明叶等蚕，三月清明蚕等叶。

条要青，苗要新。

清明白条，老叶白挑。

清明青条，老叶金条。

清明大日头，饿煞大眠头。

三月二十东南风，十个蚕房九个空。

若要桑树好，桑地勿见草。

宁可垦破桑皮，勿可留块生地。

冬天河泥挑上地，春天桑树胀破皮。

千浇万浇不及光拳头桑地上一浇。

桑地上羊肥，桑树胀破皮。

原载:《浙江省民间文学集成·嘉兴市歌谣谚语卷》(第 420 页)

浇粪勿埋潭，宁可茅坑盘。

种好一亩桑，勿怕田里荒。

春分前后晴，桑叶加一成。

清明裹眼，一钿一眼。

清明雅雀口，看蚕娘娘拍手。

谷雨树头响，一瓣桑叶一斤鲞。

立夏滴嗒响，三斤桑叶换斤鲞。

立夏三朝雾，老叶换豆腐。

夏至西北风，桑叶寻到刺藜蓬。

老桑发一发，赛过小桑种一百。

原载:《浙江省民间文学集成·嘉兴市歌谣谚语卷》(第 421 页)

立夏穿棉袄，蚕娘要倒灶。

三月十六鸟叫晴，看蚕娘子要上绳。

六十日荞麦勿种是懒汉，廿八日龙蚕勿养是懒娘。

宁叫蚕老叶不剩，莫叫叶剩蚕不老。

蚕要勤除沙，地要天天扫。

谷子出畈百廿日，蚕花上山四十日。

谷雨三朝蚕白头。

小满三朝见新茧。

麦老一夜，蚕老一时。

谷上仓，丝上行。

生蚕做勿来硬茧。

原载:《浙江省民间文学集成·宁波市歌谣谚语卷》(第 124 页)

若要富，农、工、副。

若要富，先修路。

桑好半熟蚕。

谷雨上头眠。

桑叶铜钿大，贩鱼寻死路。

桑叶两面青，翻转呒面情。

夏至西北风，桑叶寻到刺藜蓬。

蚕熟一时，麦熟一夜。

种桑养蚕，勿愁吃穿。

一面花，好收成；四面花，吃勿成（蚕豆）。

寒露撒草籽。

春穷夏发财，十二月里出勿来（晒盐）。

一年廿四熟，仍旧喝薄粥。

（盐民）芝麻棋上屋檐，晒盐人上西天。

原载:《中国民间文学集成·浙江省嘉兴市平湖县故事歌谣谚语卷》（第 484 页）

皇帝女儿不愁嫁，德清蚕丝不愁卖，

蚕茧小作小，浑身统是宝。

养蚕用白银，种田吃白米。

上半年靠养蚕，下半年靠种田，

蚕丝是个宝，出口少不了。

卖粮挑破肩，不及拎篮茧。

一个来月茧头白。

人老一年，蚕熟一时。

关门放火。

好蚕不吃小满叶。

小蚕得病，老蚕送命。

养垂蚕怕僵，养鱼怕瘟。

蚕是白老虎，茶是黑老虎。

桑叶如宝，桑叶如草。

清明白条，桑叶白挑。

二月清明叶等蚕，三月清明蚕等叶。

三月十五乌洞洞，家家门前养一丛。

原载：《中国民间文学集成·浙江省湖州市德清县故事歌谣谚语卷》（第661页）

三月十五东南风，家家门前养一丛。

谷雨雨，蚕吃米。

四月黄金薄薄摊，有福之人得一票，呒福之人遭般灾。

立夏三朝雾，桑叶换豆腐。

今朝立夏明朝雨，桑叶掼到牛棚里。

立夏叮当响，三个铜板买一张。

家有三亩桑，钞票用勿光。

蚕农不培桑，来年哭一场。

重养蚕轻培桑，蚕农总要上大当。

种桑勿育苗，年年呒成效。

桑树近处种，囡儿远处嫁。

勤三年成桑，懒三年变桩。

水稻怕荒，桑树怕蝗。

人老单怕呛，桑老单怕蝗。

有草呒草，清明前三秒。

若要桑地好，畜肥不能少。

若要桑地败，勿种绿肥光种麦。

家有三亩桑，不怕年岁荒。

栽桑种桐，吃穿勿穷。

千株桑万株桐，一生一世吃勿穷。

三亩桑地三亩竹，儿孙代代好享福。

呒桑呒竹，儿孙要哭。

毁桑种竹，祖宗要哭。

毁桑造屋，子孙要哭。

原载:《中国民间文学集成·浙江省湖州市德清县故事歌谣谚语卷》(第662页)

江苏卷

衣食住行衣为先，养好蚕宝宝种好棉。（南京）

蚕好用一年，田好吃一年。（镇江）

要脱穷，养白虫。（兴化）

养蚕吐丝织绫罗，养蜂酿蜜甜心窝。

上半年人养蚕，下半年蚕养人。（无锡）

一年两熟蚕，相抵半年粮。（常州）

蚕好半年宽。（苏州）

原载：《中国谚语集成·江苏卷》（第731页）

农闲放蚕，免受饥寒。（淮阴）

养蚕不栽桑，年年受饥荒。

清明前后扫蚕花。

清明清，好孵蚕。

男采桑，女养蚕，四十五天现钱看。（镇江）

栽桑养蚕，当年赚钱。

多采桑，勤养蚕，四十天见现钱。

三月三儿起狂风，养蚕小姐一场空。（常州）

303

要得有衣裤，养蚕栽桑树。

种得一年桑，可免一家慌，养得一季蚕，可抵半年粮。（扬州）

墙边屋角好栽桑，养蚕缫丝做衣裳。

今年栽下一棵桑，来年蚕儿有吃粮。

清明雀口，养蚕娘娘拍手。（苏州）

种竹养鱼千倍利，栽桑养蚕当年益。

清明孵蚕仔，立夏见新丝。

清明一粒谷，养蚕娘娘哭。（盐城）

要养蚕，先栽桑；要养鱼，先挖塘。

要养好蚕先栽桑，要养大猪先备糠。

一缸油盐一缸酱，要靠养蚕出粮饷。

多养蚕，多栽桑，多织丝绸做衣裳。

蚕花娘娘，清明煨种。

寒食寒，只说寒；寒食热，只说叶。（无锡）

一年栽桑，多年养蚕。

桑是摇钱树，蚕是银元宝。（宜兴）

要得家中富，养蚕种桑树。（金湖）

清明饲蚕，四十五天见茧。（吴县）

原载:《中国谚语集成·江苏卷》(第 732 页)

谷雨不藏蚕。

谷雨掸蚕。

方方一寸，宝宝一顿。

蚕要天天除沙，地要朝朝洒扫。

乖媳妇不看满月蚕。（苏州）

谷雨三朝蚕白头。

若要蚕好，先要叶好。

蚕初起，小如蚁；一猫蹄，吃一席。

养蚕无巧，食尽便饱。（镇江）

谷雨勿掸蚕，绸机停一半。

桑管叶，叶管蚕。

蚕要成熟，叶要吃足。（吴江）

谷雨三天便拂蚕，谷雨十日也不晚。

多吃一片叶，多吐一口丝。

蚕要多起，娃要多洗。（南京）

春蚕不吃小满叶，夏蚕不吃小暑叶。

若要蚕无病，桑叶要干净。（淮阴）

大麦一发黄，家家养蚕忙。

小蚕勿吃露水桑，老蚕不吃潮桑叶。

青叶勿搭嘴。

蚕无夜食勿长，马无夜草呒膘。

蚕无牙齿，啃脱三间屋子。（无锡）

一口桑叶一口丝。

三月三夜起头眠。（常州）

蚕是花姑娘，养它全靠桑。（淮阴）

宁教蚕老叶不尽，休教叶尽蚕不老。（连云港）

原载：《中国谚语集成·江苏卷》（第 733 页）

蚕头眠，考状元。

头眠僵，二眠光，三眠烂泥塘。

二眠顶重要，宁可不睡觉。

桑果打成团，蚕儿正入眠；桑果发了黑，蚕儿入了簇。

蚕老麦黄一伏时。

你又懒，我又懒，两个蚕做一个茧。（镇江）

头蚕白花二蚕僵，三蚕看来下苗秧。

出火饿剩一层皮，大眠眠得簇簇齐。

大眠眠得好，收成一半到。

立夏三朝开蚕档。

立夏落个潭，懊恼齁养蚕。

春蚕宜火，秋蚕宜风。

春蚕靠火养，秋蚕靠风养。（苏州）

冻煞大眠头，踏煞做丝娘。（吴县）

楝树花开促大眠，再过七天蚕上山。（吴江）

蚕儿喂叶饱，上山做苗早。（无锡）

立夏热，只讲叶；立夏寒，只话蚕。

蚕到立夏死，麦到立夏亡。（常州）

家里忙忙蚕又老，田里忙忙麦掉头。

蚕老枇杷黄，养蚕娘子有希望。

你不懒，我不懒，两个蚕儿一对茧。（淮阴）

蚕老四十天。

蚕老不易留，留下断丝头。（大丰）

蚕老一时，麦黄一夜。（南京）

春蚕吐丝，丝吐不尽。（连云港）

小满三朝见新茧。（徐州）

小满三朝丝上市。（海门）

原载:《中国谚语集成·江苏卷》（第 734 页）

小蚕要藏，大蚕要放。（吴江）

放蚕没有好蚁场，等于孩子失去娘。

家前屋后多栽桑，养起蚕来不用忙。

若要桑叶好，冬垩河泥夏削草。（常州）

宝宝乖，勿用剪刀勿用尺，做件衣裳自家看。

养蚕好，有银行，三七八九十，月月有收入。

金黄菜花银白茧，老人见孙全家福。

一亩菜园，三亩桑园。

柳栽四九心，桑栽出芽时。（苏州）

吃看田里，穿看匾里。

忙过蚕场，有钱栽秧。

栽桑栽桐，子孙不穷。

人有蔬菜米饭，桑靠花草河泥。（无锡）

要得富，栽桑树。

桑树浑身宝，谁栽谁好。（淮阴）

种得一年桑，可免一年荒。（六合）

家有千棵桑，子孙万代有衣裳。（南通）

栽得百棵桑，不怕年成荒。

腊月移桑桑不知。

若要桑树好，多挑河泥多浇粪口。（镇江）

家栽十棵桑，花钱不要慌。

栽桑养蚕，利在眼前。

栽桑三年，采桑一世。

桑田年前冬耕，桑叶岁增二成。（扬州）

栽桑养蚕，一树桑叶一树钱。（徐州）

桑叶铜钿大，穷人票子多。（吴江）

冬天栽桑，梦里移床。（南京）

原载：《中国谚语集成·江苏卷》（第735页）

冬天罱河泥，桑树胀破皮。

三月十八乌洞洞，家家门前剩一丛。

立冬桑叶黄，修枝束草刮桑蝗。

雨天有存叶，晴天有鲜叶。（吴江）

勤三年成桑，懒三年成桩。

小满桑果黑，芒种三麦收。（吴县）

若要桑树好，桑田不见草。（涟水）

若要桑叶卖，夹熟黄豆夹熟麦。

一年三熟，稻麦桑。

三月初三晴，桑叶挂银瓶；三月初三雨，桑叶垫抬铺。（无锡）

桑树条儿趁早拗。

谷雨雨不休，桑叶好喂牛。（扬州）

三月初三雨，桑叶上苔痕。

三月三，云台台，背了桑叶还转来。

三月三日雨，桑树呒人收；三月三日晴，桑树挂油筒。（苏州）

三月三日下，桑叶不定价；三月三日晴，桑叶候人称。（盐城）

清明白条，叶船白摇。

桑叶翠，必要贵。（镇江）

桑叶逢场霜，愁煞养蚕郎。（常州）

立冬霜，落叶儿黄，经常锄草刮桑蝗。（南京）

蚕寻叶，叶价贵；叶寻蚕，叶价贱。

原载:《中国谚语集成·江苏卷》(第 735 页)

吃看田里，着看匾里。

一年两熟蚕，相抵半年粮。

男采桑，女养蚕，四十五日现钱看。

一缸油盐一缸酱，要靠蚕桑出粮饷。

一年三熟（稻麦桑），国裕家足。

原载：《无锡民间歌谣谚语精选》（第 521 页）

上半年蚕养田，下半年田养人。

忙过蚕场，有钱栽秧。

栽上百棵桑，不怕年成荒。

种仔一亩桑，免得一家荒。

家栽千棵桑，用钱不用慌。

桑是摇钱树，茧是银元宝。

种竹养鱼千倍利，栽桑养蚕当年益。

衣食住行衣为先，养好蚕宝宝种好棉。

寒食寒，只说蚕，寒食热，只说叶。

三月初三晴，桑树上挂银瓶。

三月初三雨，桑树上苔痕。

三月初三云台台，背了桑叶还转来。

春雨壬子，秧烂蚕死。

原载：《无锡民间歌谣谚语精选》（第 522 页）

蚕花娘娘，清明焐种。

谷雨三朝蚕白头。

立夏三朝开蚕党。

春蚕勿吃小满叶，夏蚕勿吃小暑叶。

小满三朝丝上街。

小满三朝卖新茧。

原载：《无锡民间歌谣谚语精选》（第 522 页）

小蚕勿登露水桑，老蚕勿吃湿桑叶。

蚕要朝朝除沙，地要朝朝洒扫。

蚕无夜食不长，马无夜草不壮。

宁叫蚕老叶不尽，莫叫叶尽蚕未老。

青叶勿搭嘴。

原载：《无锡民间歌谣谚语精选》（第 522 页）

蚕无牙齿，要吃三间房子。

多吃一口叶，多长一寸丝。

春蚕宜火，秋茧宜风。

麦老一冬，蚕老一时。

麦老一日，蚕老一刻。

原载：《无锡民间歌谣谚语精选》（第 523 页）

栽桑点种，到老勿穷。

冬季栽桑，好比梦里移床。

勤三年成桑，懒三年成桩。

人靠蔬菜米饭，桑靠花草河泥。

若要桑树兴，多挑田泥多浇粪。

若要桑树好，冬焐河泥夏割草。

桑田年前冬耕，桑叶岁增三成。

若要桑树败，夹熟黄豆夹熟麦。

若要桑树败，夏种南瓜冬种麦。

桑树迎晚霜，枯凋害蚕郎。

要养好蚕先栽桑，要养大猪先备糠。

原载：《无锡民间歌谣谚语精选》（第 523 页）

蚕老不宜留，留下断丝头。

蚕无夜叶不长，马无夜草不肥。

副业门路广，一靠种菜二靠养。

宁叫蚕老叶不尽，不叫叶尽蚕不老。

嫩三天，老三天，不嫩不老吃三天。

原载:《扬州歌谣谚语集》(第 238 页)

春蚕勿吃小满叶。

若要桑叶好，桑树根底不长草。

宁叫蚕老叶不尽，不叫叶尽蚕不老。

若要蚕好，先要桑好。

春蚕靠人养，秋蚕靠风吹。

四月里来麦子黄，家家户户养蚕忙。

原载:《南通民间谚语选》(第 140 页)

上海卷

勤栽桑，勤养蚕，四十八天见现钱。

男采桑，女养蚕，四十五天就见钱。

桑是摇钱树，蚕是聚宝盆。

桑蚕浑身都是宝，能缫丝又可作饲料。

养得一季蚕，可抵半年粮。

养鸡养蚕，利在眼前。

种竹养鱼千倍利，栽桑养蚕当年益。

没有早起晚睡采桑养蚕，哪有红红绿绿绫罗绸缎。

农家勿养蚕，只好去穿棉。

原载:《中国谚语集成·上海卷》(第610页)

莳田看秧，养蚕看桑。

秧要日头麻要雨，养蚕盼望阴水天。

桑果打成团，蚕儿正入眠；桑果发了黑，蚕儿已上簇。

蚕等叶，叶价贵；叶等蚕，叶价贱。

蚕老枇杷黄，养蚕姑娘有希望。

麦熟一晌，蚕老一时。

墙边屋角好栽桑，养蚕缫丝做衣裳。

家里忙忙蚕已老，田里忙忙麦已黄。

清明孵蚕种。

清明前，好孵蚕。

清明孵蚕子，小满见新丝。

清明前后扫蚕花。

清明西北风，养蚕多白空。

清明一日雨，早晚蚕勿收。

清明午前晴，早蚕熟。

清明午后晴，晚蚕熟。

清明寒，只活蚕。

清明热，只活叶。

清明时节风筝露，谷雨水涨好养蚕。

寒食过了无时节，娘养花蚕郎种田。

谷雨勿藏蚕。

谷雨蚕生牛出屋。

谷雨三朝蚕白头。

谷雨三日便孵蚕，谷雨十日也勿晚。

谷雨勿掸蚕，夏至勿种田。

立夏穿棉袄，蚕娘要倒灶。

立夏三朝蚕白头。

原载：《中国谚语集成·上海卷》（第 611 页）

立夏三朝开蚕党（蚕党，意为：开卖蚕船）。

小满蚕麦熟。

好蚕勿吃小满叶，小满三朝见新茧。

小满三朝丝上行。

小满勿上山，倒掉喂老鸭。

养蚕勿吃小满叶，夏蚕勿吃小暑叶。

春蚕宜火，秋蚕宜风。

春蚕宜暖，秋蚕宜凉。

三月初三起狂风，养蚕姑娘一场空。

四月南风大麦黄，养蚕插秧两头忙。

五月立夏小满来，抓紧育蚕把桑采。

大麦发了黄，家家养蚕忙。

养蚕无巧，食足便老。

若要蚕好，先要叶老。

蚕老到熟，叶要吃足。

吃一口，长一口，放夜食，勤动手。

多吃一口叶，多吐一口丝。

马要夜草，蚕要夜食。

马无夜草不肥，蚕无夜食不长。

蚕儿喂叶饱，上山做茧早。

宁叫蚕老叶勿尽，休叫叶尽蚕勿老。

蚕要勤除沙，地要天天扫。

蚕要天天除沙，地要朝朝洒扫。

蚕老勿宜留，留下断丝头。

牛啃百草会生奶，蚕食桑叶能吐丝。

莳田看秧，养蚕看桑。

原载：《中国谚语集成·上海卷》（第612页）

种上一亩桑，日免一家荒。

种上百棵桑，勿怕年成荒。

要想富，栽桑树。

栽桑种桐，吃穿勿穷。

今年栽下一棵桑，他年蚕虫有食粮。

家家户户多栽桑，往后勿怕蚕缺粮。

314

种桑三年，采桑一世。

栽棵桑，养个蚕，一树桑叶一树钱。

一年米饭靠粮田，穿衣零用靠桑田。

要吃甜果把树栽，要穿丝绸把桑栽。

荒滩荒地多栽桑，发展蚕桑利益长。

门前种柳，屋后栽桑。

庄上多栽槐柳桑，勿怕夏天出太阳。

桑栽厚土扎根牢。

冬青栽嫩枝，桑树压枝条。

苗好三分稻，桑好一半蚕。

桑园间绿肥，桑树胀破皮。

杨柳叶子红，桑叶价钱大。

节约桑叶养好蚕，十斤桑叶一斤茧。

柳要砍，桑要箍。

桑叶逢晚霜，愁煞养蚕郎。

雨在石上流，桑叶好喂牛。

麦要寒，蚕要温，采桑娘子要晴天。

若要桑树败，夏种黄瓜冬种麦。

大旱三年，桑树冲天。

谷雨树头响，一瓣桑叶一斤鳌。

原载：《中国谚语集成·上海卷》（第613页）

谷雨雨勿休，桑叶好饲牛。

立夏三朝督督滴，晚蚕吃勿及。

立夏三朝露，家家门前桑叶留一路。

小满桑葚黑。

立冬桑叶黄，修剪束草刮桑蟥。

315

冬栽柏树夏栽桑。

冬天栽桑，梦里移床。

冬季罱河泥，桑树胀破皮。

三月三日阴，桑叶贵如金；三月三日晴，桑叶搭成棚；三月三日雨，桑叶勿定价。

三月十五晴，桑树底下挂银瓶；三月十五滴一点，桑叶贵于茧；三月十五阴，桑叶一文钱买一斤。

三月初三雨，桑叶无人取。

做人难做半中年，做天难做四月天。秧要太阳麻要雨，采桑娘子要半晴天。

三月思种桑，六月思筑塘。

十桃九蛀，十桑九空。

原载:《中国谚语集成·上海卷》（第 614 页）

三月占桑谚

旧题唐鹿门老人撰，或以为作者是明娄元礼，《纪历撮要》。

三月三日晴，桑上挂银瓶；

三月三日雨，桑叶无人取。

袁采引谚论修治

宋代，浙江衢州人，袁采撰，《袁氏世范》。

三月思种桑，六月思筑塘。

【原文】池塘、陂湖、河埭，蓄水以溉田者，须于每年冬月水涸之际，浚之使深，筑之使固。遇天时亢旱，虽不至于大稔，亦不至于全损。今人往往于亢旱之际，常思修治，至收刈之后，则忘之矣。谚所谓"三月思种桑，六月思筑塘"，盖伤人之无远虑如此。

三月占桑谚二则

明代，江苏吴江人，俞贞木撰，《种树书》。

雨打石头偏，桑叶三钱片。

三日尚可，四日杀我。

岁时杂占谚

明代，浙江西安人，徐应秋编，《玉芝堂谈荟》。

雨打石头班，桑叶钱价难。雨在石上流，桑叶好喂牛。

桑价谚

明代，浙江乌程人，朱国祯撰，《涌幢小品》。

仙人难断叶价。

陆泳引吴下方言

元代，陆泳撰，《吴下田家志》。

寒食过了无十节，娘养花蚕郎种田。

田家忙并，无过蚕麦。

参考文献

《安徽民间歌谣选》，安徽人民出版社，1962年。

安徽省文化局编：《安徽歌谣》，人民文学出版社，1959年。

曹永森、王寿武主编：《扬州歌谣谚语集》，中国民间文艺出版社，1989年。

常熟市文化局，常熟市文化馆编：《中国·白茆山歌集》，上海文艺出版社，2002年。

常州市民间文学集成办公室编：《常州歌谣谚语集》，中国民间文艺出版社，1989年。

常州市民间文学集成编委会编：《常州民间故事集》，中国民间文艺出版社，1989年。

董蠡舟撰：《南浔蚕桑乐府》，据引汪曰桢撰《湖蚕述》，光绪六年（1880）刻本。

董校昌主编：《浙江省民间文学集成·杭州市歌谣谚语卷》，中国民间文艺出版社，1989年。

董校昌主编：《浙江省民间文学集成·杭州市故事卷》中国民间文艺出版社，1989年。

董恂撰：《南浔蚕桑乐府》，据引汪曰桢撰《湖蚕述》，光绪六年（1880）刻本。

杜文澜撰：《古谣谚》，中华书局，1958年。

方静采编：《徽州民谣》，合肥工业大学出版社，2007年。

方卡主编：《中国民间文学集成·上海卷黄浦区歌谣谚语分卷》，1989年。

费莉萍主编：《德清扫蚕花》，浙江摄影出版社，2014年。

费三多:《蚕乡山海经——含山故事民俗集》,安徽人民出版社,1996年。

干宝:《搜神记》,《汉魏六朝笔记小说大观》,上海古籍出版社,1999年。

郭维庚主编:《中国民间歌谣集成·江苏卷》,中国ISBN中心出版,1998年。

郭涌主编:《中国民间文学集成·浙江省湖州市德清县故事歌谣谚语卷》,1990年。

海宁市民间文学集成办公室编:《中国民间文学集成·浙江省嘉兴市海宁市故事歌谣谚语卷》,1989年。

贺挺主编:《浙江省民间文学集成·宁波市歌谣谚语卷》,浙江文艺出版社,1991年。

华士明主编:《中国民间故事集成·江苏卷》,中国ISBN中心出版,1998年。

季沉主编:《中国民间故事集成·浙江卷》,中国ISBN中心出版,1997年。

贾佩峰编选:《南通民间谚语选》,北京:中国民间文艺出版社,1989年。

姜彬主编:《中国民间歌谣集成·上海卷》,中国ISBN中心出版,2000年。

蒋风主编:《中国民间谚语集成·浙江卷》,中国ISBN中心出版,1995年。

金煦等主编:《苏州歌谣谚语卷》,中国民间文艺出版社,1989年。

李昉:《太平广记》,中华书局,2003年。

丽水市民间文学集成办公室编:《中国民间文学集成·浙江省丽水地区丽水市民间故事歌谣谚语卷》,1989年。

陆殿奎主编:《浙江省民间文学集成·嘉兴市歌谣谚语卷》,浙江文艺出版社,1991年。

陆殿奎主编:《浙江省民间文学集成·嘉兴市故事卷》,浙江文艺出版社,1991年。

马缟集:《中华古今注》,丛书集成初编本(第279册),中华书局,1985年。

马骧主编:《中国民间歌曲集成·浙江卷》,中国ISBN中心出版,1993年。

南通民间文学集成办公室编:《南通民间歌谣选》,中国民间文艺出版社,1989年。

平湖县民间文学集成办公室编:《中国民间文学集成·浙江省嘉兴市平湖县故事歌谣谚语卷》,1990年。

阮可章主编:《中国民间故事集成·上海卷》,中国ISBN中心出版,2007年。

阮庆祥主编:《浙江省民间文学集成·绍兴市歌谣卷》,浙江文艺出版社,1990年。

阮庆祥主编：《浙江省民间文学集成·绍兴市故事卷》，中国民间文艺出版社，1989年。

阮庆祥主编：《浙江省民间文学集成·绍兴市谚语卷》，浙江文艺出版社，1989年。

沈炳震撰：《蚕桑乐府》，四库全书存目丛书（第277册），庄严文化事业有限公司，1997年。

沈云娟主编：《中国民间文学集成·上海卷嘉定县歌谣分卷》，1989年。

松江县民间文学艺术集成编辑委员会编辑：《中国民间文学集成·上海卷松江县歌谣分卷》，1990年。

王体效主编：《中国歌谣集成·安徽卷》，中国ISBN中心出版，2008年。

王文华主编：《中国民间谚语集成·上海卷》，中国ISBN中心出版，1999年。

王骧主编：《中国民间谚语集成·江苏卷》，中国ISBN中心出版，1998年。

吴谷辰主编：《中国民间文学集成·上海卷虹口区歌谣谚语分卷》，1988年。

吴利民，等主编：《含山轧蚕花》，浙江摄影出版社，2014年。

徐春雷搜集整理：《桐乡蚕歌》，中国文联出版社，2009年。

徐春雷整理：《蚕乡的传说》，正之出版社，1991年。

徐国继，黄树林，陈寿宜编辑：《中国民间文学集成·上海卷徐汇区歌谣谚语分卷》，上海市徐汇区民间文学三套集成办公室，1988年。

许平生主编：《无锡民间故事精选》，南京大学出版社，1991年。

许仲民主编：《中国民间文学集成·浙江省湖州市长兴县歌谣谚语卷》，1990年。

姚鸣凤，陈秉坤主编：《南京歌谣谚语》，江苏古籍出版社，1990年。

张寿松主编：《浙江省民间文学集成·衢州市歌谣谚语卷》，浙江文艺出版社，1991年。

钟桂松主编：《中国民间文学集成·浙江省嘉兴市桐乡县故事歌谣谚语卷》，浙江省民间文学集成办公室，1989年。

钟伟今主编：《湖州风俗志》，1986年。

钟伟今主编：《浙江省民间文学集成·湖州市歌谣谚语卷》，浙江文艺出版社，1991年。

钟伟今主编：《浙江省民间文学集成·湖州市故事卷》，浙江文艺出版社，1991年。

朱海容、秦寿容主编：《无锡民间歌谣谚语精选》，南京大学出版社，1991年。

朱洪等主编:《苏州民间故事》,中国民间文艺出版社,1989 年。

朱秋枫主编:《中国民间歌谣集成·浙江卷》,中国 ISBN 中心出版,1995 年。

后　记

湖州素享"丝绸之府、鱼米之乡、文物之邦"的美誉。自唐代起，湖州为蚕丝的重要产区，至明代，湖州蚕丝闻名全国，尤以南浔七里（辑里）村的蚕丝质量最佳，被称为"辑里湖丝"。晚清民国年间，形成了以旧时湖州府南浔镇丝商为主体浔商。这是一个以上海为商业活动中心，以血缘、地缘、业缘为联结纽带的兼具传统和近代商业文明特色的区域性丝商群体。

"上有天堂，下有苏杭"，包括湖州在内的太湖流域是令人神往的江南地区。湖州也是 2003 年的"丝博会"首次推出的"六大绸都"之一；2020 年 9 月，湖州师范学院获批由校党委书记金佩华研究员领衔的"教育部中华优秀传统文化（蚕丝绸）传承基地"，可谓实至名归。

在基地常务副主任余连祥教授的指导下，我负责"江南蚕丝绸文化传说故事、歌谣、谚语文献整理与研究"的研究任务。在资料的收集、整理过程中，2021 年申报成功了浙江省哲社科规划项目"江南蚕桑传说故事、歌谣、谚语文献整理与研究"（项目编号：22NDJC152YB）。

在研究过程中得到诸多师友的鼎力无私帮助和支持，在此深表谢意。成果的出版得到教育部中华优秀传统文化（蚕丝绸）传承基地、南浔区农业农村局、湖州师范学院人文学院资助。

刘旭青

2023年4月湖州